JN152941

# 小説 古事記成立

湯川裕光

K&Kプレス

# 小説 古事記成立　目次

図１　古代畿内地図

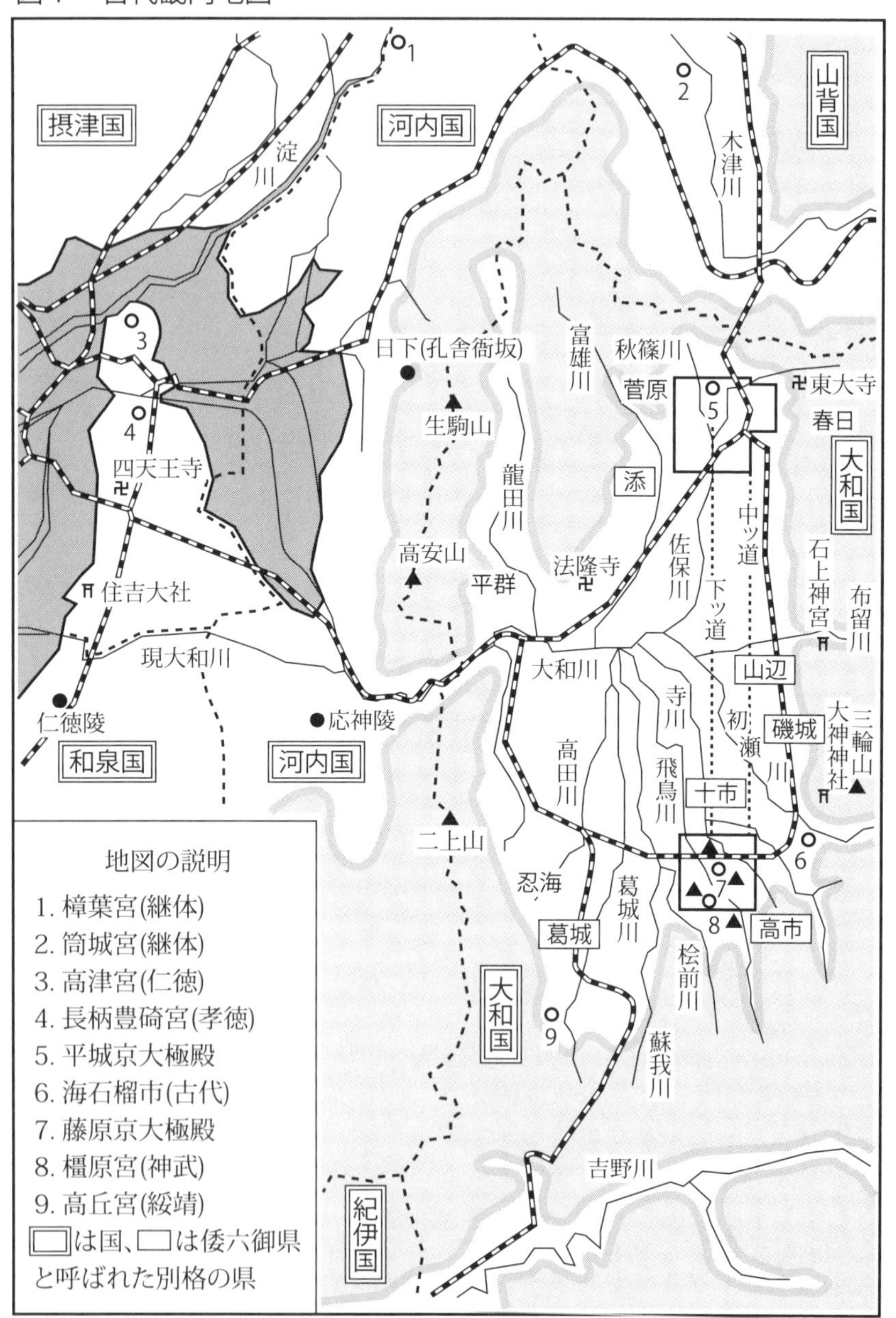
摂津国
河内国
山背国
淀川
木津川
日下(孔舎衙坂)
生駒山
富雄川
秋篠川
菅原
東大寺
春日
大和国
四天王寺
龍田川
添
中ッ道
佐保川
石上神宮
布留川
高安山
法隆寺
平群
下ッ道
住吉大社
現大和川
大和川
山辺
寺川
初瀬川
三輪山
大神神社
磯城
仁徳陵
応神陵
和泉国
河内国
高田川
飛鳥川
十市
二上山
忍海
葛城川
高市
葛城
桧前川
大和国
蘇我川
吉野川
紀伊国
地図の説明
1. 樟葉宮(継体)
2. 筒城宮(継体)
3. 高津宮(仁徳)
4. 長柄豊碕宮(孝徳)
5. 平城京大極殿
6. 海石榴市(古代)
7. 藤原京大極殿
8. 橿原宮(神武)
9. 高丘宮(綏靖)
は国、は倭六御県
と呼ばれた別格の県

図2　古代天皇略系図

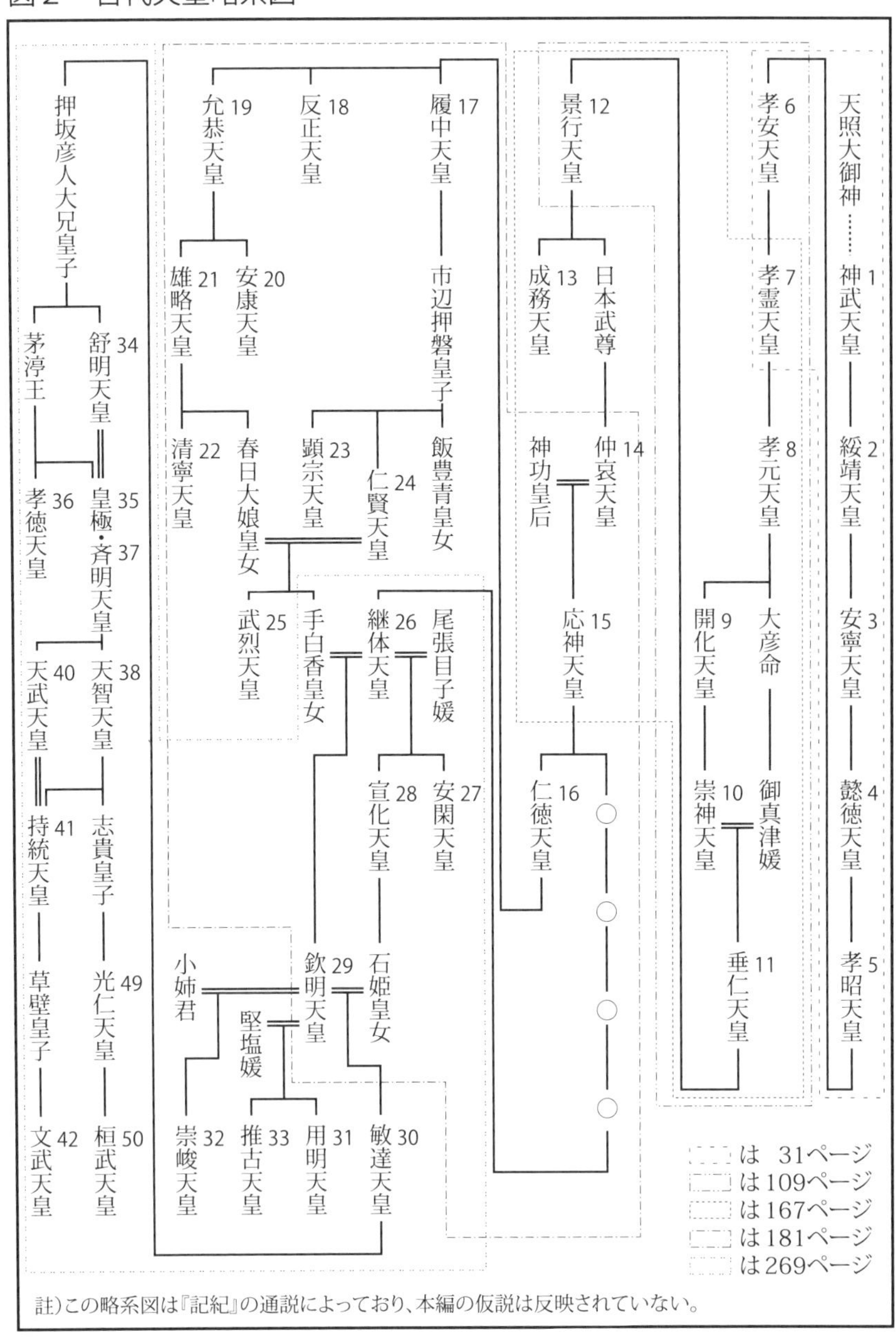


註）この略系図は『記紀』の通説によっており、本編の仮説は反映されていない。

# 小説　古事記成立

人名は『日本書紀』の表記を基本とし、適宜、他を用いたが、漢字は新字体を原則とした。かな遣いは引用文のみ旧かな、ただし振りがなは「お」と「を」の違いに意味がある場合などは、地の文にも旧かなを用いている。

# 第一章　和銅四年九月の事

大極殿と藤原京遠望

平城京の都域を出て、下ッ道を南へ行く。平らかな大和の国中に、小さな椀を伏せたような優美な姿の耳成山が近づいてくる。その右奥には少し高くて直線的な稜線をもつ畝傍山も見えるが、この時代に藤原の故京へ赴く者には別の感慨が襲う。耳成山の奥に隠れていた大極殿の大きな甍に目が奪われるからである。

大極殿――正確には、もはや大極殿ではない。去年の春、都は大和の北端、春日から菅原に至る一帯に新たに拓かれた平城京へと遷されてしまった。したがって元の朝堂院には、かつての殷賑が想像もつかない廃墟に近い寂しさが漂っている。僅かばかりの衛士の姿を時折は見かけるが、ここは都の官人には既に縁のないところであった。

太安万侶は、今は旧き京となった藤原京の中心、旧大極殿のすぐ近くにある稗田阿礼の官舎を訪ねている。第四十三代元明天皇の御代、和銅四年（七一一）の秋九月である。安万侶は語部の阿礼が口誦する『帝紀本辞』を聴き取り、筆録する作業を開始したばかりだった。

阿礼はこの年、三十九歳の理知的な美貌の女性である。というと意外かも知れない。「稗田阿礼」は年老いた翁のイメージで描かれることが多いからである。

安万侶の編纂と伝えられる『古事記』の序文に、語部でなく舎人という男の職掌で記されていることも誤解の一因だろう。しかし序文には、ある意図で敢えて事実を伏せる細工が施されていた。そしてその事情こそ、この物語を書き進める主題に関わる「謎」だった。

語部とは、わが国にまだ文字が無かった時代に建国の偉業を讃えるために作られた叙事詩を、口伝えで継承する役割を担った女性たちのことである。大和王権の成り立ちを語った説話の朗唱は宮廷祭祀の重要な構成要素だったから、語部は朝廷の公の官職だった。

　和銅四年のこの秋から三十年も前に、阿礼は八歳で語部に採用されている。そして翌年、わずか九歳で大抜擢を受けた。時の第四十代天武天皇の皇親である川嶋皇子と忍壁皇子が主管した修史の事業に、特別の協力を命じられたのである。＊

　それは複雑で難しい作業だった。系譜を主にした『帝皇日継』と、物語的な『旧辞』が先達の語部によって朗唱される。別々に伝えられ、別々の語部によって演じられる両系統の口誦を聴き取りながら、川嶋、忍壁両皇子、時には天武天皇自身の直接の指示（勅訂）に順って内容を修正しつつ、断片をつなぎ合わせて覚えねばならなかった。

　その「編集」と「推敲」によって成り立ったのが『帝紀本辞』である。この新しい叙事詩を、阿礼は通しでも一部でも自在に朗誦が出来るようになって、今に至っている。

　去る九月十八日、安万侶は修史寮別当の舎人親王に呼び出された。天武天皇第三皇子の舎人親王は正五位上民部少輔の安万侶に、阿礼の記憶する『帝紀本辞』の口誦を聴き取り、文章化してまとめることを命じた。現任の民部少輔という官職は、修史寮とも語部司とも直接に関わりを持たないから、安万侶は下命の趣意を尋ねてみた。＊＊

「御身の学識ゆえ、と答えておこうか」

　親王は安万侶の役職に対して命じたのでなく、彼が絶えず磨いてきた素養を高く評価してのことだとも言った。安万侶の矜持はくすぐられた。

「では阿礼の口誦を、そのまま録すのではないと仰せで御座りまするか」

「録すだけではない。が、録すのがいかに難しいか、御身は知っていよう。やまと言葉を漢字でどう表わしたらよいか。ひたすら考案を続けてきた御身にしか出来ないことだ」

「光栄に存じます」

「録した後、整える。そして大唐にも示したい。日本の成り立ちは、かくかくであったと誇れるものにしたいのだ。むろん、陛下のご意向も然りだ」

親王の熱意は十分に伝わってきた。大唐――その前の隋の時代もさらに前の魏や宋の時代も、中国と日本の関係は、水が高きから低きに移るように一方的だった。政治も技術も文化も、わが国は受け容れるだけの存在であった。それを「日本にこの書あり」と示すことは、新興国の知識人ならば、まず第一に手がけてみたい大事業なのである。

しかし安万侶は、舎人親王の言葉の力点が置かれた場所を間違えた。「大唐にも示したい」という自分と共通の思いに重きを感じすぎたゆえだが、親王は知識人というより、後には知太政官事を務める政治家が本分の皇族だった。表記や表現という文化的な意味での「示したい」ではなく、統治の正統性や強さという国際政治の範疇で「誇れるものにしたい」と言いたかったのである。

誇るための勅訂。それが川嶋皇子、忍壁皇子の手がけた第一次修史の未完に終わった部

＊　阿礼の役職と年齢は『古事記』の序文に記載があるものの、実在を疑う説がある。女性説を最初に指摘したのは江戸後期の国学者平田篤胤、近代の民俗学者柳田國男は猿女君（さるめのきみ）の一族で語部とした。『古事記』の偽書説も根強いが、本作品はその真実を探るものでもある。

＊＊令制の「八省」の一つである民部省は、戸籍、租税などを扱い、儀典を扱うのは式部省だった。少輔は卿、大輔に次ぐ職で「しょう」と読んだが、明治の太政官制では「しょうゆう」と読む。なお、卿、大輔は令制では「かみ」「たいふ」、明治は「きょう」「たゆう」である。

分だった。ようやく中等から抜け出して高等になったばかりの官僚である安万侶には容易に想像もつかない発想があった。

天武天皇、そして当代の元明天皇の意向とは何か。統治者ゆえの責任を日々その身に負うている人びとのみが共有する、統治の思想とも、王権の論理ともいうべきものだった。この大いなる意志は、以後五ヵ月にわたって実施された安万侶と阿礼の共同作業が対峙することになった巨大な「壁」でもあった。

安万侶は当年五十歳、時代を代表する知識人である。といっても当時の「知識人」は高い身分を意味しないが、『文選』その他、中国の古典をよく学び、また流行の表現技巧なども駆使して、みずから華麗な漢文を書き著わせる素養を身につけていた。

慶雲元年（七〇四）には従五位下となって初めて通貴（高級官僚になり得る資格）に列し、累進してこの四月に正五位上に進んでいる。家柄は旧いが有力とはいえない太氏としてはかなりの出世といえる。それもひとえに、類まれなる学識の深さによるものだった。

その安万侶が苦心したのは、伝統的な「やまと言葉」で織りなす日本語を、漢字を使ってどう表わすかであった。

漢字は表意文字であることに特色がある。したがって後世にいう「訓」を用いて表記するのが望ましいが、その原則では、おのずと伝えられる内容が限られてしまう。

表現すべき意志や事実自体が漢文脈で考えられるならよい。行政は然りで、だから漢学の素養は当時の宮廷人の必須条件になった。しかし、「やまと言葉」や固有名詞が頻出する日本の建国神話や歴史を述べるのに、舶来の文体では無理があるのは自明だった。そこで安万侶は、それらを漢字の「音」と「訓」を併用して表わす方法を採用したのである。やまと言葉を正確に伝えるのは「音」表記である。しかし、すべてを音で書き連ねると、長々しくて読みづらい。現代でも、総ひらがな書きやローマ字綴りの文章がかえって読みにくいのと同じである。だから漢文脈と和文脈を織りまぜ、和文脈においては普通名詞は漢字の「訓」で、固有名詞と動詞、助動詞は「音」と書き分けるよう整理して、後の「漢字仮名まじり文」という日本語表記の原型を作った。＊

たとえば上巻に、素戔嗚尊の高天原追放に至る場面で、

速須佐之男命、不レ治二所レ命之國一而、八拳須至二于心前一、啼伊佐知伎也。＊＊

という条がある。海原を支配するようにと命じられたのに順わず、鬚が鳩尾（心前）まで伸びるほどの長い間、啼きわめいたのである。この後、素戔嗚尊は天照大御神と誓約をして、市杵島姫、湍津姫、田心姫の三女神の父となる。筑紫の宗像にあって海人族の長だった胸形君は三女神を宗像三宮に祀ったが、その契機をなした説話である。

この一文には、安万侶の用法の特徴がすべて表われている。まず漢文脈を用いること。事実を述べる部分は、既に行政文書でも経験が多く読解もしやすいからである。しかし、

＊固有名詞の漢字表記は、鉄剣や銅鏡などの銘文にも例があり、時代は五世紀後半にさかのぼる。しかし、やまと言葉を使った散文の日本語表記の方法は、太安万侶が考案したとは言い切れないが、『古事記』において、長文かつ体系的に洗練されたことは間違いない。

＊＊原文は倉野憲司校注『古事記 祝詞』（底本は真福寺本）、書き下し及び読みは次田真幸『古事記（上）』も参照。以下、（中）（下）も適宜それぞれ参照した。

情感を細やかに伝えるためには和文脈を用いる必要がある。「啼く」と「啼きわめく」の語感の違いを書き表わしたいのが日本語であり、安万侶の問題意識であった。

だから和文脈で、「いさちき」の部分を「音」で書き、「啼伊佐知伎也」とした。「也」は現代表記の句点を意味し、同様に「而」は読点の役割を果たす約束事がある。*

安万侶の表記法は、助詞や動詞の活用部分を音で、名詞や語幹は訓で表わす万葉仮名と比べると、その原則も徹底しない。しかし、とにかくその方法で統一された長編の「文学」を完成させたのだから、日本語表記の先駆的、画期的業績を成したのは明らかである。


安万侶は藤原京の阿礼の官舎を訪ねて、聴き取りを開始した。語部は巫女の一種といってよい。膨大な長さがある建国の叙事詩を、暗誦して吟じるのである。それには超人的な記憶力を必要とするから、憑依現象すなわち神がかりの状態になって無意識のうちに記憶し、無意識のうちに文章が口をついて出るようにならなければ、ふつうは出来ない。

神と人の間を取り持ち、交霊の媒をするのが巫女である。自然神である日本の神々は森羅万象に宿るが、その形状のままでは言葉を発することが出来ない。そこで、巫女を憑代として、神の代わりにその言葉を人に伝えさせるのである。

語部が語るのは、言葉であって言葉でない。建国の偉業の記憶と再生は、語部がまさに巫女であって初めて可能となる、民族の歴史の追体験なのである。

しかしそのやり方では、個別、具体的な指示を受けながら、部分部分を編集しつつ記憶していく「作業」は進められない。だから三十年前の阿礼は、憑依でなく理知力で、この難しい課題に取り組んだ。『古事記』序文は述べる。

人と為り聡明にして、目に度れば口に誦み、耳に払るれば心に勒す。

目で見たことをその通りに言葉で表現でき、一度、耳で聞いたことは心に刻みつけて忘れない――と称された天分に恵まれた阿礼にして、初めてなし得た成果だったのである。

☆

安万侶は新都の平城京から半日かけて藤原の故京を訪れ、阿礼との作業に従事した。夕刻に作業を済ませると、旧朝堂院の一角に残されていた衛士の宿舎に一泊する。そして翌朝も作業を続けて、昼から都に帰るという段取りである。

朗唱の聴き取りは順調に進んでいたが、時折、安万侶を困惑させる叙述の矛盾に突き当たることがあった。語部は口誦を途中で遮られることを嫌う。憑依が解けてしまう怖れがあるからである。だから安万侶も気を遣って、阿礼の精神の集中を妨げるようなことは控えていた。もっとも、阿礼自身は安万侶に、

「少しでもお気に懸かる部分がありましたら、いつでも構いませぬ。どこでも構いませぬから止めて下さいませ」

＊『古事記』による日本語表記の進展については、中央公論社（刊行時、現在は中央公論新社）の叢書「日本の古代」第14巻の『ことばと文字』に収められた小林芳規氏の論文に詳述されており、同書には『日本書紀』の表記についての森博達氏はじめ多くの参照すべき論文がある。

と言っていた。第一次修史の際に、朗唱を中断しながらの推敲に耐えてきた自信に加えて、今度の作業に寄せる並々ならぬ覚悟があったからである。

とはいえ、安万侶は朝廷に仕える官僚として、宮廷儀式の際に必要な慎みを忘れることはなかった。物音を立てず、咳きにすら気を遣っていたが、阿礼が、

『天国押波流岐広庭命は、天の下治らしめしき。次に広国押建金日命、天の下治らしめしき。次に建小広国押楯命、天の下治らしめしき』

と朗唱するに及ぶと、どうしても自制が効かず、思わず、

「あっ、そこ。ちょっと待って下され」

と叫んでしまった。朗唱を止めた阿礼は落ち着いていた。時ならぬ中断を厭う素振りもなく、むしろ喜んでいるふうにも見えた。そして、

「どうぞ、お尋ね下さい。お気遣いは要りませぬ。私はそれだけの技量を、この日のために磨いて参ったようなもので御座います」

と言う。安万侶は不作法を恥じる思いよりも、事実の解明に関心が募った。

「今、阿礼どのは広庭命、次に金日命、次に楯命と言われましたな」

「はい、その順で御座います」

「しかし…」

安万侶の疑問は当然だった。

「いずれも男大迹御門（第二十六代継体）の皇子様方だが、まず金日御門（第二十七代安閑）、

次に楯御門（第二十八代宣化）と続き、最後に広庭御門（第二十九代欽明）が即位されたはずではないか。広庭、金日、楯というのでは順序が逆だ」＊

「では、お直しになられますか」

阿礼はいとも簡単に言い、微笑んだ。『帝紀本辞』の章句には不合理がある。それでも両皇子から明示の指示があった場合は、それに順った。恣意を挟まぬことは、修史の作業に抜擢を受けた語部として当然の心構えだった。しかし、ある種の心の作用が働いて、言われないことはそのままにしておいた。矛盾を敢えて指摘しなかったのは、原型の痕跡を少しでも残そうとする意識的な不作為であった。

安万侶には、阿礼が示す微笑の持つ意味が何となく分かり始めていた。

「取り敢えず今はこのままに。辻褄が合わぬといって形を整えるのはたやすいが、それでは何かを失ってしまうやも知れぬ。それが何か、今の私には確とは分からぬが、分からぬ者の浅知恵で、古くから伝えられて来たものを改めてしまうのは誤りであろう」

阿礼の眼が光った。それが安万侶の態度に賛意を表わした徴なのだとは、この時の安万侶は知る由もなかった。

「阿礼どの。申し訳ないが、一節一節を詳しく当たり直してみたい。神代のことはともかく、御初代の磐余彦天皇（神武）の御代から、それぞれの天皇の御事績についての叙述に隠さ

＊継体天皇の次の皇位継承について、『古事記』〈継体記〉にはこの順の記述がある。同時に、継体天皇崩御の年にも混乱があり、何らかの事情が隠されていると指摘される。その中には安閑、宣化と欽明、あるいは安閑と宣化、欽明など二朝が並立していたとする説もある。

れた真実を見出したいのだ」

　既に今回の修史作業の真の意図を見抜いていた阿礼は、心ひそかに愁いの晴れる思いがした。安万侶がようやく、おぼろげながらもその事実に気づいて、自分と同じ問題意識を持ってくれたことが嬉しかった。

　人には役割がある。安万侶がいかに一級の知識人でも、古代から伝えてきた叙事詩の朗唱は出来ない。伝承の中身は阿礼しか知らないからである。しかし、阿礼にはどうしても出来ないこと。それは『帝紀本辞』の内容を後世に遺すことだった。

　語部として、同時代の人びとに伝えることは出来る。次の世代の語部に教えて、覚えさせることは出来る。しかし、阿礼自身の記憶はあと数年も経てば次第に失せて、やがてはどこにも残らなくなる。その不可能が安万侶には不可能でない。阿礼の口誦を筆録して文書にすれば、後世に確実に伝えていける。

　語部による伝承は、後継の語部がその記憶を間違えたら、誤った形で伝わってしまう。しかも正しい伝承を復元する方法はない。もちろん、神の言葉を曲げることには現代人が想像する以上の、禁忌に触れる畏怖があるから、語部は中身を故意に曲げたりはしない。が、時の権力者には、政治的な目的で改竄を図る動機がある。その動機と目的が、前回の作業に従事した阿礼には見えてしまったのである。

　阿礼は安万侶に、この叙事詩を正しい姿で伝える使命感を共有して欲しいと思っていた。誠実な学者。気骨のある知識人。権門に阿る俗吏でなく、権力抗争からも無縁な安万侶の学問的良心に、阿礼は賭けたのである。

# 第二章　木の葉さやぎぬ

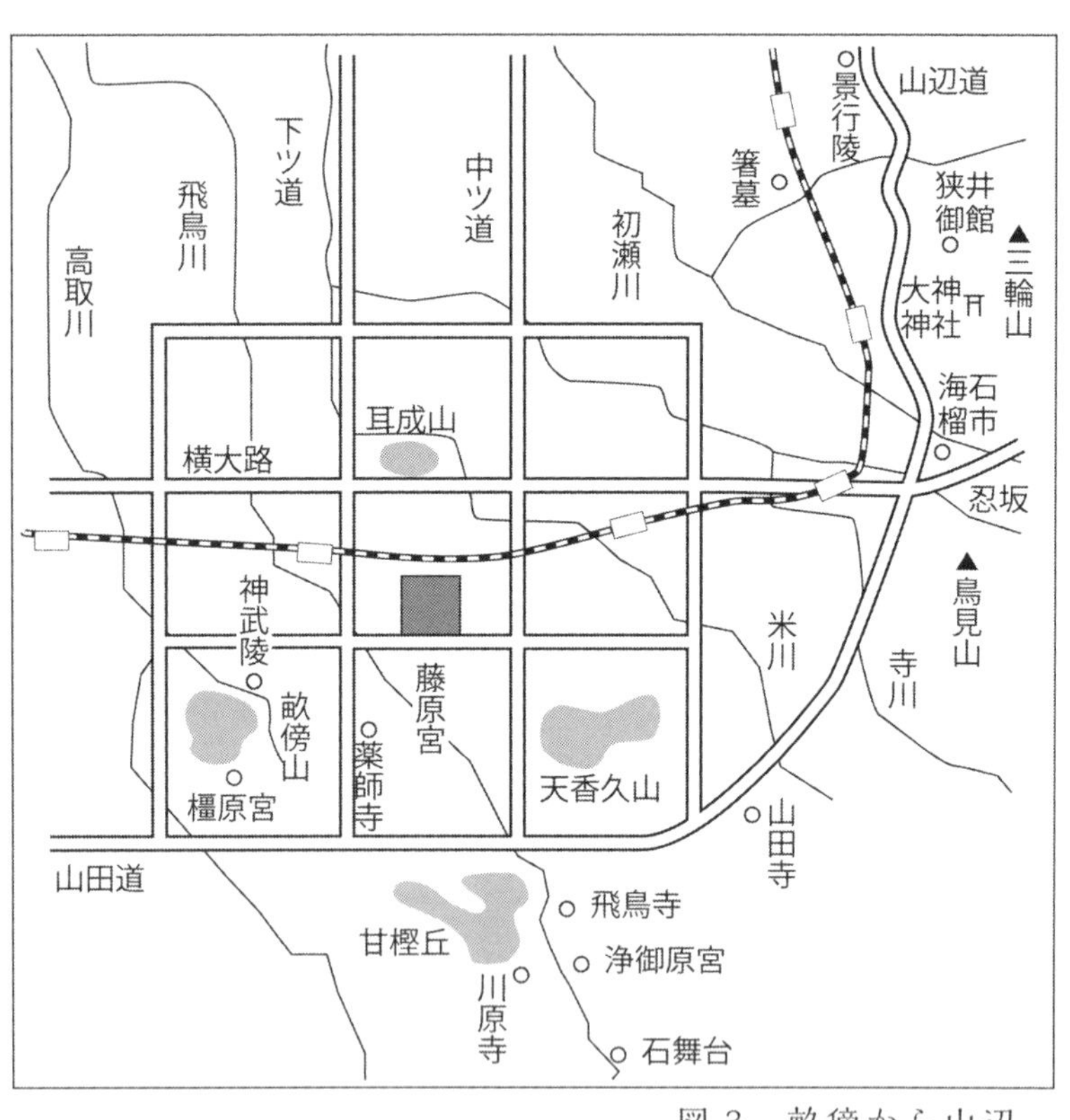
景行陵
山辺道
箸墓
中ツ道
下ツ道
飛鳥川
高取川
初瀬川
狭井御館
三輪山
大神神社
海石榴市
耳成山
横大路
忍坂
鳥見山
神武陵
米川
寺川
藤原宮
畝傍山
薬師寺
天香久山
橿原宮
山田寺
山田道
飛鳥寺
甘樫丘
浄御原宮
川原寺
石舞台

図３　畝傍から山辺

一

丙子の太歳、春三月十一日。初代神武天皇は橿原宮の奥深い一室で崩御した。官撰の史書である『日本書紀』は、これを西暦紀元前の五八五年だったと伝えている。＊

わが国最初の「天皇崩御」の事態に直面して、皇族や朝臣たちは服喪の期間に入った。大和では、族王の嫡子は三年にわたって殯りして哭くのが礼とされていた。諸式が整い、文明が進み、現在でいう官僚制が出来つつあった先進地域の習である。

したがって、五十鈴媛皇后が生した神八井耳命、神渟名川耳尊の二皇子は、みずからの領邑であり皇后の実家でもある三輪山の狭井川の畔りに御館を建てて引き籠った。

他方、僻地にあって統治に族王の腕力膂力が必要だった地域は、そんな悠長な習慣はない。先王を悼む心は強くても、他の廷臣や将軍たちと同じく長くて一季、すなわち春、夏、秋、冬のそれぞれ三ヵ月、おおよそ百ヵ日というのが忌服の例であった。

遠く日向（宮崎県と鹿児島県）の高千穂から「東遷」して大和に入った天皇家にも、故郷の習に順って短期で服喪を終えた皇子がいた。神武天皇の長子、手研耳命である。

手研耳命は、天皇がまだ高千穂宮に在った時代に、日向の吾田邑（鹿児島県肝属郡吾平町が平成の大合併により鹿屋市）の土豪の娘である吾平津媛を娶って生まれた。武勇にすぐれ、東遷に

＊丙子は在位七十六年目に当たる。したがって、いわゆる皇紀では七六年だが、宝算百二十七歳とも百三十七歳ともいわれる神武天皇の事績を、実証史学の観点で考究しても始まらない。が、十干十二支は六十年を一周期とするから、在位十六年目にも丙子がある。本章の挿話は十六年目の出来事と仮構して、登場人物の年齢設定を試みている。

も加わり、父を助けて功労があった皇子である。

＊

一季の後、六月に喪明けを宣言した手研耳命は、橿原の故宮の東に新しい宮居を建てて朝政の指導を始めた。神武天皇の建国は超人的な偉業と形容されるが、それは二千七百年近くにわたって皇統が連綿として絶えない今日から見て下しうる評価である。当時は王権の基盤も盤石とはいえず、油断をすれば、いつ内憂外患を生じるかも知れないから、朝政に長期の空白が許される状況ではなかった。したがって手研耳命の朝政復帰は、朝臣たち、とくに高千穂系の遺臣には歓迎されたのである。

神武天皇は即位の前年に大和の名門貴族である事代主神の女、姫蹈鞴五十鈴媛を妃に迎え、即位と同時に皇后に冊立していた。嫡子の神八井耳命、神渟名川耳尊はその後の生まれだから、まだ年若である上に政治経験もない。

その点、手研耳命は永年にわたって軍事、行政に父の天皇を補佐してきた実績がある。王権が脆弱で、国土の統一も未だ成らない時代である。生母が地方豪族の娘だという出自に多少の難はあるものの、取り敢えず手研耳命を後継の指導者として認めようとの空気が広がるのは当然の成りゆきだった。

群臣の支持を得た手研耳命は、ある夏の夜、継母にあたる五十鈴媛皇后のもとを訪れた。死霊を嫌う思想から、亡き先帝の「表」は既に毀たれている。当時の宮居は、後世の皇居のイメージには程遠い、簡素な造りだった。譬えていえば伊勢神宮の玉垣に囲まれた正殿や拝殿の周囲に、もう少し建物を増やした程度が実像に近い。

「皇子様、この夜半にいかがなされましたので御座いましょう」

　手燭を持って現われた女官の葛城郎女が尋ねた。

「太后にお目にかかる」

　手研耳命の言い方は、有無を言わせぬ断定的なものだった。葛城郎女は、それでも、その言い分をすぐには認めなかった。

「皇子様、もはや夜も更けております。拝謁は明朝になさいませ」

　そう言いながら、葛城郎女は心が騒いだ。この状況を予期しないではなかったのである。やはり憂えていたことが現実になるのではないか、との思いが広がった。

「拝謁を願うているのではない」

　そう言い放つと、手研耳命は葛城郎女から手燭を奪うように受け取った。そして止めに入る間もなく、闇の中に浮かぶ五十鈴媛の寝殿へ向かって歩みを進めた。

　入口の板戸を観音開きに開けると、天井の梁から几帳のような布帛が垂らされ、その向う側にほのかな灯が見えた。五十鈴媛は、寝台の傍らに燭台を点して佇んでいた。

「太后…、入りますぞ」

　五十鈴媛は、いつもながらの冷静さでこの事態に臨んでいるように見えた。沈着に考えをめぐらせ、今、どのように振舞えばよいのかを思料しているのであった。

「皇子、なにか火急のことでも起きましたか」

　手研耳命の決意は固かった。

＊日向から七〇八年頃に薩摩、七一三年に大隅（おおすみ）が分立、鹿屋市は旧大隅国。

「私は、皇子ではありませぬ。そしてあなたも、今宵（こよい）から、太后ではなくなりました」

わずかな灯の中で、五十鈴媛は手研耳命の瞳（ひとみ）の光を求めた。手燭が揺れ、その光が尾を引いているのに眩惑（げんわく）されて、なかなか焦点が結ばれなかった。しかし、燭台のほのかな灯と手燭の猛々（たけだけ）しい光が交差するように二人の視線が交わると、五十鈴媛はもはや、この事態に抗（あらが）うすべのないことを知った。

手研耳命は、黙って五十鈴媛の前まで進むと、純白の薄い単衣（ひとえ）の前に結ばれた羅紗（らしゃ）の細帯（ほそおび）を引いた。はらり、と蝶結（ちょうむす）びが解（と）けて、五十鈴媛は薄衣（うすぎぬ）を肩に羽織（はお）っただけの裸形（らぎょう）に近い帯代（おびしろ）姿でそこに立ち尽くしていた。

先帝の崩御以来、孤閨（こけい）を寂しく守っていた太后は、若い精悍（せいかん）な男に組み敷かれることへの予感で、心は知らず、その身は既に潤（うるお）っていた。

## 二

五十鈴媛は太后（たいこう）といってもまだ若い。三十代の半ばになるかならずで、高千穂で生まれた手研耳命とは同年である。二人の少年皇子の母とはいえ、清楚な美貌は輝くばかりだった。生（な）さぬ仲である手研耳命が、五十鈴媛のことを継母としてよりも、一個の女性として見ていたことは無理からぬといえた。

この時代の大和では、族王の地位を継承した後継者が、先代の後宮をそのまま維持するのが通例だった。先代の妃嬪（ひひん）を引退させ、しかもその格で礼遇するほど経済の余力がなかったともいえる。むろん、血のつながった妃を犯すのは絶対の禁忌であり、老境に入った女たちと性の交渉をもつ必要はなかったが、名目上は後宮という一つの組織を支配する立場になるのである。北方民族に共通する「烝」の一例といえるかも知れない。＊

実は、高千穂にはこの習がない。生産力が大和よりさらに小さいから、後の天皇家といえども後宮を設けるだけの余裕が無かったのである。

天照大御神が地上の世界を統治するために遣わした直孫——これを「天孫降臨」という——の瓊々杵尊から、三代が日向の高千穂宮に在った。初代の瓊々杵尊は大山祇神の女木花開耶姫を、海幸彦、山幸彦の説話の主人公として知られる二代目の彦火々出見尊は綿津見神の女豊玉姫を、三代目の鸕鷀草葺不合尊は豊玉姫の妹玉依姫を妃としたが、いずれも一夫一妻であった。

瓊々杵尊は、木花開耶姫の姉にあたる石長姫も妃とするよう大山祇神に勧められたが、木花開耶姫だけを受け入れた。これはふつう、天皇家が木の花の如く美しく栄えるが、その寿命ははかなく終わるという摂理を選んだ寓意と解釈されている。が、明らかに、高千穂時代における一夫一妻制の伝統も反映しているといえるだろう。

四代目の神日本磐余彦尊すなわち後の神武天皇は、高千穂時代に吾平津媛を娶って手研耳命を儲けていたが、東遷後、融和のためにも大和の高貴な姫君を迎えるべきとの進言を受けた。吾平津媛が早世して独り身だった天皇は五十鈴媛を娶って皇后としたが、しかし、一夫一妻の伝統は守った。この高千穂風は長く続き、初期天皇家の皇統譜には第六代孝安天皇まで、皇后以外の妃

＊　烝とは、北方民族に長く伝わった婚姻についての風習で、当主が死ぬと、妻妾を弟など次の当主が承ぐというもの。日本の社会も近代どころか戦後まで、その影響を受けている。

の記載は無い。

手研耳命は、服喪の期間については故郷高千穂の前例を踏んで先進大和に倣わなかったが、後宮の仕来りについては大和の習を踏襲するという理屈で、継母を后としたのである。

五十鈴媛皇后が義理の息子に再嫁し、現代風に言えば亡夫の先妻の連れ子と通じたことを、不道徳というのは誤りである。また、そのことを文学に記したからといって不敬の咎めを受けるいわれもない。建国初期の時代習俗では朝野に限らず認められていたのである。*

五十鈴媛皇后は、大和文明圏の伝統の下で育ってきた。したがって、天皇家の家長の交代にあたって一族の和を保ち、しかも激動する情勢に的確に対処していくためには、強い後継者が必要であることを十分に理解していた。

神武天皇の創業した大和王権は、先進文化を育んだ在地の豪族たちと日向から外来の将軍や廷臣たちとの均衡の上に成り立っている。これまで、微妙なその均衡が保たれてきたのは、神武天皇の偉大な指導力があったからである。

その力が消えた今、大和王権はちょっとした油断で思わぬ破綻をきたす怖れを無視できない。五十鈴媛は、日夜を分かたず神武天皇とともにあり、政権の中枢にいただけに、その強さと脆さが分かっているのである。

大和の文明は、当時、既に他の地域の追随を許さぬほど進んでいた。もっとも、五十鈴媛の父の事代主神は、もとをたどれば出雲系の貴族である。純粋の土着豪族ではないのだが、大和の先進社会は、何代にもわたる外来文明の進出と受容を繰り返して、その混淆と昇華の歴史が発展の活力となっている。

　だから、日向の高千穂から「東征」と称して神武天皇がやって来たときにも、五十鈴媛自身には征服されるという意識はなく、また新しい文化の混合が起こるのだと感じて、積極的に期待を寄せることが出来た。神武天皇よりも一世代早く大和入りした饒速日命が登用した長髄彦将軍の武断政治に人気がなかったことと併せて、沈滞した大和を活性化させる変革の推進勢力として、神武天皇の率いる高千穂軍団を受け容れようと思ったのである。

　したがって、天皇の側近に侍した武将である大久米命が大和の諸豪族のもとを訪ね歩いて「お妃狩り」まがいのことをしていると知った時は、激しい怒りを覚えずにはいられなかった。

　最初にその報をもたらしたのは山辺郎女だった。五十鈴媛のいる三輪山から北へ続く山並みを二里（約八キロ）ほど歩いた辺りを山辺というが、その地を領する中規模の豪族の娘である。

　山辺郎女は、かねて五十鈴媛が親しく接している一人だった。十代の少女たちが集まって、野の花摘みをしたり、歌や舞の練習をしたりという仲間があり、五十鈴媛はその中心的な役割を果たしていた。

「五十鈴媛さま。とにかく失礼な話です。突然、その方はやって参りました。そして父に言ったそうです。〈磐余彦様が御位に即かれるにあたっては、大和に倣って後宮を作りたい。そこで、山辺からも身分が高く飛び切り美しい媛を一人、差し出すように〉とのことです」

＊五十鈴媛皇后が義理の息子の手研耳命に再嫁したことは、八世紀の朝廷には当然のこととして受容されていたので『古事記』にも明記されている。もっとも、唐の価値観を意識して編纂された『書紀』では省略せざるを得なかったが、伝承を豊富に取り上げた『古事記』のおかげで、われわれは大和王権の成立過程の中で確立されていったわが国の歴史と伝統を解く鍵を与えられている。

「まあ」

五十鈴媛は驚いた。高千穂勢は辺境から武力で進出してきた集団だから、多少は粗野であっても仕方がないとは思うが、山辺郎女の言う通りだとすると、余りに大和の事情を無視した蛮行と言わざるを得ない。変革を実現する期待を寄せていただけに、そのやり方は許せない。

「私が父の事代主神から聞いている話とは随分と違います。磐余彦さまは辺地でご苦労を続けて来られましたが、お血筋は貴く、お人柄も立派な方だそうです。大和の進んだ文明もよく理解されていらっしゃると聞きましたが…。本当にあなたの言う通りなら、私たちの考え方も変えなければなりませんね」

形から言えば、磐余彦は東征の勝利者である。そして敗れた大和は征服者に人身御供を差し出して和を乞う儀礼も必要となる。しかし、東征の成就後、神武天皇が敢えて「東遷」に言い換える布告を発したように、今回の事業はより高い次元のものだと理解されていた。

大和は古代の文明圏で最も先進的な地域だった。さらに何代にもわたって、他の文明圏からの進出と移住がおこなわれて特殊な文明圏を形成していたのである。

今、時代は日本の統合を必要としている。その大きなうねりの中で、強い大和が先頭に立って乗り出す使命を担う者として、大和文明が迎えるのが磐余彦尊なのである。

だから、大和は敗れたる者ではない。当然、進出してきた高千穂軍団も征服者でない。それが五十鈴媛の考えであり、父や兄から聞いた磐余彦の施政方針も、そういう認識に基づいたものであると信じていた。しかし、山辺郎女が泣きながら訴えることを聞いていると、その確信も揺らいでしまうのである。

図４　神代、初期天皇系図

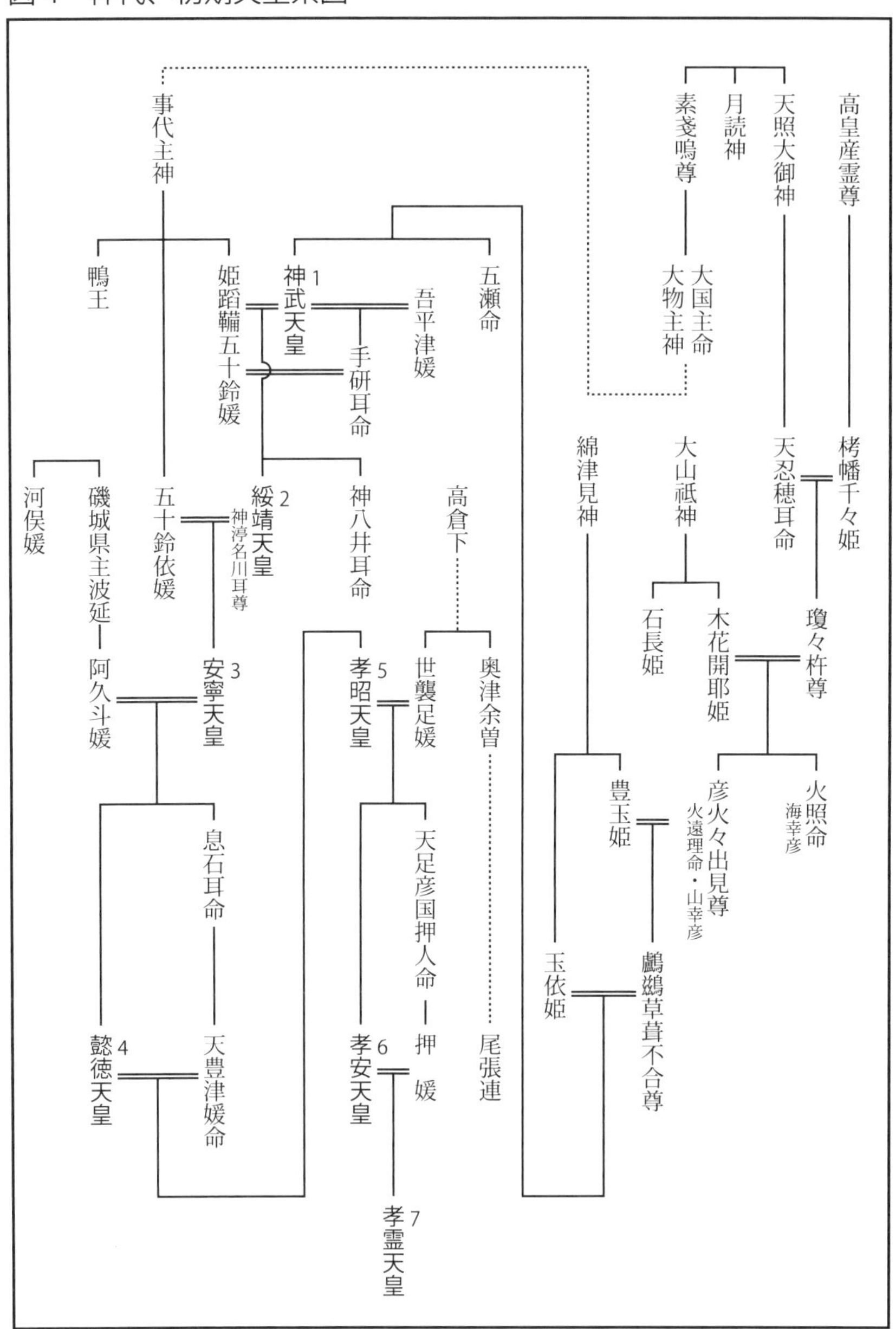
高皇産霊尊
天照大御神
月読神
素戔嗚尊
大国主命
大物主神
事代主神
栲幡千々姫
天忍穂耳命
大山祇神
綿津見神
瓊々杵尊
木花開耶姫
石長姫
火照命
海幸彦
彦火々出見尊
火遠理命・山幸彦
豊玉姫
鸕鷀草葺不合尊
玉依姫
五瀬命
神武天皇 1
吾平津媛
手研耳命
姫蹈鞴五十鈴媛
鴨王
神八井耳命
綏靖天皇 2
神渟名川耳尊
五十鈴依媛
磯城県主波延
河俣媛
高倉下
奥津余曽
世襲足媛
孝昭天皇 5
安寧天皇 3
阿久斗媛
息石耳命
天足彦国押人命
押媛
尾張連
孝安天皇 6
天豊津媛命
懿徳天皇 4
孝霊天皇 7

そこに葛城郎女が入って来た。大和の西南部を葛城というが、その大領主である葛城剣根の娘である。五十鈴媛の仲間では最も年長で、しっかり者で通っていた。

「よいところに来て下さいました。使いを出そうと思っていたところです」

五十鈴媛が言うと、山辺郎女の泣いている姿から葛城郎女はすべてを察したように語った。

「かなり大仕掛けな企みのように御座います。私の父のところにも、大久米命が参りました」

「剣根どのは何と？」

「父は大久米命を恐れてはおりませぬ。しかし、あの鋭い目つきには大抵の方は震え上がってしまうだろうと言っておりました。十市郎女、高市郎女のところへも話があったようですから、大久米命はまだまだ多くの娘たちを狙っているのでしょう」

五十鈴媛は、いたたまれぬ思いだった。高千穂勢の考えていることが分からなくなってしまったのである。このやり方では、誇り高い大和の豪族たちは、早晩、反発するしかなくなる。

当時、大和には大きく分けて六つの地域があった。最も古くから開けたのが磯城（志貴）であり、その北に山辺、西に十市、その南に高市があった。いずれも大和盆地の中央に広がった広瀬ヶ池に注ぐ支流に沿い、その灌漑を利して稲作を発達させたところで、この四つが原初の「倭」である。次いで広瀬ヶ池の北岸にあたる添（曽布）、西南岸の葛城が広い意味での大和に加えられた。後に「倭の六御県」と称せられるのはこの六地域のことである。＊

葛城郎女は、大久米命はそれらの地域の領主たちのところへこの話を持ちかけていると言う。これらの豪族はいずれも独立した領邑を営んでいる誇り高い一族の長である。大和の習とは、彼らが築いてきた文化と伝統であり、確かにその中には後宮の制度もあった。

しかし、それは同族の和と団結のために、族王を中心にした濃密な共同体を構成する目的で作られていた。地縁を血縁に昇華させ、より強固な結束を図る方策の一つであって、他の部族を隷従させるための手段ではなかったのである。

五十鈴媛の家は、もとは出雲文明圏の貴族だった。数代前に、高い技術文明の移転を望まれて、種々の技術者集団を率いて移住してきた。以後、在地の豪族たちとは協力関係を保ちつつ、稲作、土木、製錬、機織りなどの指導にあたってきたのである。

宗教革命でもあった。個々の技術の背景にある倫理観や宇宙観を、人びとの精神的支柱として与える役割を果たしたからである。三輪山に大物主神を祀ったのは、その象徴的な方法だった。だから、五十鈴媛の父の事代主神は、領邑は持っているが在地の豪族とは立場も性格も違う。農業集団の長ではなく、また単なる技術集団の長でもなく、いわば知識集団の長なのである。**

五十鈴媛が豪族たちの娘を組織しているのは、みずからの位置と役割をよく理解していたからである。時代は大きく動こうとしている。大和の各地域が独自に競争していれば済むのでなく、連携し、相互に影響しあって、より高い次元を目指さなければならない。

来たるべき日本の統合に備えて、大和の女性たちが出来ることは何か。統合という物理的な事

---

* この時点では「県」は置かれていない。物語の時期の翌年に神武天皇が即位し、さらに翌年の二月に二国二県を設置したのが大和王権の最初の地方官制であり、それらは倭国造（やまとのくにのみやつこ）、葛城国造、猛田県主（たけだのあがたぬし）、磯城県主であった。

** 大物主神は大国主神の別名とされ、事代主神は大国主神の子または六世の孫といわれる。神話の世界では時間の経過が無視されるからいずれと定めがたいが、物語としては親子関係などに大きな矛盾を生じる原因となる。いずれにしても、五十鈴媛皇后は大物主神の後裔である。

業は男たちが為すべきことかも知れない。しかし、女性たちの役割も必ずあると、五十鈴媛は信じていた。その実践の指導者となるべき娘たちに、自分と同じ価値観を持って欲しい。それが仲間たちを組織した理由だった。

だから、大久米命の「お妃狩り」を許すわけにはいかない。新しい時代を拓くという意識など微塵も感じられない蛮行としか思えないのである。

## 三

五十鈴媛は、兄の鴨王を通じて道臣命と話をする機会を得た。後に、道臣命は神武天皇から初代の宰相に任じられる。後世の大伴連の遠祖で高千穂時代から仕えて、東遷の過程では数々の武功にも輝いているが、もともとは天皇家の家宰であり、行政官である。

名門貴族として知られる事代主神の嫡男である鴨王からの面会の申し出を、道臣命は丁重に受けとめた。前年に落成したばかりで木の香も清々しい橿原宮の一室に迎え入れたこの重臣は、鴨王が美しい少女を伴っているのを見ても驚かなかった。

「妹の五十鈴媛に御座ります」

兄の紹介を待つ間、折目正しい挙措で傍らに控えていたが、その姿そのもので先進大和の文化を十分に表わしていた。雅びなのである。

「御用の趣きを承りましょう」

道臣命は心ゆたかになる思いがした。用向きは聞くまでもない。配下の大久米命が進めているお妃探しが事代主神の耳にも達して、この美しい媛も名乗りを挙げる意味で連れてきたのに違いなかった。そして大和随一の名門にこのように美しく、年ごろも見合った令嬢がいるならば、お妃選びは達成したも同然と思えた。

が、その期待が甘かったことはすぐに明らかになる。鴨王が五十鈴媛を売り込むのでなく、当の媛が思いもよらない一言を発したからである。

「卑劣なお妃狩りを、今すぐ、やめさせていただきとう存じます」

言葉づかいこそ丁寧だったが、思いつめ考え抜いた心のままを述べた。もし道臣命が征服者の意識を持っているなら、五十鈴媛の非礼を咎めて、怒りだしてもおかしくなかった。その危険を敢えて冒しても、是非にも伝えたい思いだったのである。鴨王も承知していた。

幸い、道臣命は武骨な軍人でなく、老練な政治家だった。名門の媛が意を決した物言いを聞くべきだと判断する感受性があった。とくに、「お妃狩り」という言葉に込められた旧王朝の貴族たちの心の痛みが理解できたのである。

「お妃様をお探し申し上げていることは確かですが、五十鈴媛さまの仰せられようは私の腑に落ちませぬが…」

五十鈴媛が最初に見せた「強がり」の次に、何を言うだろうかとの興味もあった。

「大久米様は、道臣さまのお手下なので御座りましょう?」

「左様に御座います」

「お妃探しを命じておいでで御座いますね」

道臣命はこの会話で五十鈴媛の聡明を確信したといってよい。冒頭には「お妃狩り」という衝撃的な単語を用いたが、それは大久米命の行為を指している。目の前にいる上司の道臣命が命じたのは「お妃探し」であることを前提にして、注意深く言い分けたからである。

「はい。大久米命にお気に障る振舞いが御座いましたのでしょうか」

「各家の媛たちが怯えております。高千穂の方々が大和にお入りになり、ただでさえ何が変わるのかと不安な時で御座います。殊更、お気を付けていただきたいと思いますのに、大久米様は各家の当主に娘を差し出すように命じておいでです。このやり方では、人身御供として奉れと言われるに等しいもので御座います」

「お上（磐余彦尊）は、本当にお妃様をお探しになられているのです。高千穂に在ました時には吾平津媛様がおられましたが、疾うに亡くなられてしまいました。御東遷もお済みになり、大和の姫君と御縁を得たいとお考えなのです」

「お妃様をお探しになるのでしたら、お一人をお決めになればよろしいので御座いましょう。大勢に声をかけて、後宮に差し出させるのは禍根を残すだけに御座います」

「御一方をお選びするために、大久米命なりの方法を考えたのだと思いますが」

「あくまでも人身御供ではないと仰せなのですね」

「はい」

　不満をぶつけに来たのではない。目的を達するためのやり方を考え直して欲しいと思ったのである。だから五十鈴媛は、道臣命の譲歩の姿勢を感じ取ったのを機に、何らかの果実を得た方がよいと判断した。

「そう承って安心いたしました。私どもは高千穂の方々がこの大和に新しい力を与えて下さり、相ともに、より大きな目標に手を携えて参れるものと考えておりました。私は媛たちにも、そのように申していたのですが、大久米様の恐ろしげなご面相でお話があったものですから…」

　大久米命は目に入墨をしていた。当時の武将には必ずしも異例でないが、先進大和では既に廃れて久しい風習である。豪族の当主でさえ、目つきの険しさに射竦められると感じた者もいた。

「折角、磐余彦さまにお似合いの媛たちがあっても、怖気づいてしまいます」

「確かに、大久米命には不向きな役柄だったかも知れませぬな。私の失策でしょう」

　道臣命は人選の誤りを認めたが、本音は違った。大久米命が与える印象は百も承知で、恐れさせて力で押し切ることも必要と考えたのである。大和の豪族たちの誇り高さは分かっていたから、東征を東遷と言い換えるような融和策も示していた。しかし、高千穂軍団にしてみれば、武力で進出した本質に変わりはない。大和入りが成功裡に終わった今、これからの方針に武断政治は適さないから融和的に動こうとしているだけである。

　戦略的思考がそこにあった。だから、時には強く牽制してみることも必要になる。そこで統治の実態に直接に関わらない「お妃探し」で、小手を打ってみた。反発されればすぐに撤回してしまう。撤回して面目を失うような題材でないから、やり易い。道臣命が豪族たちの反応も分からずに、武骨な大久米命を選んだわけではないのである。

　しかし、この小手調べは思わぬ副産物を生みそうだ。可憐な五十鈴媛の果敢な抗議は、道臣命にとって期待した以上の効果が上がったことになる。そんな内心の喜びを少しも表に見せずに、この問題の収拾に取りかかることにした。

「大久米命が姫様方を恐がらせてしまいましたことは私がお詫び致します。でも、先程も申しましたように、お妃様は是非ともお迎え申し上げねばならないのです。五十鈴媛さまはどうしたらよいと思われますか」

道臣命は「あなたを迎えたい」と言いたかったが、その結果を導くためには手間と暇をかける必要もあることを認識していた。

「まず第一に〈お妃狩り〉まがいのことはお取りやめ下さいませ。嫌がる姫たちを無理矢理に集めましても為にはなりませぬ」

「替わりに、どう致しましょう」

代案を示さねばならないことは分かっていた。五十鈴媛はみずからの提案を携えていた。

「大和には、歌垣という習が御座います」

「歌垣？」

高千穂出身の道臣命は初めて聞く言葉だった。

「若者たちが集い、語り合います。そして歌を詠み、歌に答えることで人となりを知り合うのです。それが大和の歌垣です。磐余彦さまも、そうやってお妃様に相応しい御方をお選びになればよいのです」

先進文明らしい斬新な試みだと思った。男と女が自由に語り合い、互いを知り合うことなど狭隘な高千穂の邑では考えられない。もともと釣り合う組み合わせなど数が限られているし、知り合った時は結ばれる時なのである。

地理的な狭さは心理的に人間関係も濃密にするから、若い男女の自発的意志に任せると、共同体の和が乱れてしまう。が、大和の広さと人の多さが、新しい習俗を作り出す原動力となっていることに道臣命は気がついた。

しかし、答えは変哲のないもので五十鈴媛を落胆させた。

「歌垣は、残念ながら無理ですね」

「なぜ、なぜでしょうか」

「お上は、歌がお詠みになれませぬ」

「え？　先のご進軍の際に、皆様でお歌を歌われたと聞いておりますが」

「それは久米歌（くめうた）のことですが、兵たちが勇気をもって戦えるよう、歌わせているのです」

要するに、その場で創作しているのではない、という説明だった。それにしても、その歌が大久米命の属する久米氏に伝えられているものとは皮肉であった。

理由を聞いて、五十鈴媛は道臣命にも磐余彦尊にも好感を持った。高千穂風の飾らない態度が万事このように表わされれば問題ないのに、と思った。理由が明快だから、対策を立てるのも簡単である。それを虚飾（きよしょく）で本筋とは異なる言い訳をされると、答えが出なくなってしまう。

「それなら歌垣はやめて…」

少し考えたが、要は何でもいい。

「野の花摘（つ）みに致しましょう」

その方が新しい君主に適したやり方だと思った。大和の美しい姫君たちと出会って、心が触れ合う機会が持てればよい。その上で、お妃を決めていくことが大和と高千穂の真の融和のために必要なのである。

「大久米様がお声をかけた媛たちに、野の花摘みに出かけますよう私から申しましょう。磐余彦さまも、お幾たりかでお出まし下さいませ」

　そう言って、五十鈴媛は道臣命の反応を待った。

「五十鈴媛さまの言われる〈お妃狩り〉は取りやめて、野の花摘みに変えてもよいのですが、一つだけ約束をしていただきたい」

　妥協を図ろうとしている姿勢が伝わったので、五十鈴媛は耳を傾けた。

「野の花摘みには、必ず、必ずあなたもご参加いただけますね」

　思わぬ衝撃が走った。

「それはなりませぬ。私が加わりますのは筋が通りませぬ」

「なぜに御座りますか。ご提案はお受け致します。大和と高千穂が真に融和するためにも、その意義を高く評価していらっしゃる五十鈴媛さまにも参加していただきたいのです」

「それでは大久米様のなさり方に文句を言いつつ、その実、自分を売り込んだみたいではありませぬか。それに私は、私は磐余彦さまには曽布郎女がお相応しいと思うております」

　添には、後代の和珥臣の遠祖たちが大規模な領邑を展開していた。大和としては新興の地域だが、それゆえ進取の気性に富んだ一族だった。その娘である曽布郎女が正妃に立てば、磐余彦尊の政権はさらに強固となるに違いない。五十鈴媛は地政学的に見て添から山背へと発展していく可能性も理解していたのである。

「言われる通りかも知れませぬ。ですから曽布郎女様にもお声をかけていただきましょう。いずれにしても野の花摘みを催す趣旨は、お上がどなたとお気が合われるかでは御座いませぬか。それを前もって決めてかかっては、かえって五十鈴媛さまのお説にも反してしまいましょう」

理詰めに言われて、五十鈴媛はとうとう、みずからも野の花摘みに出かけることを約束せざるを得なくなった。

妹と道臣命の会話を黙って聞いていた鴨王（かものきみ）は、話の結論が予想通りになったことを知って、納得して静かに席を立った。五十鈴媛がみずから図ったのでないのは分かっていたが、衆目の一致して推す本命の「お妃候補」であることを、兄としてよく知っていたのである。

とある春の日、天香具山（あまのかぐやま）にほど近い高佐士野（たかさじぬ）に野の花摘みの少女たちがいた。葛城（かつらぎ）郎女は大久米命が狙っていた山辺（やまのべ）郎女、十市（とおち）郎女、高市（たけち）郎女と一緒に歩いていたが、五十鈴媛は曽布郎女と磯城（しき）郎女も招いていたから、総勢は七人になった。いずれも春らしく華やいだ衣を着飾り、美しく輝いている。

道臣命（みちのおみ）は、少女たちに恐れられている大久米命には遠慮をさせて、若手から膳鋤友（かしわでのすきとも）を抜擢し、警護を任せてみずからも磐余彦尊に随従した。

七人の美少女たちは、それぞれに容貌の美しさを競っていて魅力的だった。しかしその中で、ひときわ気品も高く立居（たちい）振舞いが優美である上に、話の中身にも知性の裏付けが感じられる乙女に、磐余彦尊は魅了された。

「あなたのお名前を、名告（なの）っていただけますか」

磐余彦尊が言うと、その美少女は、

「事代主神の女で、姫蹈鞴五十鈴媛（ひめたたらいすずひめ）と申します」

と応じた。名を問い、答えるのが古代の求婚の儀礼だった。それを見ていた道臣命は、鋤友に

命じて納采の礼物を用意させた。磐余彦尊は熨斗鮑と鯣と昆布を五十鈴媛に贈り物して、婚約が整った。＊

五十鈴媛は磐余彦尊の求婚を受け容れるとともに、また別の提案をした。その初夜を橿原宮でなく、広大な父の領邑の一画で、狭井川の畔りにある自分の御殿に招いて過ごしたのである。事代主神は大物主神の後裔で三輪山一帯を領有していた。今日、大物主神を祭る大神神社（桜井市三輪町）の摂社として神域に残る狭井神社が、五十鈴媛の御殿の跡地と考えられている。

ここで初夜を迎えたのは、大和の習であった妻問い婚の形式を踏んだことを意味する。が、二人にとっては、征服者と被征服者の関係でなく、純粋な男女の愛の絆で結ばれたことを表象する重要な形式でもあった。

後に神武天皇は、自分が天皇という征服者の権力を振りかざして五十鈴媛を手に入れたのではなく、まず一個の男と女として、恋愛感情を抱いて夫婦になったことを嬉しく思うと述懐して、次の歌を残している。

葦原の　醜しき小屋に　菅たたみ　いやさや敷きて　わがふたりねし

ひなびた小さな家。『古事記』にある御製のこの表現は、実際に小さな家を意味するのではない。五十鈴媛の父は大和文明圏の中でも第一の名門貴族であるから、新しい大和の統治者を迎えるのに粗略であったはずがない。

この「醜しき小屋」は宮殿に対する「ふつうの家」であり、後宮の寝台様式に対して庶人の生活に多かった畳敷きを意味する「菅たたみ」なのである。

つまり、登極（とうきょく）前は歌垣で歌えなかった天皇が努力して作歌を学び、あくまでも二人がふつうの夫婦であることに原点を置くと回想して歌うことで、五十鈴媛に対するその真実の愛を表現したのである。わが国の最初の君主は、このように愛情の細やかな人でもあった。＊＊

## 四

それから十六年が経過している。

先帝崩御後も半歳が経つと、朝廷は早くも手研耳命（たぎしみみ）を中心に回り始めた。神武朝の末期に不可避的に淀み、停滞のきらいのあった朝政も、若々しい手研耳命の手腕で溌剌（はつらつ）とした姿を取り戻したかに思われた。しかし、なお時が経つにつれて、手研耳命の施政の根本理念が期待された清新

---

＊＊納采とは中国起源の礼式で、女性側が贈り物を受け取ることで婚約が成立するといわれる。
この歌は、初夜の思い出が殊更に強烈だったことを歌っているという解釈も紹介しておこう。
五十鈴媛は『書紀』では媛蹈鞴五十鈴媛命だが『古事記』では比売多多良伊須気余理（ひめたたらいすけより）比売と表記され、本来は富登多多良伊須須岐（ほとたたらいすすき）比売命といったが、その意味があまりに直截的なので改称されたと原註されている。「富登」とは、ズバリ女陰である。「多多良」は古代の製鉄法（蹈鞴吹きという）に使う足踏みのふいごのことで、風琴（アコーデオン）のように蛇腹（じゃばら）に織った布を伸び縮みさせて風を送る仕掛けである。「いすすく」は「驚きあわてる」「あわてふためく」などの意。要するに顫動（せんどう）――小さなものが細かく動く――する様を示す。つまり富登多多良伊須須岐とは、女性器が細かく震えて蠢（うごめ）くように伸縮する、いわゆる「ミミズ千匹」と形容される名器の持ち主であることを表現する名である。五十鈴媛は、高貴にして、しかもその面でも魅力にあふれた女性だったから、神武天皇は初夜の体験がとても忘れ得ぬほどに感動したのである。

というよりは、結局は日向の蛮風を墨守するに過ぎないとの懸念を感じる者も出てきた。

大和文明が神武天皇を迎えたのは、大和の勢力圏を拡大し、日本の統合を実現するために必要な強い「統治者」を求めたためである。

それ以前にも吉備文明を取り込み出雲文明と合体したように、大和文明は外来の文化や人材との混淆によって自己変革を果たしてきた。神武天皇は日向の高千穂に発し、筑紫文明も勢力下に収めた。国土の統一に乗り出すためには、政治、経済、軍事すべてに強固な基盤を確立しておく必要があるから、その指導者として神武天皇を受け容れることは必ずしも大和の敗北ではない。歴史の眼で見れば、西の方の統一が実現し、さらに北や東へも進出して、大和文明が主導した国土統合の契機になるのである。

だから統治の方法は、大和の伝統と古習を重んじて、その誇り高い貴族や官僚たちの支持を得られるように行動を慎むのは当然だった。王家の力は抜きん出ていたが、天皇は大和の国つ民の誇りを傷つけることを殊更に回避した。

力で抑えつけることは出来ても、それでは外征に赴く間に内憂に煩わされる。だから彼らが心から協調して、ともに新しい大和文明を築き上げつつ、全国土に普及していく大事業に参加する意識を持つように仕向けたのである。

しかし、後を嗣いだ手研耳命の施政には、大和の伝統についての配慮が欠けていた。折々に見える高千穂風の墨守は、高度に進んだ大和の文明には単なる破壊に外ならない。それでは、新しいものを積極的に摂取して在来の伝統文化と混淆させていく大和文明の先進性と本質的に相いれることができない。

たとえば手研耳命は、先帝崩御翌年の秋九月、畝傍山の東北に築いていた神武天皇御陵を完成させて葬ると、群臣を前に宣言した。＊

「先の帝の魂は天に帰し給うた。偉業を承ぎ日本を統べる責は、既にわが肩に負えり。この後は諸卿らと力を合わせ、いざ天位を踏まん」

即位式を挙行する準備を始めさせたのである。しかし、万物に霊が宿るとし、とくに祖先の霊魂と交流が出来ると考えていたこの時代の大和の人びとにとって、忌懸りの最中に神聖な行事を執りおこなうなどとは、想像すら絶するおぞましさだった。禁忌に触れるのである。

が、手研耳命は受け付けなかった。

「もはや喪は明けている。それに先帝も御陵にお送り申し上げた。何の問題もなかろう」

手研耳命を支える宰相は、高市の族王の支流から抜擢された軽麻須君である。高市郡の軽の地を領邑とする豪族で、当然、高千穂流の蛮風には批判的な考えを持っていた。

「そうではありませぬ。御大葬が終わり喪が明けました今から、すべての手順を始める必要が御座います」

大和の伝統を新しい統治者に説明しなければならなかった。先王が卒した後は、三年忌の明けるのを待って吉方を卜し、期日を刻して五穀を育てる悠紀（東方）、主基（西方）の神田を定める。そして一定の儀式に則って収穫し、その新穀で神嘗祭をおこなう。それらの一連の神事を経て、

＊　橿原市大字洞（ほら）のニサンザイにある現在の神武天皇陵は、幕末の勤王家蒲生君平（がもうくんぺい）の主張をもとに奈良奉行の川路聖謨（かわじとしあきら）らが考証を加えて文久三年（一八六三）に比定したものを、明治政府が踏襲して治定（ちじょう）した。近年、とみに進んだ考古学上の知見とは少なからぬ矛盾が生じている。

初めて族王への襲位が認められるのである。

「そんなことを言っていたら、政治は成り立たぬ。収穫は収穫だ。服喪が終わって得られた新穀で祭を執りおこなえばよい。先例がないというなら、私が例を開こう」

「先例の問題では御座いませぬ。穢(けが)れが祓(はら)われない田に植えた穢れた苗からは、秋に刈り入れた新穀といえども穢れが抜けておりませぬ。お上、どうかご再考を」

　大和の人びとの微妙な感受性を大切にして欲しいと、麻須君は必死に説得を試みたが、手研耳命の気持ちは変わらなかった。

　困った廷臣たちは有力豪族の一人である磯城(しき)県主波延(はえ)のもとに結束し、一緒に宰相を訪ねて、この事態にどう対処したらよいのかを相談した。

「麻須君さま、いかがなさいます？」

「いかがも何もなかろう。われらがお上（手研耳命）を推戴(すいたい)する以上、ここは順うほかはないではないか」

　麻須君は苦渋の決断を伝えるしか他に方法は無かった。文明が高度化するにしたがって、統治者の不在を数年も続けることは出来なくなる。だから天皇家は、後にこの難問を解決する方法を見出した。

　先代の崩御に引き続いて必要な統治者の決定は「践祚(せんそ)」として直ちにおこない、清浄に関する頑瑣(はんさ)な儀式は「即位礼」の際に挙行することで、二つの概念を分離したのである。現代まで続く大嘗祭(だいじょうさい)はこの神事の系譜をひいている。清浄を重んじる大和文明の伝統は、高温多湿の気候に対処する風俗習慣が、時の経過によって洗練された進歩の結晶なのである。

しかし、それは後の時代のこと。手研耳命が大和文明の感覚ではまだ喪の明けぬ時期に、手続きを無視して即位の大典を強行しようとしたことに、廷臣たちは動揺を禁じ得なかった。

十月下旬の吉日、手研耳命は畝傍宮を出て東行した。節旗を先頭に立て、文武の百官を従えて明日香川に向かうのである。河原に設えた頓宮（臨時の神殿）が即位式の場となる。

頓宮に着いた手研耳命は、御膳幄という小さな建物に入り、次いで御禊幄に進む。時は既に夕刻である。冬の短い陽は落ちて紫紺の帳をおろしている。随従した百官は東西六十六間（約百二十メートル）もある頓宮の外囲いに沿って控えるから、幄内で何がおこなわれるのか、見ることもないし、音すらも聞こえない。ただ、明日香川の流れが、せせらぎになって響いてくるのを知るのみである。

この皇統に伝わる秘儀を、手研耳命は側に侍した戸座という少年神官の導きで勤めている。戸座は御禊幄の内にある百子帳の中に、新しい天皇を押し込んだ。檳榔すなわち南方起源の蒲葵という椰子科の植物の、棕櫚のような葉で葺いた背丈ほどの小さな天幕（テント）である。

細い精蝋の灯明の微かな光のみが百子帳の内側の様子を手研耳命に教えていた。南側の小さな椅子には皇位を象徴する天叢雲剣が置かれており、言われた通りに北側の椅子に腰を掛ける。戸座の注ぐ水で手を清めた後は、ただひたすら時を待った。

長い時間が過ぎた。母胎を思わせる狭い空間に籠るのは「永遠」を感得するためだと聞かなければ、とても耐えられない長さだった。手研耳命は少女の巫女、神巫に促されて百子帳の東端に突き出た平敷座に移ることを許された。せせらぎはまさに手の届く距離で膝下を流れている。

神巫は手研耳命に撫物を進める。御祓麻といわれる布帛だが、これを軽く撫で、息を吹きかけて返す。この息を吹いた瞬間が新帝即位のときである。

次いで神巫は天つ神に御贖物を献じる。土器三枚に解縄が二筋、散米少々、そして人形代が盛られたものである。撤饌に際しては、神巫がそのまますべてを穢れとともに明日香川に流して、一切の清浄のうちに儀式が終わった。＊

軽麻須君や磯城の波延など随従した手研耳命の廷臣たちは、この神事が忌懸りの解けないうちに執りおこなわれたことを気に病んでいた。

「忘れよう。忘れてしまおう」

と、麻須君は言った。

「忘れられるものなら、皆、気に病みは致しませぬ」

波延は答えた。

「一切は闇の中でおこなわれた。われらは何も見なかったではないか。何も聞かなかったではないか。波延どの。忘れられぬというが、そなたには何も見えなかったのではないのか」

「左様に御座いますな。すべてが幻だったのかも知れませぬ」

波延は不思議に得心した気分だった。麻須君も愁眉を開いた面持ちになって言った。

「夢なら、覚めてしまえばよい。幻なら、消えてしまえばよいのだ…」

即位式の強行は脆弱な政権基盤を早く固めたいとの必要性に迫られてのことだったが、その禍しき心（邪心）を受け容れる素地は、当時の大和文明圏の人びとにはなかった。

当初はほとんど表立った反対のなかった手研耳命の政権だが、この一事がきっかけで評判は変わり始めた。「強力な指導力」という褒め言葉の裏腹にある「神を畏れぬ野蛮なやり口」という批判が、次第に着実に、廷臣たちの間に浸透し始めたのである。

「そなたにも詫びねばなりませぬ」

五十鈴媛は頭(こうべ)を垂れた。

「太后(おおきさき)さま、畏れ多いことを仰せられまするな。さあ、お頭(つむ)をお上げなされませ」

葛城郎女は、五十鈴媛をいまだに太后と呼んでいた。二代の后の現実を認めたくないから、あくまで先帝の后であるとの立場を崩さないのである。

「私が思うていたのは、こういうことなのです」

と言って五十鈴媛は説明を始めた。神武天皇の後継者として生さぬ仲の手研耳命を受け容れ、しかも二代の后になった胸の内を、せめて側近の最も信頼する女官には分かっていて欲しいとの思いからであった。

天皇は統合の途(みち)半ばで斃れた。しかし、この「明白なる使命(マニフェスト・デスティニー)」は大和文明に託されている。不断に、そして継続して努めなくてはならないのである。

「神八井(かむやい)か神渟名川(かむぬなかわ)が御位に即けば、一層の発展が図られるとは信じます」

五十鈴媛の生した皇子たちは文明の混淆の象徴である。しかし、この嫡出の兄弟は齢(よわい)十七と十五の少年で経験もない。この時点で権力構造が複雑な大和王権を束(たば)ねていくだけの力量が備わっているとは、残念ながら思えない。廷臣たちも、その可能性を期待していない。だから、二人の皇子たちが皇統(こうとう)を嗣ぐに足る実力と徳が身に備わる日まで、庶出でも神武天皇の皇子に変わり

＊　大嘗祭の手順については吉野裕子『大嘗祭―天皇即位式の構造』に詳しい。

ない手研耳命に、その手腕を発揮させようと五十鈴媛は思ったのである。

もちろん、正統を伝える二皇子に確実に皇位が禅譲される保障が必要である。高千穂系の手研耳命が大和文明に無縁の后妃を立て、その系統に伝えられてしまったら、千載の悔が残る。

「だから私は、妹の依媛を立后できる日を待つ積もりだったのですが…」

事代主神の二女、五十鈴依媛は五十鈴媛とは母違いで、まだ十四歳の少女だった。その依媛を手研耳命に進めることを考えたという。

しかし、思わぬ展開があった。皇位に即く決心をした手研耳命は、まだ若く魅力に満ちあふれた美貌の太后を求めたのである。五十鈴媛は迷ったが、一瞬の判断で思い切って応じることにした。結果として五十鈴媛が「奥」を束ねる立場にあり続ければ、朝政への影響力を保つことを意味し、神八井耳、神渟名川耳の皇子たちの基盤も強固になる。そして何より、手研耳命に庶流の皇子が誕生する道を塞ぐことが出来る。

「それが皇統を、確かに続けていくことにつながろう。そこにこそ皇統に列なる女性の役目があるのだと、私は思うたのです」

現代の言葉でいえば、「変革と継続による不断の発展」を実現するための方法として、「新しき力によって改革を進めると同時に、万世一系の皇統の神聖さ、高貴さを女系によって保つ」ことを強く意識したのが初代皇后の思想であり行動であった。

「さように御座いましたか」

葛城郎女は感動していた。そしてあの日、手研耳命が自分から手燭を奪って五十鈴媛の寝殿に登っていった光景を、まざまざと思い起こしていた。

小さい頃から一緒にいて気心も知れた二人だが、五十鈴媛が手研耳命に再嫁して、二代の后となったのには割り切れぬ思いを抱いていた。だから、今でも「太后さま」と呼んで抵抗していたのだ。しかしあの夜、手研耳命の太后に対する執心を予感していたのも事実である。

少なくとも、そうなっても仕方ないと思う状況だった。当事者として事態に遭遇した五十鈴媛が大和王権の将来を深く慮ったゆえに下した決断の重さを理解すべきであった。

葛城郎女は浅慮を反省し、これまでの批判がましい気持ちを恥じた。そして二人は前にも増して心を通い合わせた。

新しきものの受容で大和文明を常に国政の中心に置き、皇統を連綿として続ける――これが五十鈴媛皇后が歴史に残した強烈な意志だった。手研耳命がその構想の協力者であり実践者である限り、まさに身を挺しても、後継への擁立を認めた。しかし、見込み違いに気づいた五十鈴媛がいかなる行動に出たか。太后でありながらふたたび「奥」にある微妙な立場を最大限に利用し、手研耳命の僭主政治から大和王権を守る使命を、みずからに課したのである。

五

已卯の太歳（前五八二）の冬十一月。手研耳命の後継政権は波乱の要因を含みながらも、日々の政をこなして三年が過ぎていた。

政権安定の最大の要因は、発達しはじめた大和の官僚制である。指導者が確固たる信念をもって統治の大権をおこなうとき、官僚機構はその目的の善し悪しにかかわらず、与えられた職責を懸命に果たそうとする。それが彼らの職業倫理なのであり、その行動規範は本質的に体制派である。だからこれを覆すには、行政の持つ日常性の論理を超越する大いなる目標が与えられなければならない。が、それはいたって難しい。

先帝が踏み出した統一の大事業を、この時点で継承できるのは誰か。統治の責任ある立場にいる官僚たちの衆目は、一致して手研耳命と認めていたのである。しかし手研耳命は、自分が暫定政権であることに満足できなかった。いずれは正嫡の皇子たちが育ち、脅威となることに過敏な怖れを感じたからである。

野蛮に対する不満が底流にある。時が経てば正統性を論う勢力も出てくるだろう。それが官僚たちの日常性の論理を超える「うねり」となってしまうことへの怖れであった。

後知恵でいえば、手研耳命は結果を焦り過ぎた。少なくとも今は、廷臣たちの多数に現政権が容認されている。その流れは、既成事実を積み上げていった手研耳命の果断な動きによって形づくられた。そして、太后の五十鈴媛も嫡出の二人の皇子たちも、その流れを黙って認めるしかなかったのである。それほどに優位は決定的だった。暫定政権に終わるか否かは、じっくりと時間をかけて、実績で勝負すればよかったのである。

しかし、手研耳命には不安が募った。古今東西、権力者が陥りやすい孤独な不安にさいなまれていたのである。

第三者の眼で見れば無視しうるほどの小さな障害が、孤独な権力者にはなぜか、大きな、乗り越えがたいものに見えるようになる。それをつぶしておこう、不安の芽を摘んでおこうとするあまりの工作に失敗して、かえって決定的な破綻を招いてしまう――手研耳命を襲った権力者ゆえの皮肉な事態は、世の東西で、いつの時代にも繰り返されている。

そんな折も折、小さな事件が起きた。発端は小さかったが次第に事が大きくなって、結末は悲しかった。朝政の本筋にはあまり関係ないが、手研耳命の衛士長を勤めていた膳鋤友が恋をしたのである。

鋤友は初め、まだ即位前の神武天皇に仕えていた。ようやく二十歳になるかならないかの頃である。治世の中頃になって手研耳命の配下に迎えられ、懸命に努めて信頼を得た。

手研耳命が即位すると、当然のように衛士長になった。任務は身辺に侍した警護の要の役である。おのずと重臣たちとは公私を分かたず接触の機会が多くなる。磯城県主波延の妹、河俣媛を知ったのも、そういう経緯だった。

鋤友は三十代の半ばを過ぎていたが、独り身だった。永年、手研耳命の親兵を勤めていて多忙にかまけたからもあるが、若い頃に抱いた高貴な女性への慕情を禦しかねて、ずっと引きずったという事情もあった。しかし最近になって河俣媛を知り、ようやく現実の恋に目が覚めた。

新帝は鋤友に良縁を結んでやろうと心に懸けていたので、近侍の舎人から河俣媛のことを耳にして喜んだ。早速、波延が参朝した折に、

「そなたの妹に、相応しい相手がある。膳鋤友だ。私に世話をさせて貰えぬか」

と、尋ねた。天皇からの話である。波延は答え方にも苦慮せざるを得なかった。

「妹に今、その気はないようで御座います」

波延は妹の気持ちを知っていた。河俣媛には幼な馴染みで、心を寄せている恋人がいた。神渟

名川耳尊である。磯城県主は大和でも最も古くから栄えた地域を治める家系で、事代主神から五十鈴媛へと続く外来の系統は、その上に君臨する形で二重構造になっていた。近代国家で、首都にも地方政府の自治があるのと同じである。

河俣媛は神渟名川耳尊よりも少し年長だが、近隣の名門の子女として姉と弟のように育っているところに、おのずと淡い恋心が芽生えた。波延もその事情を察して、いずれ時期が来たらと思ううちに先帝崩御となってしまった。嫡子は三年の喪(も)に服す習に順ったから婚儀は出来ず、時を待つしかなかった。

手研耳命は事情を知ると、即断即決の人らしい反応を示した。

「分かった。鋤友のことは諦めよう。そういう話なら、神渟名川との話を私が進めてやろう」

この時点で、手研耳命は善意の人だった。梯子(はしご)を外された鋤友は面目を失ったが、失恋はいつの世にもある。磯城県主の妹は所詮は高嶺(たかね)の花だったと思うしかないし、実際、家格をいえば鋤友に分がないのは歴然としていた。仕方のないこと、であった。

しかし手研耳命は、鋤友が不満を感じたかも知れないと怖れた。もとはといえば寵臣の為を思い仕掛けたことだが、それが裏目に出た。鋤友には何の科(とが)もないのに、手研耳命の独り相撲(ずもう)で衛士長の忠義に全幅の信頼を置けなくなったのである。

それから間もない日、手研耳命は突然、

「狩に出る」

と言って周りを驚かせた。天皇が狩に行くこと自体は別に異例でないが、事前に吉方(きっぽう)を定める必要もあったし、種々、周到な準備が必要だった。しかし手研耳命は、衛士から数人を選んで供を整えると何も言わずに出かけた。その場に居合わせなかった鋤友は、慌てて参朝してきた宰相の軽麻須君とともに顔を見合わせるのみだった。

手研耳命は畝傍宮から北行し、耳成山（みみなしやま）の麓で横大路（よこおおじ）といわれる街道に出ると東に向かった。狩に行くのではなく、狭井川の神渟名川耳尊の御館（みたち）を目指していた。波延に約束した通り、河俣媛との縁組を異母弟の皇子に話すためである。突然の狩に事よせて宮居を出てきたのは、鋤友を同行できない用件だったからである。

ところが、狭井川の御館では天皇の行幸なのに門を固く閉ざしたままである。急報が届かないはずもなく、門前にて衛士が再三にわたって着到を伝えているのだから、それは御館の主の意志であった。

小半刻（こはんとき）も待って——門はついに開かなかった。どうすることも出来ず、手研耳命の一行は空しく畝傍宮に引き上げた。

すると「奥」から葛城郎女がやってきて、怒気もあらわな手研耳命に言上（ごんじょう）した。

「太后さまからのお言葉で御座います。狭井川の御館に、お上は御狩（おかり）装束でお出かけになられたとのこと。服喪中の皇子さま方がお出ましになれぬご事情をお赦し下さいませ、とのことに御座います」

武器を携え、殺生（せっしょう）の目的を連想させる狩装束が、「穢れ」と受け止められたのである。

「なに、服喪中と。そんな寝惚けたことを言うておるから、御位にも即（つ）けぬのだ。敵が攻めてきても、服喪を理由に戦わぬとでも言うのか」

口に出してしまってから、その言葉の不穏当な響きが心配になった。相手は高千穂風が通じない大和文明の公達である。決して敵意があったわけではないが、この言葉は誤解を招くだろうと手研耳命自身も感じた。蒼白になった葛城郎女は黙って奥に戻っていったが、後味の悪い沈黙がその場に残された。

（――すべては、当てつけがましく喪に服している皇子たちが悪い）

そう思い直した手研耳命は、事態をこのまま放置しておくと自分の権威にかかわると考えるようになった。

手研耳命が陥っている権力者の焦燥は更に高じてしまった。先帝崩御の後継政権を確立したのだから、後は熟柿を待つようにじっくり構えて、その永続化を図ればよかった。嫡出の二皇子が長期の喪に服しているのは好都合のはずである。しかし、先を急ぎすぎた。その結果、取るに足りない面子を気に懸けてしまったのである。

（――新しい時代にとって、喪に服している皇子たちが正しいのか、それとも朝政の責任を負う私が正しいのか）

二者択一の答えを迫ろうとしたのである。具体的には翌日の朝議の際に、式部官に、

「神渟名川耳尊と磯城県主波延の妹、河俣媛の御婚儀につき、御聴許あらせらる」

と発表させた。抜き打ちの婚約勅許であった。この勅命を受けるか受けないのか。皇子が受ければ、大和風の服喪を高千穂風に短縮した正当性を認めることになる。受けなければ、「背勅」の烙印が押される。どちらに転んでも、二皇子の権威の失墜につながる。

手研耳命は自分の出自が正統性において劣るという不安から、将来、権力基盤を脅かされるかも知れない五十鈴媛嫡出の皇子たちを、まだ芽のうちに摘んでしまおうと考えたのである。

しかし、不安に発するところの拙速主義は裏目に出た。神渟名川耳尊(かむぬなかわみみ)よりも先に、勅命を奉ずべきもう一方の当事者の波延が反応したからである。

波延はその日のうちに参朝の資格（後世の殿上人(てんじょうびと)）を辞退してしまった。娘や自分の立場を政略に利用されたことに対する抗議の意志は、何も語らなくても明らかだった。そして領邑の磯城の辟田(ひけた)（桜井市東田(ひがいた)付近）へ戻り、長いこと妹の河俣媛の寝殿に登って話し合った。夕刻になって、河俣媛が快活に笑う声が洩れてきて、心配していた一族の人びとは胸を撫でおろした。

翌朝、茅原(ちわら)の鴨王のもとへ磯城県主の家司(けいし)がやってきた。波延の娘で、二歳になったばかりの愛くるしい阿久斗媛(あくとひめ)を伴っている。

「早暁、わが君、磯城県主は自害いたしました」

家司の口上を聞いて、鴨王は愕然とした。

「一族すべての者と一人ひとり挨拶を交わし、その後に悠然と御殿の裏手の林に入って参りました。命じられました通り半刻ほど経ってその場所に赴きますと、並んだ二本の松が枝に縄を二重(ふたえ)にかけ、そこから…」

口上は涙で続かなかった。嗚咽(おえつ)を聞き分けると、枝から垂れ下がった輪には向かいあって縊(くび)られている二人の遺体があったという。

「ご遺命により」

と、家司は気を奮い起こして言った。これを伝えなければ使命が果たせない。

「阿久斗媛さまをこちらにお預かりいただきたく存じます。ご養女としてご扶育(ふいく)いただき、いつの日か皇統に列(つら)なる高貴な御方(おかた)に御縁を得られればと申しますのが旧主の願いに御座います。河俣媛さまも、〈わが身に替えて〉とのお望みでしたことをお伝えさせていただきます」

　鴨王は事情をすべて察すると、

「分かった。謹んで波延どのと媛の御魂に誓う。私は阿久斗媛さまの立后をこの眼で見届けることが出来るまで、決して御奉公をおろそかにはすまい。ご安心あれ。あわせて、磯城県主の弥栄を祈る」

　と言った。局面は大きく動き始めていた。

六

　女官の葛城郎女が、五十鈴媛の寝殿に入るなり、声を潜めて注進した。

「太后さま、なにやら不穏な雲ゆきで御座いまする」

「衛士の動きが、常より慌ただしいように思えます」

　五十鈴媛は身振りで葛城郎女の言葉を制した。少女の頃から共に過ごしてきて、何者にも増して信頼している女官であるが、このときの葛城郎女はその場の状況判断が行き届いているとはいえなかった。

　五十鈴媛が制止したのは、「奥」にもいろいろな出自の女性がいるからである。神武天皇は側室を持たなかったが、替わりに様々な地方から豪族の娘を采女として受け入れていた。儀礼や習慣を学ばせて、大和の文化を広く地方に伝えるためである。

　したがってその出身地は、大和や畿内に限らず、吉備、出雲、筑紫、さらには越の国まで及んでいる。当然、手研耳命方と通じている豪族の娘たちもいるはずである。五十鈴媛と第一の側近である葛城郎女との会話は、すべてが監視の対象になっていると警戒しなくてはならない。

「おおかた、東(ひんがし)の夷(えびす)に備えての演習であろう」

話を逸(そ)らして、五十鈴媛は応じた。駿河(するが)の辺りで小競(こぜ)り合いがあったとの報せが届いたことを承知していたからである。そして表情で、葛城郎女に反論してはならぬと命じていた。

むろん、五十鈴媛が懸念を示したこと自体、彼女が「不穏な雲ゆき」の性質を知っていたことを物語っている。葛城郎女は太后の示唆で、その真意を理解した。

「成る程、左様で御座いました。皇子様は抑えの兵を遣(つか)わすお積もりなのでしょうか。ところで太后さま、依媛(よりひめ)さまには先頃より、わらわ病み（おこりの一種）でお臥せになられているとのことに御座います。お見舞いを遣(つか)わしませぬと」

依媛とは、皇后の妹の五十鈴依媛のことである。その病気見舞いに話を転じたのは、葛城郎女の機転だった。

五十鈴媛が人払いして事情を聴くと、衛士の出動準備は吾田邑(あたのむら)出身の部将である阿多押立(あたのおしたつ)にのみ命じられているという。日向の吾田邑は手研耳命の生母、吾平津媛の実家である。他の部将、たとえば葛城郎女の父葛城国造(くにのみやつけ)剣根(つるぎね)の領邑出身で彼女の従弟にあたる弓部稚彦(ゆみべのわかひこ)の配下には全くその動きがない。これは奇妙というより、変事を予想させるに十分である。手研耳命が親兵を用いて何らかの軍事行動に出ようとしていることは明らかだった。

神渟名川耳尊は、葛城郎女が叔母（といっても、歳はわずかに下になる）の五十鈴依媛の見舞いと称して三輪山の母后の実家を訪れていると聞いても、畝傍宮で進んでいた事態の急展開を知る由もなかった。したがって四半里ほど離れた狭井の御館に二皇子を表敬したいとの使いを、服喪中を理由に断わろうとした。

が、葛城郎女は構わずにやって来て御殿に登った。狩装束で無遠慮に現われた手研耳命とは違うが、服喪中を多少なりとも俗事に煩わされて愉快でなかった二人の皇子は、

「皇子さま、なかなかのお心映えに御座ります」

と、いきなり言われて面くらった。

「使いにお断わり遊ばした形を残しておかれれば、喪中の行動をとやかく言われる気づかいが御座いませぬ」

一人で合点して、葛城郎女は建前としての用意周到を誉めた。そして皇子たちの不審をよそに、懐中から一枚の小さな木簡を取り出して二人の前に進めた。そこには、

狭井川よ　雲立ちわたり　畝火山　木の葉さやぎぬ　風ふかむとす

という歌が認めてあった。御母五十鈴媛皇后の御歌である。

畝火山は、大和三山の一つとされる畝傍山の『古事記』における表記である。したがって、

「狭井川の畔りに御在しますわが子たちよ。そちらでは、雲が低く靄のように立ち込めていて、静寂の佇いでありましょう。しかし、こちらの畝傍山の宮居では、木々の梢の葉がざわざわと、風に揺れています。これは、やがてそちらへ向けて大あらしが吹き始める前兆なのです」

という大意ととれる。

自然と人間の距離が大きく隔たってしまった現代とは異なって、古代は自然が民びとの生活や運命と、強く深く、結びついていた。自然現象のもたらす寓意を洞察して鋭く解釈をほどこすことが、巫女(みこ)としての重要な役割になっていたことを思えば、天皇家の女性の最高位にいる五十鈴媛の御歌(みうた)が何を言おうとしていたのかには、重大な注意を払う必要があるだろう。

しかし、神八井耳命、神渟名川耳尊の兄弟には、その意味がすぐには明確に分からなかった。まだ少年なのだから、それもやむを得まい。五十鈴媛は、それゆえに使いの者に木簡を持たせるだけでなく、わざわざ葛城郎女を派遣して、その真意を伝えさせたのである。

「嫡出であらせられます皇子さま方には、御館にて静謐(せいひつ)なる祈りのご日課をお続けと思われまするが、畝傍山の宮居では、手研耳命がよからぬ謀りごとを企てておられます。既に葛城の衛士を排し、高千穂系の衛士のみを集めて出陣の準備を整えつつあるというのが、〈木の葉さやぎぬ〉に込められた寓意に御座ります」

真剣な表情で、神渟名川耳尊はうなずいた。

「兄上が、出陣のご準備をと？」

と問うたのは神八井耳命である。

「左様に御座ります」

「どこへのご出陣か、駿河か」

東夷との小競り合いのことは、さすがに神八井耳命も聞いていたようだ。しかし、五十鈴媛の心配はそんなことではないと葛城郎女が言おうとした時、まだあどけなさを残した年少の神渟名川耳尊が言った。

「いえ、兄上。駿河へのご出陣ならば、武勇の誉れ高き葛城の衛士を外す理由がありませぬ。母宮さまの御懸念は、風がこの狭井の御館に向かって吹き荒れることで御座いましょう」

葛城郎女は、弟の皇子の年齢に似合わぬ鋭い理解力をたのもしく思った。少年というものは何かをきっかけにして、ある日、突然の成長を示すことがある。神武天皇の在世中は五十鈴媛と一緒に橿原宮にいて彼女も日常をよく知っていた神渟名川耳尊だったが、その頃はまだ、利発とはいえ少年らしい少年に過ぎなかった。それが母后の実家の近くに新たに建てられた御館に引き籠り、喪中の深い瞑想の生活を続けることによって、大和王権の将来の歴史を担う自覚と責任に目覚めたのであろう。

先帝崩御から三つの太歳を重ねて、今の皇子は、既にして青年帝王の風格すら感じさせる凛々しさを湛えていた。

「皇子さま、ご明察に御座ります。太后さまには、手研耳命が皇子さま御二方を謀殺せんとの御懸念を、御歌に託されているので御座ります」

「まさか、兄上がそんなことを！」

神八井耳命は二歳年長の十九歳になりながら、まだ現実を認識していなかった。少年期の感受性のとりわけ鋭敏なあるひとときを安逸に育ったか試練に直面したかの環境が、二人の精神的な深みを相違させているのかも知れない。それとも、もとより天稟の違いがあったのか。

葛城郎女は年少の皇子に向かって言った。

「太后さまには火急のご心配に御座ります。明日にも、手研耳命の挙兵があるやも知れませぬ。

皇子さま方には十分にご注意遊ばしますようにとの御意を、お伝えに参ったので御座ります」

　神渟名川耳尊は緊張に身を堅くしながら、郎女の言葉を聞いていた。

「なれど」

「なれど？」

　皇子は、郎女の次の言葉を促した。

「先に動かれてはなりませぬ。手研耳命は仮にも先帝さまの御子、今は朝政を聴しめされておいでに御座ります。皇子さま方から先に動かれれば、ご謀叛との謗りを受けぬとも限りませぬ」

「では、われらは如何にすべきと？」

「太后さまは手研耳命の動静を、日夜、注意深く見守られておられます。そのために皇子さま方と離れて、畝傍宮に残られておいでなので御座ります」

　葛城郎女は少年皇子たちに、今、美しき母后が庶兄の手研耳命と寝所を共にしている現実に複雑な心の屈折があろうことを配慮して言い添えた。

　神渟名川耳尊は目を見開いて、母后の古い友人である女官の言葉にうなずいた。

「私はこれから畝傍に戻ります。そして、太后さまの御指示により、衛士が宮居を出るときを、またお報せ致します。衛士がこちらに向かいましたら、あくまでも守りのおこない（専守防衛）であって皇子さま方の仕掛けたご謀叛にはならず、また、喪中の出師を咎められることも御座りますまい。

　肝要なことは、相手が動くという心構えと、動いた時には打つ手の手配を終えておくことと存じます。太后さまの御心、しかとお伝え致しました。ご武運、心からお祈り申し上げます」

葛城郎女はこうして畝傍山に戻った。そして五十鈴媛に復命すると、早々に瑞垣の外に出て、夜の帳がおりた五十鈴媛の寝殿を、そのまま注意深く見守っていた。

その夜、五十鈴媛は寝殿で手研耳命の渡りを待った。いつもだと夜がだいぶ更けてからになるが、この日は夕暮れると間もなく「表」から渡りの報せがあったからである。

五十鈴媛が招かなければ手研耳命には、この日、「奥」を訪れる積もりはなかった。しかし、それが不審に思われるのを怖れて、皇后の誘いに応じたのである。この時、手研耳命は大事の前の緊張と小心から、所作の不自然さを五十鈴媛に見咎められる失態を犯した。いざ戦いに赴く前の異常な昂ぶりを、神武天皇を何度も送った皇后に対して隠すことは出来なかった。

手研耳命は、心づくしの山海の珍味に、ほとんど手をつけなかった。かわりに、せわしいほどの勢いで盃を重ねた。これは宴よりも他に、心にかかる屈託があることを表わしていると、五十鈴媛の経験が教えていた。

いざ寝台に登ると、やはり様子が異なった。手研耳命は常ならば執拗に、五十鈴媛の体のすみずみまで指を這わせ、掌で撫でるが、今宵は性急にみずからを割り込ませて果てた。そして大きな鼾をかいて、寝入ってしまったのである。

まだ宵の口だった。まるで体力を温存するかのような手研耳命の挙動に、五十鈴媛は疑いを確信して、かねての打ち合わせの通りに、寝所の帳の隙間から、燭台の灯が山型に三つの点を作って洩れるように点した。

なにげなさを装って、時折、瑞垣の外から寝殿を見張っていた葛城郎女は、五十鈴媛から合図の山型の火が点されると、ひそかにそこを離れて弓部稚彦が派遣して来ていた衛士の船木直に言を含めた。

船木直は一礼すると、小走りに駆け出した。そして遁甲の術よろしく、軽やかに身を翻して宮居の塀を越え山田道を狭井へと急いだ。

船木直がもたらした神渟名川耳尊あての木簡には、また五十鈴媛の御歌が認められていた。葛城郎女がこれを兄の神八井耳命でなく弟の皇子にあてたのは、変事に対する感受性の違いを気づかったからである。未明に到着する使者が粗略に扱われては困るのである。

五十鈴媛の今度の御歌は、

畝火山　昼は雲とゐ　夕されば　風ふかむとぞ　木の葉さやげる

であった。「手研耳命の御在す畝傍山は、昼にはまだ雲が立ち込めて静かですが、夕方が近づくと、嵐になる前兆として、木の葉がざわめくこととなりましょう」という大意である。これを神渟名川耳尊は、衛士の進発は昼過ぎ、夕方までには狭井川へ来たるという意味に読み解いた。

神渟名川耳尊は、朝が明けるとともに側近の者を呼び、手研耳命の兵が押し寄せて来ることを伝えて対策を考えた。そして昼から、ひそかに兵を畝傍宮から狭井川に向かう二本の街道——横大路と山田道が交わる海石榴市まで斥候に出した。

手研耳命は、衛士の先頭に立って狭井の御館を目指して急いでいた。

（――先の帝の嫡出の皇子たちは、この大事な時にも喪に服したままで、ひたすら祈りの生活を送っている。先帝には孝行かも知れぬが、政治的にも軍事的にも鋭敏な嗅覚（きゅうかく）に欠けている。諸族の複雑な利害が絡み合う大和の王権を率いて、勢力圏を拡大していけるのは自分しかいない）

と自信満々である。そして御館を見通せる小高い丘に着いて、暮れなずむ薄暗がりの中に皇子二人の姿を確認した。当時の喪服にあたる白の麻衣（あさごろも）を着て、付き人たちを従えている様が皇子の礼を表わしている。

が、これは神渟名川耳尊の戦術だった。御館に向かって来た兵は海石榴市で斥候に動きを捕捉された。想定通りの道筋をたどった手研耳命はこの丘から襲撃の目標を見おろし、皇子たちの所在を確かめるだろう。

そう推量して、背格好も似て見誤りやすい若者に自分たちの麻衣を着せておいたのである。本物の皇子たちは、手研耳命が立つ片丘の頂（いただき）から数間（すうけん）と離れていない繁みの陰に、兵たちに護られて身を潜めていた。

（――この丘を下り始めたら、後ろから襲いかかって一気に軍勢を蹴散らすことが出来る）

神渟名川耳尊は思ったが、すぐに甘い考えを捨てた。伯父の鴨王から習った兵学講義に、

『政略は一点を撃破するに如（し）かず』

とあったのを思い出したからである。この際に求められているのは軍事的大勝でなく、手研耳命を一殺することである。政治的にはそれだけで決着する。

軍勢が動き出した。手研耳命もゆっくりと歩き始めた。傍らの兄、神八井耳命にしきりに眼で合図を送るが動かない。鑓（やり）を持って飛び出して手研耳命を突く好機なのだが、兄の皇子は臆した

か一向に出ようとしない。このまま行進をやり過ごすと、野に出て白兵戦（はくへいせん）となる。それでは一点撃破が可能な絶対有利の状況とはいえなくなってしまう。

業を煮やした弟の皇子は、兄から鐺を貰い受けると繁みを飛び出し、そして思い切り、手研耳命の脇腹を突いた。虚をつかれた権力者は、柄（つか）を握り締め、その箇所を支点にして梃子（てこ）の原理で振り回すようにして、鐺の使い手を正面に見据えた。

「おのれ、神渟名川か…」

鐺は脇から入って心臓に達していた。絶命寸前の力をふりしぼり、手研耳命は神渟名川耳尊の眼をにらみつけた。

「いかにも、われは先の帝（みかど）の嫡子なり」

「うむむ、不覚であった。が、そなたの手にかかったは幸いだ。神渟名川、わしを斃（たお）せるのは、そなたしかおらぬと思うていた。そなたに、位は譲ってやろう」

が、神渟名川耳尊は沈着だった。手研耳命の言葉には安易に乗せられず、むしろそこに庶兄の失敗の本質を見たのである。

「兄上、そのお考えが過ちのもとなのではありませぬか。御位（みくらい）は、たとえ天つ神、地（くに）つ祇（かみ）の系譜に列（つら）なるわれらであっても、私議してよいとは思えませぬ。群卿（まえつきみ）に推されて、いな、百姓（おおみたから）の総意にもとづいて、皇祖（すめみおや）よりお預かりするものではないのでしょうか。父の帝なきあと、力では兄上に及ぶものはないと誰もが思うておりました。しかし力で、力のみで御位を嗣げるものと思われたのが、兄上のつまずきの…」

その時、手研耳命の身が崩れた。神渟名川耳尊は、庶兄の身がさらに傷つき、痛みを増すことがないよう、鐺から手を離した。

　手研耳命は大きく仰向いて倒れた。そして、まだ年端（としは）のいかぬ少年と思っていたこの弟の意外の成長に驚き、また喜びもして、最後の息とともに告げた。

「往（ゆ）け、建（たけ）き者よ。畝傍宮の、わが后のもとに往け。神渟名川よ。早く往かぬと、そなたの母者（ははじゃ）の身が危ないぞ」

「兄上ーっ」

　神渟名川耳尊は、愛憎半ばする気持ちで庶兄を呼んだが、もう何も答えは返らなかった。

## 七

　畝傍宮の五十鈴媛の寝殿は、その日の朝、手研耳命がそこを離れると同時に、屈強の衛士たちに取り囲まれた。五十鈴媛の聡明を知る手研耳命が、彼女が異変を感じ取って狭井（さい）の御館（みたち）に通報することを怖れたからである。

　その努力は既に遅かったが、衛士長の膳鋤友（かしわでのすきとも）は「御后（おきさき）様の身辺保護のため」と称して、無遠慮に寝殿に登った。そして傍らに侍していた采女たちとともに、五十鈴媛自身の身柄も拘束したのである。

　非礼を咎める五十鈴媛に、

「御后様の皇子たちは今ごろ天皇（すめらみこと）の軍勢に攻められ、あえなく御最期（ごさいご）を遂げておられましょう。いくらお嘆き悲しまれても、もう此の世では再び会われることも出来ませぬ。お気の毒ですが、これも軍の常で御座います」

と軍事機密を告げた。その上で「天皇の命により」として、手研耳命が「無事、御帰還を果たされるまで」、五十鈴媛に縄目の恥辱を与えたのである。

嫡出の二皇子の死を知った五十鈴媛が、その身を害することを手研耳命は怖れた。だから、

「その際には、畏れ多くも縄を打ってでも、お身柄をお護りするよう」

という指示が、阿多押立を通じて伝えられていた。この指示は鋤友にとって二重に辛かった。

五十鈴媛は鋤友の若き頃、あの七少女の野の花摘みの時から憧憬の対象だった。三十代の半ばになる今日まで独身を通してしまったのも、この貴婦人に寄せるほのかな慕情の影響がなかったとはいえない。その五十鈴媛に、あろうことか縄を打つ立場になろうとは。

そしてこの役割は、本来ならば鋤友が担うものではなかった。天皇の親兵の指揮官である衛士長は先頭に立って狭井の御館に向かっていなければならないはずである。

敢えて外されて留守を護っているのは、五十鈴媛の幻影から離れて、ようやく本気で人を恋した河俣媛を死に至らしめてしまったことに絡んで、心外にも手研耳命への忠節を疑われているからに違いなかった。

鋤友は悲しくなった。しかし勤めは勤め。与えられた立場で万全を尽くそうとの決心で鋤友は五十鈴媛に縄を打ったのである。

「鋤友、そなたは后に対して何をしているのか、分かっているのでありましょうな」

十文字に掛けられた荒縄が、身体を動かすと引きしぼられ、薄衣を通して肌に食い込む痛みを、五十鈴媛は味わっていた。

三輪山麓のいずこかで繰り広げられている戦闘で、わが子が勝つか、それとも手研耳命が勝つのか。勝った者が新しい大和の統治者となるのだが、五十鈴媛は今ここで縄目に掛かっていることで、かえってその戦いにみずからも参画している意識を持っていた。それは思いもかけない快感だったのである。

にわかに宮殿の外が騒がしくなった。狭井川から兵が帰って来たのであろう。

五十鈴媛は念じた。が、わが子たちの勝利を願っているのか、それとも夫の無事を望んでいるのか。そのいずれがわが子が自分の真の気持ちなのか、定かでなくなっていた。

いつの日かわが子が皇位に即く日を見たいのは間違いない。しかし他方で、手研耳命が滅びるのも、今となっては耐えがたい気もするのである。

わが子が勝てば、大和の伝統が正嫡によって継承される。それは同時に、夫の死と、みずからの后としての、そして女としての日々が終わることも意味する。

神渟名川耳尊と神八井耳命。二人の少年皇子たちの運命と、生さぬ仲の、しかし契り結ばれた手研耳命の運命。これが二律背反のどうにもならない事態であると知った時、急に、少なくとも今は、手研耳命が自分の夫なのだという気持ちが強く生まれたようにも思えた。

しかし…、

「太后さま」

寝殿の板戸を開けて、葛城郎女が入って来た。

「入ってはならぬ！」

五十鈴媛の声が鋭く轟いて、葛城郎女の動きを制した。

「入ってはなりませぬ。戸を閉めて、しばし外にて待て」

瞬時の妄想から立ち直った五十鈴媛は結果を理解した。阿多押立（あたのおしたつ）の配下に占められているはずの囲みを解いて葛城郎女が入って来たことで、勝者がいずれに決したかは明らかであった。

「鋤友、縄を解きなさい」

五十鈴媛は命じた。しかし、その語調に厳しさはなかった。

「……」

膳鋤友はまだ事態が呑み込めずに、黙っていた。

「落ち着いて聞くがよい。今ここに入ろうとしたのは葛城郎女じゃ。弓部稚彦（ゆみべのわかひこ）の従姉（いとこ）で、私の女官をしている。その葛城郎女が救い出しに来てくれたのだから、手研耳命が敗れたのじゃ」

驚いた鋤友は、思わず、握っていた縄に力を入れたので、五十鈴媛の体を強く引いてしまった。

五十鈴媛は痛さに少し顔をしかめたが、叱責はせず、さらに穏やかな口調で説いた。

「私に縄目を掛けていると知れれば、そなたも叛逆者とされ首を打たれるであろう。私は何も言わぬ。言わぬから、気づかれぬうちに疾（と）く縄を解きなさい」

鋤友は、みずからの意志を失った者のように、五十鈴媛の言葉に順って縄の戒（いまし）めを解いた。そして、悄然（しょうぜん）としてうなだれた。五十鈴媛はさらに、やはり縄を打たれていた采女たちも解き放つように命じた。そして彼女らに向かって、

「今、この寝殿にて見た出来事を口外してはなりませぬぞ」

と言った。采女たちは解放される安堵感で気もそぞろだったが、五十鈴媛の、

「鋤友、そなたを私の衛士長に任じます。よいな」

という言葉に驚き、そして秘密を守ることを誓った。

葛城郎女に先導されて二皇子が寝殿に入って来た。が、既に神八井耳命は、一歩、後ろを歩いていた。五十鈴媛は、母としての慈愛と太后としての威厳をともに湛えて二人を迎えたが、その場の事態にまず驚いたのは神渟名川耳尊であった。

「母上、その者は」

膳鋤友が、五十鈴媛の傍らに帯剣して侍していた。

「私の衛士長です」

「しかし、膳鋤友は兄上、手研耳命の…」

五十鈴媛はわが子にすべてを言わせなかった。世を統べる天皇としての心がけを示さねばならない。

「鋤友は手研耳命から己れの面目を失う仕打ちにあい、その上に忠節まで疑われることがありました。それでも承詔必謹、命令を受ければその職務に忠実であった立派な衛士なのです」

鋤友は五十鈴媛が自分の気持ちを正確に言い当てているのを聞いて驚いた。その心遣いには年来の思慕さえ見透かされているようにも思えて感きわまった。その皇后に対して縄目をかけるなどという蛮行を働いたみずからに、悔やんでも悔やみきれぬ思いが募っていた。

しかし五十鈴媛は、従えた鋤友を振り返ることなく、為政者に対する言葉を述べていた。

「皇子、わが大和は今、憎しみや争いを繰り返す時ではありませぬ。皇子はもはや天皇の御位に推戴されることになりましょう。かくなる上は、一視同仁（いっしどうじん）、日本（おおやまと）の国々のすべての者に、仁慈の大御心を示さなければなりませぬ」

この母后の言葉を、神渟名川耳尊はそのまま肯定は出来ない。

「母宮様、私が御位に即くのではありませぬ。兄上、神八井耳命が御在（おわ）しますから」＊

が、五十鈴媛には分かっていた。昨日、狭井の御館を訪れた葛城郎女の報告でも二人の心映えの違いは明らかだったし、手研耳命を斃（たお）した経緯も、いずれ群臣の知るところとなろう。

母后の気持ちを察して、神八井耳命が言った。

「弟よ、そなたこそ天皇に相応（ふさわ）しい。私は母宮さまから御歌をいただいても、手研耳命の謀りごとへの洞察が足りなかった。片丘にて命（みこと）を撃たんと潜んでいた折も、決断がつかなかった。

私が日本を統べるよりも、そなたが御位に即くほうが民草のためになろう。私は、狭井の御館にて神々に祈る日々を送っていた時、これが自分の役がらに何より向いていると思ったのだ。こ

---

＊『書紀』巻第三には、神武天皇の存命中に神渟名川耳命が皇太子に立てられたとの記述があるが、当初の伝承ではないだろう。皇太子制が確立するのは七世紀になるし、もし天皇の意志で太子が定まっていたのなら、巻第四にある兄の神八井耳命と弟の神渟名川耳命が皇位を譲り合った記述と矛盾するからである。大和王権の初期には、末子相続の伝統があったと思われる。十三世紀に元（げん）王朝を立てた蒙古民族のように、中華文明の周辺には、後代までその傾向が見られる。しかし、中国では儒教が普及していくとともに長子相続制が確立する。伯夷叔斉（はくいしゅくせい）が互いに家督を譲り合って出奔してしまった「伯夷伝」などはその過程の混乱を物語るが、大和王権も儒教伝来後は、次第にその方向への転換が始まる。第十五代応神天皇の後、仁徳天皇と、その弟で応神天皇から太子に立てられていた菟道稚郎子（うじのわきいらつこ）とが皇位を譲りあった逸話にはその影響が見られるが、末子相続ないし兄弟相続の伝統は長く尾を引く。

れからはそなたが天皇となり、私は祭祀を司ることにしようではないか」

☆

神渟名川耳尊は、翌年――神武天皇の崩御からは四年後の庚辰の太歳（前五八一）の春一月八日に即位した。正史では手研耳命の即位を認めないから、第二代の綏靖天皇である。

新しい天皇は西への広がりを意識し、葛城の高岡の地（御所市森脇の辺りという）を選んで宮居を造営して都とした。高丘宮と称される。皇后には五十鈴依媛を冊立し、その間に出来た嫡子の玉手看尊、後の第三代安寧天皇には、美しく育った阿久斗媛を配することになった。伝承に若干の混同があるのは、阿久斗媛は波延の女で鴨王の養女になった事情に起因している。

綏靖天皇は五十鈴媛を皇太后として敬ったが、彼女は皇統が大和文明の伝統のもとに確かに根づいたことに安心し、もはや公的生活からの引退を決意していた。したがって、綏靖天皇の高丘宮には移らず、畝傍の故宮にほど近い地に新たな御館を建てて、その一室に起居して亡夫の神武天皇と手研耳命の霊を、日夜とむらって暮らした。

傍らには、あの日以来、五十鈴媛の衛士長を勤めて倦むことのなかった膳鋤友が、生涯、侍したという。

# 第三章　和銅四年十月の事

倭なす三輪の神籬

朗唱を終えた阿礼に、安万侶は背高の椅子を勧めた。阿礼は浅く腰をかけると、物憂そうに、背に肘をついてその身をもたれかけた。

額には吹き出した汗が多くの滴を結んでいる。朗唱が体力も精神力も、ともに激しく消耗する作業であることが分かる。

最初に天皇崩御に続く段を聴いたとき、安万侶は誰もがふつうに感じる解釈をしていた。

（――この話は、末の皇子が御位を嗣がれる例として語られていると思うたが）

神渟名川耳尊が、異母兄の手研耳命のみならず同母兄の神八井耳命をも差しおき、第二代綏靖天皇として登極したのである。

大和王権の初期の天皇家には末子相続の慣行があった。神武天皇は鸕鷀草葺不合尊の第四子、綏靖天皇は神武天皇の第三子である。『日本書紀』の録すところによれば、その後も第四代懿徳天皇（兄は息石耳命）、第六代孝安天皇（兄は天足彦国押人命）、第九代開化天皇（兄は大彦命）は、同母の兄がいるのに弟が皇位に即いている。したがって建国の説話は、皇位継承原理としての末子相続を表象しているとの見方は現代においても少なくない。＊

が、安万侶は阿礼の口誦にある不合理な矛盾を知ると、それが気になりだした。そして別の見方を心がけるようにしてみて、これらの説話には表面に盛られているものとは違った事実なり思想が隠されているのだと疑わずにいられなかった。注意深く聴いていると、矛盾の仕方が何か大きな意味を持って問いかけているように思えるからである。

---

＊『古事記』では懿徳の兄は常根津日子伊呂泥（とこねつひこいろね）命、孝安の兄は天押帯日子（あめおしたらしひこ）命で、七代孝霊にも同母兄の大吉備諸進（おおきびもろすすみ）命がいる。

「手研耳命は朝機を摂られておいでだったというが、果たしていかなる立場におられたのだろうか。畏れ多いことだが、御位に即かれていたのではなかろうか」

「なぜ、そのように思われまするか」

　阿礼には安万侶の洞察力の鋭さが分かっていたが、その理由を確かめたいと思って尋ねた。

「磐余彦御門がお崩れになったのは御治世の七十六年目という。御即位は辛酉の太歳だから、七十六年は丙子で御座ろう」

　安万侶は一年ごとに干支を記した年表を作っていた。十干すなわち甲乙丙丁戊、己庚辛壬癸という順に進み、これに子丑寅、卯辰巳、午未申、酉戌亥の十二支を組み合わせると、六十年周期の暦となるのである。

「が、神渟名川耳尊が手研耳命を討たれたのは己卯の冬十一月といわれた。先帝がお崩れになってから丁丑、戊寅、己卯と三年も経っている。御位に即かれたのは翌る庚辰の一月だが、その間、天皇が御不在で政が滞っていたとは、とても考えられぬ。そして崩御から即位までの空白が長きにわたったことの裏には、何か事情があったと思うのが自然であろう」

　阿礼が期待した通り、安万侶は学者としての探求心から、説話の不合理な部分に切り込んでいた。そして、十干十二支を綿密に当たる労も惜しまなかったのである。

「それにしても私の朗唱には有りませぬのに、お崩れになられたのが丙子の太歳と、よくお分かりになられましたね」

「阿礼どのの習い覚えたものを疑うわけではないが、一つ一つ確かめてみるのも私の御役目と思いましたのでな。先帝のお崩れの年から四年が過ぎて初めて、次の帝が御位に即かれたというのは、いかにも不自然であろう」

安万侶に与えられた使命は、阿礼の朗唱する『帝紀本辞（ていきほんじ）』を筆録することだった。しかし律儀な安万侶は、ただ文字に書き起こし文脈を整えるのみでなく、前後の事実関係に矛盾がないか、他の伝承との矛盾がないかも確認する、いわゆる校閲の作業をしなければ役目を果たすことにはならないと考えていた。

建国の叙事詩の伝承は、この時代にはまだ幾つかの豪族の家にも断片的に残されていた。それらを総合して、大きな破綻（はたん）をもたらすことなくまとめ上げなければならない。天武天皇の御代（みよ）におこなわれた第一次修史は、その点が十分でなかったとの認識が舎人（とねり）親王らにあったからである。

ところが阿礼との作業を進めてみると、安万侶はもっと大きな問題に気づいてしまった。『帝紀本辞』と諸氏の伝承との不一致は朝廷による「編集」の不十分に起因するのでなく、むしろ天武天皇の意向を体して修正した「勅訂」によって生じたものに思えてきた。その一つが、手研耳命は皇位に即いたのではないかとの疑いだったのである。

「ご推理、ご明察で御座ります」

阿礼は安万侶の疑問の正しさを認めた。

「やはり手研耳命は、御位に即かれていたのだな」

「私が誦み習いましたものには、そのような言い伝えも御座いました。されど、割愛（かつあい）するようにとの御指示がありました」

「そうか、やむを得ぬか。初代から後継争いがあったとはあからさまに出来まいし、御位は神聖不可侵（ふかしん）、争うてよいものではないからのう」

　阿礼は返事をしなかった。安万侶の理解が、まだ一段も二段も浅瀬にとどまっていると思えたからである。

　安万侶の推測は一面の真実を、確かに鋭く衝（つ）いていた。建国の英雄神武天皇のすぐ後に後継の天皇が皇弟を攻め、返り討ちにあって皇位が奪われた事態を「王家の歴史」からは隠してしまわねばならない。嫡子と庶兄（しょけい）に争いがあったことは認めても、皇位は神聖にして侵すべからずだから、御位が血塗られた戦いの結果で動いたとするわけにはいかない。

　これには、第三十八代天智（てんじ）天皇が日嗣（ひつぎ）と定めた大海人（おおあま）皇子（後の天武天皇）がいるのに、実子の大友皇子を溺愛し、皇位を譲りたいと考え祖法を曲げようとして壬申（じんしん）の乱の原因となったことへの痛烈な批判が込められている。だから庶兄である手研耳命の即位を伏せて、偉大な天皇の皇子でも資格を欠けば討たれる先例として残したのである。

　この説話により、大友皇子が即位した事実は隠蔽（いんぺい）され（明治三年に初めて即位が認められ、第三十九代弘文天皇と諡（おく）り名された）、有徳の大海人皇子に皇位が委ねられた必然性と正当性が補強されるのである。

　が、「勅訂」の必要性はさらに別のところにもあった。阿礼は『帝紀本辞』のもとになった諸氏伝承の断片も大かたは覚えていたから、安万侶にさらに深い洞察力を持って貰うためにも、その事実を抜き出して示す必要があると感じていた。

「この条（くだり）には、実はいま一つの重要な先例があります。それは、五十鈴媛（いすずひめ）さまが二代の后（きさき）ということで御座います」

「うむむ」

初代皇后の姫蹈鞴五十鈴媛が、神武天皇崩御後に再び立后したというのである。相手は、幻の天皇である手研耳命だった。終えたばかりの朗唱にはその事実を窺わせるものは僅かしかなかったが、安万侶はもはや驚かなかった。

「相違は御座いませぬ。〈手研耳命、嫡后五十鈴媛を娶せし時〉と誦み習いまして御座りました。なれど、先の修史の折に割愛せよとの御指示」

王家にまつわる余りにも重大な秘密を事もなげに語る阿礼は、強い信念を持した表情で安万侶を見つめた。

先代の妻女を後嗣となった当主が継承する例は、古代の名門家系には決して少なくない慣行だった。

皇統に関わる例をとっても、第八代孝元天皇の妃であった伊香色謎命を、第九代開化天皇は皇后に冊立している。第十七代履中天皇の皇后草香幡梭皇女は、甥の第二十一代雄略天皇の皇后にもなった。＊

しかし安万侶は、先進文化である漢民族による国際的規範にも精通している。父祖を重んじる儒教の倫理によれば、一国の王侯が先代の后妃と同衾するなどという蛮行が認められるはずがなかった。修史の目的の一つが漢文化の受容による国際化への対応であったこ

＊これらに加えて、『記紀』では明らかでないが、第三十一代用明天皇の穴穂部間人皇后は庶子の田目皇子に再嫁したとの説がある。唐文化の強い影響のもとに社会が展開したその後の日本では二代の后は禁忌に近くなったので、平安末期の第七十六代近衛天皇の皇后だった藤原多子（まさるこ）が、甥にあたる第七十八代二条天皇にも立后したのみである。

とを考えると、その箇所の割愛を指示した川嶋皇子らの気持ちも十分に理解できるのである。

後のことになるが、安万侶はこれらを『古事記』に復活させた。その結果、最初の天皇崩御にともなう真実が残されただけでなく、五十鈴媛皇后をヒロインとする美しい歌物語が後世に伝えられることになった。

# 第四章　稲城燃ゆるとき

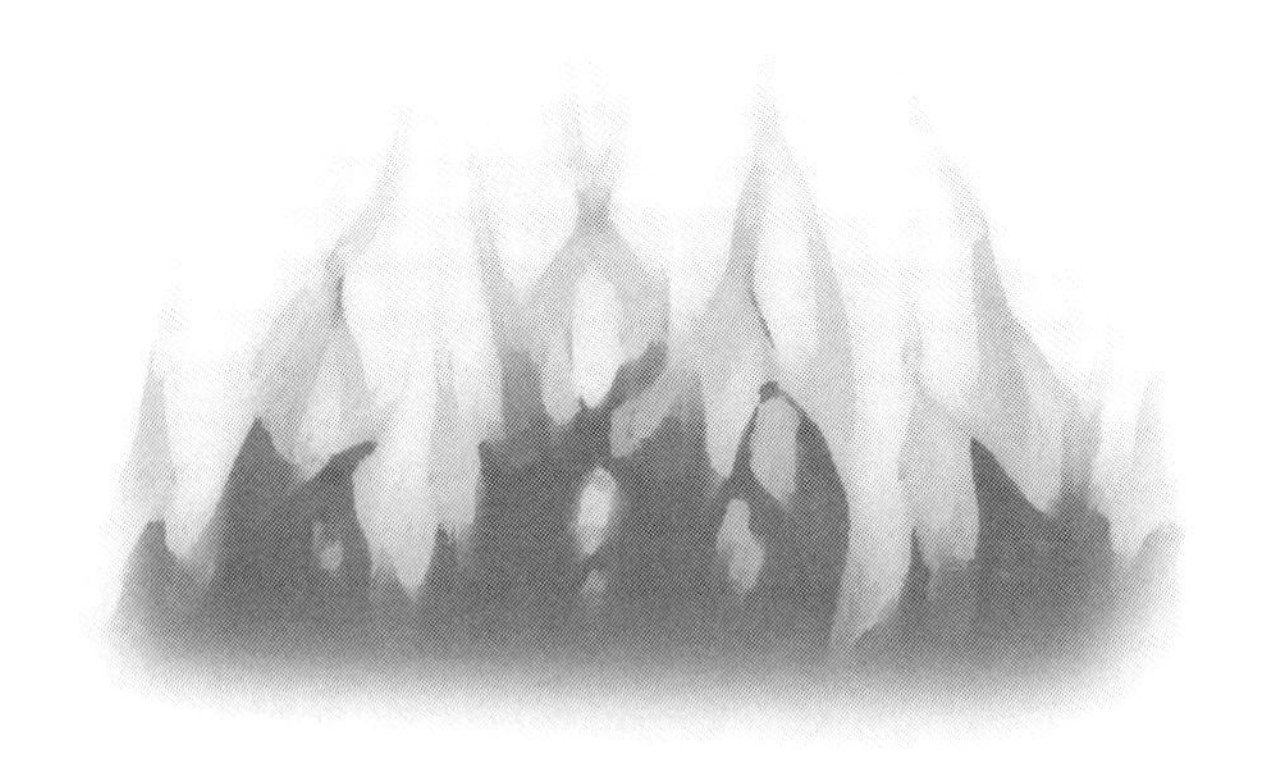

燃えあがる炎

一

「御真津媛さま」

大彦命は、姪ではあるが皇統の嫡流を嗣ぐ立場にある皇女に、常に敬意を忘れなかった。御真津媛は七年前に崩御した弟の第九代開化天皇と伊香色謎皇后の一粒種である。

まだ十七歳の可憐な少女とはいえ、そこにはおのずから漂う気品が感じられた。

「これから申し上げる私の話を、是非、真剣にお聞きいただきたいのです」

幼女の頃から成長を見守ってきた大彦命は、いよいよ大事な話を告げる時がきたと思った。情勢はそこまで切迫していたし、御真津媛の協力で切り抜けなければ、神武天皇から連綿と受け継いできた高千穂王家が滅びてしまう瀬戸際に立たされていたからである。

「皇女さまには詳しく申し上げてはおりませぬが、今、わが国を取り巻いております危機については、お察しいただけると思います」

御真津媛は大彦命の言葉の重さを感じたように、凛とした視線を返してうなずいた。

内乱、といってよい状態だった。開化天皇の崩御後、皇位の継承をめぐって大きな混乱が起きていた。伊香色謎皇后は皇女御真津媛しか生さなかったので、嫡系相続すなわち第二代綏靖天皇が確立し第九代開化天皇まで続いてきた「皇后所生の皇子が皇位を嗣ぐ」という原則が守れなくなったのである。

庶子を許せば、彦坐王が第一の候補者だった。北大和の名門和珥臣の妹である意祁都媛が母であり、後ろ盾も十分だからである。しかし当時はまだ八歳の少年で、そういう際の豪族の例に

倣って開化天皇の弟が相続するのが相当と思う廷臣たちも多かった。＊

この状況を奇貨として皇位に名乗りを挙げたのが開化天皇の異母弟である武埴安彦だった。武埴安彦は新興地域の豪族河内青玉繋の娘、埴安媛の所生である。妃は高千穂系の吾田媛で、その勢力の一部と結べたために、強力な軍事力を擁していた。

武埴安彦は彦坐王を擁する主流派の勢力に対抗して、事実上の軍事政権を樹立した。しかも、天皇家が代々、宮居の中で祀り続けてきた天照大御神と倭大国魂神の霊を、持ち出してしまったのである。

祖宗の神霊を奪取されたことは、後世なら三種の神器を持ち去られた以上の不祥事である。天皇としての正統性を主張できるものが失われたからである。こうして武埴安彦が山背と北河内に樹立した政権は、ややもすれば実力、正統性ともに上回る状況になっていた。

彦坐王の残存政権は、大和の故地は保持していたものの、次第に衰退の兆しがあらわになっていた。国土は疲弊し、折から疫病も多発して、国つ民の半ばが死亡したとすらいわれ、農民の流亡も多くなった。

「この由々しき事態を何とかせぬことには、皇祖皇宗の偉業に対し奉り、私も申し訳が立ちませぬ。そこで皇女さまにも是非、ご協力をお願いせねばならないのですが…」

「私に、何が出来るというのでしょう。私はただ、この宮居に起伏しているだけの少女です」

御真津媛のいつわらぬ心境だった。

「人心は強い者に靡くのです。それは民草の気持ちとして致し方ありませぬ。彦坐さまとわれわれには強さというものが欠けていたことを、率直に認めなくてはならないのです」

彦坐王の後見人である大彦命は、この混乱した状況を打開するための方策を考え、そして行動に移そうとしていた。若いながらも生来が聡明な御真津媛は、この誠実な伯父が信頼に足りることを知っていた。

「彦坐さまでは幼すぎると言われるのですね。それは私にも分かります。武埴安彦の荒々しさを最初は咎めていた者たちも、いつか一人去り二人去りして、今は山背方に身を寄せてしまった者も多いと聞きます」

大彦命は、御真津媛が深窓にありながらも冷静に事態をつかんでいることを知って喜んだ。それなら話は通りやすいからである。が、御真津媛は大彦命の決意の真意を取り違えていた。

「この上は、伯父宮さまが御位にお即きになられて、強い大和を回復して下さいませ。私は、亡き大日日天皇（開化）の皇女として、そう望みます」

強い指導者が必要という言葉に、父の同母兄である大彦命がみずから皇位を望んでいると思った。そして開化天皇の皇女である御真津媛に、その承諾を得ようとしたのだと誤解した。しかし、大彦命の決意はそうではなかった。

「私は御位に即こうとは思いませぬ。わが祖法は、御后様の生せる末の皇子が家を嗣ぐ定め。豪族はともかく、王家には兄弟相続の先例はないのです。兄は弟のために神事であれ、軍事であれ、政の助けをおこなうのが道なのです。私は国玖流天皇（第八代孝元）がお崩れになられたとき、大日日天皇の御即位を仕切り、以来、今に至るまでその役割に任じてきました。相続は、弟が嗣

＊末子相続と兄弟相続は違う。同世代の兄弟のうち「皇后の生んだ末の皇子」が嗣ぐよう考えられ、続いた。皇統譜上、兄弟で相続する例は第十七代履中天皇の後の反正と允恭までない。

いだら兄に戻ることは許されません。子が嗣いだら父に戻れないのと同じなのです」

　御真津媛は、大彦命の決意を測りかねていた。

「大日日天皇の後、彦坐さまが御在(おわ)します以上はお立てして参るのが当然の道でした。しかし、理の通らぬ武埴安彦の主張であっても、力で押し通されると、それが現実となってしまいました。このままでは、わが国は滅びてしまうでしょう」

　大彦命は実直すぎたのかも知れない。二代から九代まで例外なく嫡系相続だったといっても、これまでは幼童の皇太子が即位した例はなかった。遠慮せずに皇位に即いてしまえばよかったのだが、その律儀さは群臣に広がった八歳の彦坐王に対する不安を抑えることは出来ず、かえって武埴安彦の野心に乗じられてしまったのである。

「たとえ八歳で御在しても、私が後見を務めればよいと思うたのが、今から思えば失敗で御座いました。その頃、ある女官(にょかん)が〈やーい、やーい、ヒコイマス。おまえの命を奪おうと、狙われてるのも知らないで。ヒヨワな、女々(めめ)しいヒコイマス。女子(おみなご)たちと遊んでいるよ〉という童謡(わざうた)を耳にしたと注進してきました。武埴安彦の嘲笑(ちょうしょう)が聞こえてくるようです。私はこの童謡が彦坐さまのお耳に入らないよう厳命いたしましたが、政よりもままごとや人形遊びを好まれる童子に天皇が務まるわけがないという悪意ある宣伝でした」＊

　大彦命は武埴安彦の側が彦坐王の弑逆(しいぎゃく)すら考えていると知って、その警護に全力を期した。が、それから七年を経(へ)てみれば、武埴安彦方の宣伝は宣伝効果が上がればよかったという狙いも分かる。一方で「頼りない天皇よりも実力のある覇王(はおう)を」という惹句(じゃっく)が浸透し、他方で警戒のあまり彦坐王を群臣の前に出すことも控えて、心の壁と距離を作ってしまったからである。

「伯父宮さまのお考えを伺わせて下さいませ」

御真津媛は知りたかった。大和の窮状(きゅうじょう)を救う方法を練り上げたからこそ、大彦命はこうして話を持ちかけているのだろうと思ったからである。

「私に出来ることを教えて下さいましたら、何でも、力を尽くさせていただきたいと思います」

大彦命はこの言葉を待っていた。意識が変わったのである。つい先程まで「私に何が出来るというのでしょう」と思っていた少女が、今や「力を尽くしたい」と言えるようになっていた。

「皇女さまには率直に申し上げるほかは御座いますまい。敵は既に寧楽坂(ならざか)まで迫ってきております。幸い、踏みとどまって膠着(こうちゃく)していますが、わが軍がその防衛線を破られてしまえば、わが国は滅びるほかは御座いませぬ」

「破られぬ手だてはないのでしょうか」

「一つだけ、御座います」

「言うてみて下さいませ」

「私たちも、強くなることとです」

大彦命の答えは、とりようによっては答えになっていないとも思えたが、御真津媛は確固たる裏打ちがあることを信じた。

「強くなる方法があるのですね」

＊原詞は〈崇神紀〉にあり、「御間城入彦はや、おのが緒（を）を弑（しひ）せむと、窃（ぬす）まく知らに、姫遊びすも」である。崇神天皇の即位後に武埴安彦方が歌ったものだが、原詞通りだと意味はとりにくい。本章のように、幼童の彦坐王に対する叛乱と考えれば、一連の説話に筋道が立つ。

「昨日、神浅茅原で神事を執りおこないました。倭迹迹日百襲姫様にもお出ましを願って、天つ神の御魂に伺いました。そう致しましたら」

大彦命は御真津媛を真正面から見据えて、その神託を謹んで伝える形をとった。

「茅渟県の陶邑に大田田根子命といわれる方があります。この御方をお迎え致したらよろしかろうということで御座います」＊

二

安万侶は次第に、阿礼が単なる語部とは思えなくなっていた。彼女の朗唱を聴いて、それを文章化するのが学者たる自分の役目であることを初めは疑いもせずにいた。が、阿礼の叙事詩に接するうちに、かえって安万侶は啓発され、多くの問題意識を与えられたのである。

安万侶が第一級の人材でなければ、最後までそのことに気づかなかったかも知れない。語部を下級の技能者だと思って、知識人の自分に与えられた役割に奉仕するのが当然との見方を拭い去れなかったであろう。しかし安万侶は、阿礼の朗唱とその背景にある豊富な知識に尊敬の念を持ちながら、聴き取りの作業を続けていた。

---

**崇神天皇大神を祭る**
八年夏四月、高橋の邑人活日を以て大神の掌酒と為す。冬十二月、天皇、大田田根子を以て大神を祭らしむ。是の日、活日みづから神酒を挙げて天皇に献り、よりて歌ひて曰

はく「この神酒はわが神酒ならず倭なす大物主の醸みし神酒、幾久幾久」と。
…十年秋九月、大彦命を以て北陸に遣はし、武渟川別を東海に遣はし、吉備津彦を西道に遣はし、丹波道主命を丹波に遣はしぬ。因って詔して曰はく「もし教を受けざる者あらば、すなはち兵を挙げて之を伐て」と。既に共に印綬を授けて将軍と為したまふ。＊＊

「これは御間城入彦御門（第十代崇神）が三輪の大物主の大神をお祭り申し上げた段だが、陶邑から来た大田田根子命とは、いったいどのような御方なのだろうか」

安万侶の疑問に、阿礼は答えなかった。あまりに核心に触れた疑問だったからである。

安万侶は自問に自答する形になった。

「高橋の邑人活日が掌酒となった。掌酒とは今の神主のことであろう。とすると、大田田根子命と役割が重なってしまう。確か大日日御門（第九代開化）の御代には、皇后伊香色謎命の御兄、伊香色雄命が大物主神をお祀りされていますな」

「伊香色雄命は、天皇の代理を勤めて種々の心配りをされる神主に御座います」

「では神主の活日の他に、大神をお祭りする大田田根子命とは果たして…」

「大和の祖霊で在ます大物主神の〈祭主〉として大田田根子命が定められたので御座います。」

＊　大田田根子命が茅渟県陶邑（堺市）にいたとするのは『書紀』の〈崇神紀〉で、『古事記』の〈崇神記〉は美努村とする。美努は中河内郡の若江（東大阪市）とされてきたが、森浩一氏は堺市の陶器地区にある見野山付近としている。

＊＊　原文は武田祐吉校註『日本書紀　二』（底本は北野神社本）により、書き下しのための読み等は宇治谷孟『日本書紀（上）』を参照。以下、（三）（五）（六）および（下）をそれぞれ参照。

祭主とは、その家の今でいう氏上に他なりませぬ」

「いや阿礼どの、そうとは限らぬ。当主が一族のうちから代理を立てることもあるではないか。神渟名川耳御門（綏靖）の御代、御兄君の神八井耳命が祭祀に携わられたように」

安万侶の太氏は、その神八井耳命の子孫である。

「畏れながら安万侶さま。政と祭祀を分けるのは、この御間城入彦御門の御代に始まりました習に御座います。以後、憑代を皇女様に託されるようになったのです。神八井さまには祭祀を司るとのお言葉がありますが、具体的な御事績ではありませぬ。それより…」

阿礼は威儀を正して朗唱を繰り返したが、それを聴いた安万侶にはその言わんとしていることが分かった。

大田田根子命が祭主となったのは、あくまで「崇神天皇の代理なのではないのか」という疑問に対し、「その役目は、別に活日が勤めている」と答えたのである。

「御間城入彦御門が神主として倭大国魂神を祀らせたのは市磯長尾市であったが、成る程、長尾市の下には別に掌酒を命じていない。大物主神に大神酒を奉る神主が活日であるとすれば、その祭祀をおこなわせる立場にある大田田根子命をただの豪族とは言えまい」

阿礼は安万侶の思考が重要な節目にさしかかっているのを知った。そして安万侶は、思い付いたように、

「伊香色謎様といえば、気になることが御座る」

と、開化天皇の皇后の名を繰り返した。

阿礼の眼が輝きを増した。安万侶には先ほどの長い朗唱の疲れがようやく癒えたのだと

思えたが、真相は違った。安万侶の関心が伊香色謎皇后に向かったことに満足したのである。

「阿礼どのは先月の朗唱で、大日日御門は御父国玖琉御門（孝元）の妃、伊香色謎命を后に召された。そして生された御子として、御二方の名を挙げられましたな」

『伊香色謎命を娶して生みましし御子、御間城入彦五十瓊殖命。次に御真津媛命。あはせて二柱』（〈開化記〉より）

阿礼は『帝紀本辞』の一節を繰り返した。

「しかし、御真津媛様は御間城入彦御門の御后に立たれたのでは」


安万侶の不審に答えるかわりに、阿礼は別の一節を朗唱した。

『御間城入彦天皇、また大彦命の女、御真津媛命を娶して生みましし御子、活目入彦五十狭茅命。などなどあはせて六柱』（〈崇神記〉より）

御真津媛は『古事記』では御真津比売命、『書紀』では御間城姫と表記されており、活目入彦五十狭茅天皇（第十一代垂仁）の母后である。しかし、『記紀』における彼女の出自は錯綜している。

現代に伝わる『古事記』の崇神天皇の事績を述べた〈崇神記〉や、『書紀』の垂仁天皇の事績を述べた〈垂仁紀〉によれば、御真津媛は開化天皇の同母兄である大彦命の王女で、従兄にあたる崇神天皇に嫁いで垂仁天皇を生したとされている。ところが〈崇神記〉よりも前に置かれた〈開化記〉では、開化天皇が伊香色謎皇后との間に設けた皇女とされており、崇神天皇とは同母の兄妹になっている。

阿礼が誦み上げたのは、これら『記紀』の記事の錯綜のもととなった『帝紀本辞』の矛盾する章句であった。

「御真津媛様が御二方いらしたわけでもないだろうし」

安万侶は混乱したが、阿礼はただ微笑んで見ているだけだった。二人の御真津媛に秘められた謎を、安万侶なら必ず解き明かすに違いないと信じたからであった。そして予想通り、安万侶は秘密を探りあてた。

「御真津媛様を大彦命の御女に改めたのも、それも皇御孫御門（第四十代天武天皇）の御指示であろうか」

「ええ」

そのとき、安万侶は直観的にひらめいた。

「阿礼どの、御真津媛様だけが、大日日御門と伊香色謎様の御子なのですな」

☆

天武王家が編纂した『帝紀本辞』で、崇神天皇が御真津媛を娶って垂仁天皇が生まれた「史実」を述べるためには、御真津媛は大彦命の王女でなくてはならない「事情」があった。なぜなら〈開化記〉に記されたごとく御真津媛が開化天皇の皇女ならば、崇神天皇は同母妹を犯したことになるからである。これは絶対の禁忌に触れる。

古代史において兄妹婚の例は少なくない。皇女の結婚対象になるのは、王族以外にはごく限られた家柄の豪族のみである。多くは皇親か王号を持つ一族と結婚したのだが、いずれも異母兄妹であれば結婚じたいは許された。

　妻問い婚が習いだったので生母が違えば住まいも異なり、他人の始まりといえた。しかし、古代に血が濃すぎるゆえに起きる問題についての遺伝学的知識などある筈もないが、近親婚で子を生すと不都合が起こりやすいことも経験上は知られていた。

　だから王家の異母兄妹から生まれた皇子は、天皇にならないという不文律があった。まして同母の場合は結婚も許されなかったし、仮にその例が発覚すれば、厳しい刑罰が課せられた。血の問題だけでなく、家族制度の根幹が崩れてしまうからである。

（――御真津媛は大日日御門（開化）の皇女、そして御真津媛のみが皇后所生の御子だったのだろう。そして近親ではない誰か、つまり皇統の嫡流でない人物と婚姻したのに違いない。そしてその人物が御間城入彦御門（崇神）になったのであろう）

　この安万侶の直観こそ、古代史の最大の謎の一つに迫るものだったのである。

三

「大田田根子さま――その方なら私、知っております。強い御方だと、いつぞや麻績君が話しておりました」

　御真津媛は、伯父の大彦命が伝えた神託を聞いて、言った。

　麻績君は御真津媛の警護の任にあたっている衛士長である。河内の大豪族である大田田根子命の武将としての評判を何かの折に皇女に話したのだろうが、御真津媛は神託の本当の意味を理解できてはいなかった。

「大田田根子命のことをご存じ遊ばしたら、それは具合がよう御座いました。この御方の御加勢で河内の南半分がわが方につき、北半分も動揺は必至で御座います。青玉繋(あおたまかけ)ごときの比ではない勢力をお持ちになられています」

「でも、大田田根子さまは確かに彦坐さまに御味方が願えるのでしょうか」

「皇女さま。大田田根子命には彦坐さまに御加勢いただくのでは御座いませぬ。日本(おおやまと)のために、お立ちいただくのです」

「……」

不審げに首を傾(かし)げる御真津媛に、大彦命は事を曖昧に済ませず、すべてを具体的に話した方がよいと判断した。

「天つ神の御神託は、大田田根子命に御位に即いていただくべしということなのです」

「御位に」

「ゆえに、皇祖皇宗から承ぐわが王家の貴き血筋は、御真津媛様によって後の世に伝えていただかねばならぬのです」

「私が、承いで…」

御真津媛はその意味が、まだ具体的にはつかめなかった。

「はい。実は御神託は久しく前にも倭迹速目妙姫(やまとのとはやまくわしひめ)と大水口宿禰(おおみくちのすくね)の霊夢に顕われたことがありましたが、まだ皇女さまに媾合(まぐわい)はお早かろうと、私の一存に秘めておりました。このところ戦勢ますます利あらず、いかんとも為しがたいこととなりまして、百襲姫さまのお出ましをいただいて、あらためて御神託をお聞きいたしました次第」

「私が、大田田根子さまと…」

　ようやく意味を理解した御真津媛は、思わず頬を赤らめた。

「左様に御座います。大田田根子命は大物主神の五世の御孫、天照大御神の皇統は皇女さまに委ねられているのです」

「五十鈴媛様の例に倣うと言われるのですね」

　さすがに、御真津媛は皇統を承ぐ女性であった。初代の皇后の御名と事績を、わが身に投影して考えることが出来たのである。先例に倣い、皇統を伝えることが皇女に課された重大な使命であることを、よく認識できたからであった。

「例に倣うことでもあり、例を新たに開いていただくことでも御座います。磐余彦天皇の場合は五十鈴媛様が大和の伝統をお伝えになり、このたびは皇統を御真津媛さまが承がれ、大田田根子命によって新しい力を受け入れることになるのです」

　御真津媛は日本と王家の将来が、みずからの双肩に委ねられた思いを感じていた。その責が重いことは分かっていたが、大彦命の言葉を聞いているうちに、その重さがかえって快いものにも思えて、なぜか心が奮い立ったのは不思議であった。

「伯父宮さま。それしか方法がないのなら、それでわが国を救えるのなら、私は喜んでお役に立ちたいと存じます。でも…」

　大彦命は御真津媛の留保が気になった。が、次いで発せられた言葉を聞いて、新しい皇后が非常に際してもなお周到な配慮を忘れない沈着さを湛(たた)えていることに感動を覚えた。

「大田田根子さまをお迎え申し上げますことを、彦坐さまにはご理解いただいているのですか。彦坐さまのお気持ちを第一に考えませぬと」

確かに、まず越えなければならない関門がそこにあった。


御真津媛は大彦命と一緒に、彦坐王の御殿を訪ねた。

開化天皇の後継者として皇統を嗣いだ少年は、世が乱れたので大嘗(おおにえ)は済ませていなかったが、宮居の中では天皇の格式で扱われていた。とはいえ、御附(おつき)の舎人(とねり)も女官の数も、初期と比べれば随分と少なくなっている。武埴安彦(たけはにやすひこ)方と比べて劣勢が明らかになるにつれ、何かの理由をつけて暇を取る者たちが続出したからである。

大彦命は御座所に進むと、すぐに人払いを命じた。その雰囲気で、彦坐王は何ごとかの事態が起きたことを感じ取っていた。

「陛下、大切なお話が御座います」

と言うのを聞くや否や、この十五歳の天皇は信頼するみずからの宰相に告げた。

「私は、もう死なねばならぬのですか」

悲愴というのでもない、恐怖というのでもない、少年ながら達観したような問いだった。

「いいえ陛下、違いますわ」

御真津媛が宥(なだ)める口調で否定した。二歳違いの姉を、異母弟はいつも憧憬(しょうけい)の気持ちで見ていた。

「姉上、私は大丈夫です。王家の誇りをもって、いつでも潔く死ぬ覚悟は出来ています」

少年とはいいながら、置かれている立場についての理解は十分だったのであろう。個々の戦況については報告されていなかったが、御附の者たちの雰囲気で敗戦の重苦しさを感じ取るのは、鋭敏な少年にはさして難しいことではなかった。

「お覚悟はご立派で御座います。しかし、正統にある者は、おのが身を投げ出せば事が片づくというものではありませぬ。一身が滅びる気儘は許されぬのです。滅びぬために、時には死にも勝る苦しみに耐えてでも、皇統を護り抜く責任があるのです」

大彦命は宰相であり師傅でもあった。彦坐王にはその言葉を、教えとして受けとめる素直な心があった。

「はい。出来るかぎりは何でもいたします。でも、武埴安彦の軍に、既に敗れているのではないのですか。ここを逃げ出して、山背に走る者たちも多いというではありませんか」

「形勢が有利であるとは申せませぬ。なれど、皇女さまにも申し上げましたが、賊に破られぬ手だてが一つだけあるのです」

「敗れぬ手だてが？　ならばそれを、是非やろうではありませんか」

「賊には破られませぬ。皇統も護持は出来ます。されど、それは決して安逸の道ではありませぬ。陛下にとっても皇女様にとっても、あるいはお気に添わぬ、茨の道となるやも知れませぬ」

逸る彦坐王に、大彦命はゆっくりと噛み含めるように前提を言い置いた。

「構いませぬ。伯父宮さま、私は死の覚悟もしておりました。滅びるものと思っておりました。しかし、皇統を伝えてゆくことが出来るのであれば、死に代わる耐え難きことも、忍び難きことも、決して厭いませぬ」

彦坐王が「皇統を伝えてゆく」という言葉遣いをしたことに、大彦命は気がついていた。「茨の道」と言ったことで、何か感じるところがあったのであろう。本題を単刀直入に伝えることにして、神浅茅原における神託によって大田田根子命を迎える構想を打ち明けた。

「お迎えしてとは、どういうことですか」

「大田田根子命に御真津媛さまの婿殿になっていただき…、御位に即いていただくのです」

彦坐王は長い沈黙に入った。沈黙の中身は大彦命にも御真津媛にも分からなかったが、何か深く考えをめぐらしている様子は明らかだった。意表をつく構想を知らされて、その意味と影響するところを考えれば、意見が短時間にまとまらないのは当然である。が、次に口を開いた時に発せられた言葉は、この少年の優れた資質を十分に示していた。

「それはいい。大物主大神の御裔、大和の正嫡を引いたその方のもとに、王家の新しい力が集められるのですね」

「彦坐さまには…」

大彦命は賛意が示されたことに安堵するとともに、歴史の表舞台から去りゆく立場の少年天皇に深い同情を覚えずにはいられなかった。

「私のことは構いませぬ。私は御位を退きます。強いお力のある方に継いでいただいて、この国の安寧を取り戻すことが必要です。仮にも、賊の武埴安彦にその力があるのなら、それでもよいとすら私は思っていました。しかし、武埴安彦は国つ民のためでなく、妃の吾田媛に唆かされ、一身と一族の栄耀のために御位を狙ったのです。大田田根子命が強い日本を再建してくれれば、それこそが私の願うところです」

御真津媛は、その面差しに少年の幼さを残している彦坐王が皇位の意味について正しくとらえていることに感動を覚えた。それは彼女自身、皇統を伝える役割を担う立場にあるので心から共感する思いだったが、そのことを理解している姉と弟は、もはや同志的な親近感で結ばれていることを実感したのであった。

「私には御位は荷が重すぎたのです」

彦坐王の述懐には、既にしみじみとした響きがあった。

「それは、御父天皇（おんちちすめらみこと）が亡くなられた時、まだ八歳で御在（おわ）しましたから…」

御真津媛の言葉は、慰めにはならなかった。

「そう、その歳で御位に即けるはずがないのです。それゆえ、高御座（たかみくら）を狙うなどという武埴安彦の禍（まが）しき心を誘発してしまった。そのこと自体、私の徳が足りないのです」

「ご自分をお責めになるのは、よくありませぬ。大日日の天皇（すめらみこと）がお崩れになられた時、そのお歳であられたのは、陛下の責任では御座いませぬ」

大彦命は言ったが、この七年というもの、皇統を嗣いだ重圧に少年天皇が心を痛めてきたのを、いまさらながらに知ったのである。

「ええ、その歳であったことは私の責ではありませぬ。でも、その歳で御位に即く先例も無かったのです。〈やーい、やーい、ヒコイマス。ヒヨワな女々しいヒコイマス〉と童謡にまで歌われてしまったのは、天皇が姫遊びなどしていては国つ民が心安らげないからです」

「彦坐さま、そんな歌をご存知なのですか。誰がお耳に入れましたか」

御真津媛が驚いたのは、何も分からないように思えた彦坐王の悲しい心の襞（ひだ）に触れてしまった思いからである。

「姉上、隠しても自然と分かるものです。力のない者が幼くして御位に祭り上げられることは不幸です。大田田根子命が真に力を発揮して、姉上が皇后になられて国が治まるのなら、私はむしろ一部将として大田田根子命に仕え、この国のために役立ちたいと思います」

三人は誰からともなく近寄り、手に手を取り合った。父天皇の兄である宰相、皇位継承の使命を果たせず国のために退く天皇、そして将来のために新しい例を開く皇后。高千穂王家の三人の思いが一つになった感動的なひとときであった。

それから旬日も経たない十一月十三日。御真津媛は大田田根子命と婚礼の式を挙げた。河内の大豪族で強大な武力を有する大田田根子命が御真津媛に入婿し、高千穂王家の当主として迎えられることが発表されると、畿内の豪族たちからは歓呼の声があがった。長い混乱がようやく終息するとの期待からである。
武埴安彦に向かっていた流れは、明らかに潮（しお）の目が変わった。旧王家が伝統と格式を誇るだけでなく、新しい時代に適合してみずからを変革し、強大な武力にも支えられていることを示せば、あえて僭主（せんしゅ）をかつぐ必然性は薄れるからである。寧楽坂（ならざか）の戦線はかろうじて守られ、大和には平安と安定が取り戻された。
翌年、すなわち開化天皇崩御後八年の十二月二十日、大田田根子命は御間城入彦五十瓊殖（みまきいりひこいにえ）天皇（第十代崇神）として登極した。皇后には御真津媛が冊立（さくりつ）されたのは言うまでもない。＊
登極が一年後となったのは御真津媛の意向による。平和の回復もさることながら、二人の間に皇子が生まれ、新しい王家にも皇統、すなわち旧王家の貴き血が引き継がれていくことが確実になるのを待ったためである。

翌九年のうちには大和と河内から武埴安彦方は一掃され、残存勢力を山背の一部に残すだけとなった。十年九月、崇神天皇は「四道（しどう）将軍」を任命した。新しい王家の始まりを宣言し、各地域の有力豪族たちに伝宣するために皇族を派遣するのである。

大彦命を北陸へ、その子である武渟川別（たけぬなかわわけ）は東海へ、大彦命の叔父にあたる吉備津彦を西海に派遣することになったが、御真津媛皇后を喜ばせたのは、彦坐王が敢えて望んで丹波（たんば）に向かったことである。かねて「一部将として大田田根子命に仕えたい」と言っていた彦坐王だったが、その言葉の通りに四道将軍を務めたのである。＊＊

もとより四道将軍は一部将ではない。いずれも王家の一員であり、天皇の代理となって諸国に赴いた格の高い総督である。しかし、いずれにしても強固に確立しつつある崇神天皇の新体制の中で、彦坐王が名誉ある役職に就いたことは国の安定のために大いに力となった。それを知った上での、彦坐王の見事な出処であった。

十一年の夏四月までに、四道将軍はいずれも帰還して復命した。武埴安彦は大彦命の軍によって、そして妃の吾田媛は吉備津彦の軍によって討伐された。長く乱れた国土にあまねく平和が回

＊　〈崇神紀〉七年十一月十三日条に、大田田根子を以て大物主大神の祭主と為すとあり、八年十二月二十日条にも、大田田根子を以て大神を祭らしむ、とある。

＊＊　四道将軍について、『書紀』では大彦命、武渟川別、吉備津彦、丹波道主命を、崇神十年に派遣。『古事記』では、大毘古命を高志（こし）、その子建沼河別命を東方十二国、日子坐王を旦波（たには）に遣わしたとあり、数は三人である。

復されると、その再統一をもたらした崇神天皇に対して、国つ民は誰が言うともなく、新王家の初代という意味の「御肇国天皇（はつくにしらすすめらみこと）」の尊号を奉った。＊

## 四

太安万侶は今、和銅四年（七一二）を生きている。日本の建国から千年以上の歳月を経ているので、その間に皇位の継承原理に変化があったことを知っている。最初は嫡系の末子による相続だったが、兄弟相続や庶子による相続が多くなった時期もあり、さらには末子よりは長子を優先するように逆転したと理解していた。ところが阿礼の朗唱を聞くと、必ずしもそうとは言えなくなった。

「高千穂王家の方々は大日日御門（第九代開化）まで、皆様が末の皇子が御位を即がれていると思うたが、阿礼どのは違うと言われるのだな」

「耜友（すきとも）御門（第四代懿徳（いとく））は玉手看（たまでみ）御門（第三代安寧）の第二の皇子に在（まし）ますが、弟君がおられます。香殖稲（かえしね）御門（第五代孝昭）は耜友御門の第一の皇子に在まして弟君がおられます。日嗣（ひつぎ）の典（のり）（継承法典）にも例外がないわけではないのです」

舎人親王の率いた修史寮が編纂した『日本書紀』では、懿徳の弟の師木津彦（しきつひこ）命、孝昭の弟である手研彦（たぎしひこ）命は皇統譜から削られている。その結果、例外なく嫡系末子相続の原則が貫かれたように整理された。

これは川嶋皇子の修史司の改訂によるもので、安万侶の知識はそれ以後の伝承を聞いて得られたからだが、阿礼は原型も記憶していて、朗唱できたのである。

「日嗣の典が例外を許すとしなければ、大日日御門の後には対応できない事態が起きた。と、考えるのは私が裏を知る故か」

「さようで御座います。なれど彦坐様の御事（おんこと）は、今でも知る方は多いと存じます」

　開化天皇の後に武埴安彦の乱があり、彦坐王が幻の天皇となった事実は、諸族に残る多くの伝承で語られてきたから、半ば公然の秘密だった。川嶋皇子の修史で隠されたといっても、人びとの記憶にはまだ残っていた。

「御后様に皇子がない時、日嗣をどう決めるのかという難しい問題に、初めて王家が直面したわけだ。妃の中でも後（うし）ろ盾（だて）の確かな意祁都（おけつ）媛の生した彦坐王を選ぶか、それとも大日日御門の庶弟の内のどなたかにするか。大彦命は父から子へという典を違（たが）えぬことを優先して、彦坐王に決めたのだが…」

「武埴安彦は力において勝（まさ）るところが御座いましたのです。昔、手研耳命が御位に即こうとされたように」

「御位に即いたように、か」

　当時の伝承でも、当然、公には否定されていたが、手研耳命の即位の事実は高千穂王家の人びとに共有されていた。武埴安彦は母が大和の出身でないことを負い目とせず、力で皇位を奪おうとしたのである。

＊武埴安彦の謀叛が、王家の中の激しい対立を語っているのは間違いない。内乱と再統一、それが「四道将軍」の称号や「御肇国天皇」の尊号と結びついていると考えられる。

「大彦命は亡き天皇（すめらみこと）の同母の兄だ。鬱色謎（うつしこめ）皇后の皇子なのだから、誰よりも正嫡の主張ができる立場にいらした」

「しかし、弟君から日嗣（ひつぎ）を受ける逆縁を、大彦様は適当でないと思し召したのです。弟でも母系の位が低い武埴安彦は論の外（ほか）でしたから、皇統を庶系でも父から子への継承となり、母系も嫡系に準じる彦坐様を選ばれたのです」

「それも一つの決断だと言うしかないが、その決断が次の決断を招かざるを得なくなった。そこでもう一度、大彦命という決断もあり得たのだが」

「弟君から兄君への日嗣を選ばれなかった方が、世代が下がる甥の御門から伯父君への日嗣は、ますます無理で御座いましょう」

「無理だろうな。そこで嫡系の皇女様に皇統を伝えていただき、乱世を統べるに必要な力を、大田田根子命がもたらすことを選ばれた」

　皇女が嫡系すなわち天皇皇后から承いでいる血の高貴さを次の世代に伝え、実力のある皇親に新しい王家を興させる方法が採られたのである。

　これは神武天皇から九代まで続いた高千穂王家の終焉（しゅうえん）を意味するが、第十代崇神天皇となった大田田根子命によって皇統に新しい息吹きがもたらされ、時代の進展に伴う変革が可能になったと考えられている。重要なのは、これには先例があることである。

　神武天皇は日向から来て大和の新しい盟主となった。しかし大和の伝統は大物主神の正嫡を嗣ぐ五十鈴媛を娶（めと）ることで守られているのである。

　大田田根子命は、その大和の系譜を正しく承いでいる。だから三輪（みわ）山の祭祀を主宰する説話が語られるのである。

　高千穂王家から見れば傍系であっても、皇統そのものから外れているわけではない。崇神天皇に始まる王家は、祖霊の地を重んじて三輪山の麓の各地域に都した。崇神天皇は磯城の瑞籬宮、垂仁天皇は纏向の珠城宮、景行天皇はやはり纏向の日代宮である。ゆえに後世、三輪王家と称されている。

## 五

　御真津媛の生した第十一代垂仁天皇の御代になっていた。

　珠城宮に坐した狭穂媛皇后は、女官の落別郎女から、兄の狭穂彦が宮居の前殿に来ていると聞いて不審に思った。彦坐王の王子である狭穂彦は、このとき垂仁天皇に命じられて、河内の日下に主宰として差遣されているはずだったからである。

「兄上、いかがなされましたのでしょう」

「いかがも何もない」

　狭穂媛の見るところ、兄は何かに苛立って冷静さを欠いていた。河内にあって屯倉（朝廷の直轄領）の監督をしなくてはならない職務を放棄して、今、大和へ帰って来ているのは、心に大きな屈託があることを示していた。

　狭穂媛は兄を客殿へ連れて行き、そして床几を進めてそこに坐らせた。

「妹よ、そなたは私のことを大事に思うているか」

狭穂彦の問いは性急だった。

「出し抜けに何を言われます。もちろん兄上は、この私にとりまして大切な、大切な御方で御座います」

「妹よ、われらは御父彦坐王と御母大闇見戸売が生し給うた、この世にたった二人だけの兄と妹なのだぞ」

皇位を退いた彦坐王が、崇神天皇の即位後に四道将軍の一人として丹波路へ派遣された時は、まだ十八歳だった。

翌年、大和に帰って佐保（奈良市法蓮町の辺り）の豪族の娘である大闇見戸売と契り、狭穂彦と狭穂媛の兄妹が生まれた。二人はそのまま母のもとで育てられたが、狭穂媛は少女の頃から容貌がすぐれ、彦坐王の後見役であった大彦命が取り計らって、垂仁天皇の皇后として冊立されたのである。

彦坐王が四道将軍に任じられたことは、当時の王族たちの行動規範に大きな意味を持った。世が世なら天皇として君臨しているはずだった彦坐王が、新しい王家の下でその種の役割を担う。それは時代環境と己れの位置づけを確と認識していたからである。

しかし狭穂彦は、父の苦悩と時代の現実を理解できず、反発してしまった。

「妹よ。ぬしは私が大切というが、五十狭茅（垂仁）と私と、いずれがより大切かと問えば、答えはどうか」

「兄上、そんな問いに答えられる筈がないではありませぬか」

「強いてと、聞いているのだ。二つに一つを取るとして、この兄と五十狭茅と、そなたはいずれ

図５　御真津媛、狭穂媛関係系図

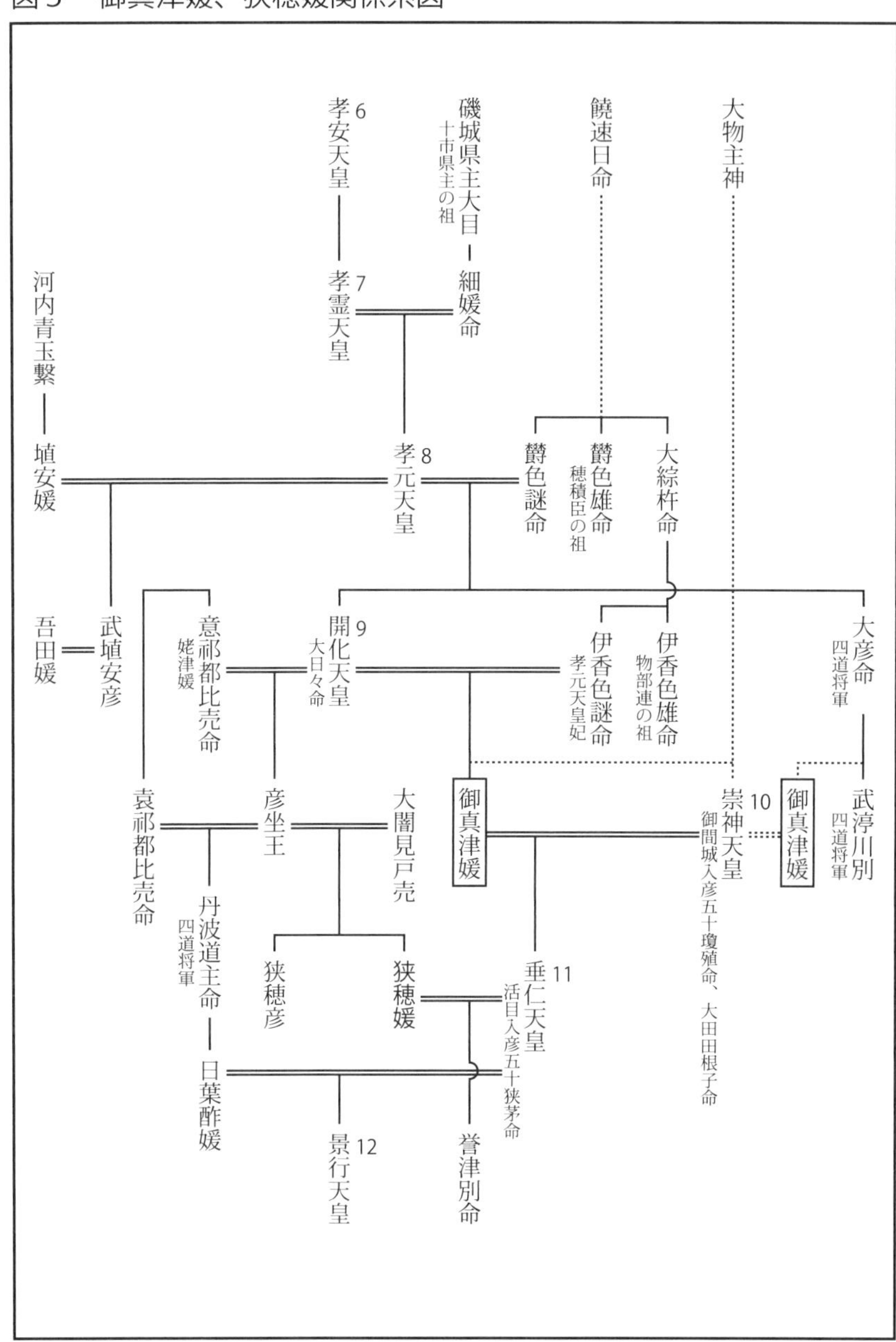

を取る積もりか」

　狭穂媛は、兄のただならぬ様子を察すればこそ、ここは刺激せずに、まずは宥める必要があると感じた。だから、こう答えた。

「それは、強いてといえば、もちろん兄上ですわ」

　この答えが、重大な結果をひき起こすことが予測できなくても、それを狭穂媛の科であったとするのは酷だろう。しかし、狭穂彦は妹の言葉を待っていたかのように、その胸のうちを明かしてしまった。

「ならば妹よ、私の言うことをよく聞くがよい。そなたは今、五十狭茅の后だが、本来、大日田根子の息子の五十狭茅には天皇の資格はないのだ。御位は大日日天皇（開化）から、御父彦坐王に伝えられたものだ。したがって、妹よ。そなたが五十狭茅よりも私を大切に思うとの言葉に偽りがないならば、私とともに、父上の御遺志を嗣いでこの日本を統べようではないか」

「兄上…」

　狭穂媛は兄の言葉に驚いたが、狭穂彦はすべてを言わせなかった。用意の短刀を取り出し、そしてそれを妹に手渡した。

「この短刀は、八塩折（幾度も鍛え直して堅固な鋼になっていること）の逸品だ。これをそなたに預けるゆえ、五十狭茅が寝入っているときに刺し殺すのだ」

　狭穂媛は蒼白になった。この時代、言霊の呪縛があると信じられていた。ひとたび口から発せられた以上、その言葉には魂が宿るという信仰である。

　狭穂媛は「天皇よりも兄を選ぶ」と言ってしまった上に、禍しき謀議を打ち明けられ、聞いてしまった。行動がおのずと制約されるだけの霊力が備わることを知る狭穂媛は、みずからが不用意に発した言葉に呪縛（じゅばく）された。

狭穂彦が「垂仁天皇には皇位を嗣ぐ資格がない」と言ったことには、既に見たように若干の背景があるが、むろん正しくない。

現代まで伝わる皇統譜によれば、開化天皇を嗣いだのは実子の崇神天皇となっている。が、史実は開化天皇の皇女であった御真津媛が茅渟（ちぬ）県の豪族大田田根子命を婿取りしたのが崇神天皇である。つまり、垂仁天皇の祖父であり、狭穂彦、狭穂媛兄妹の祖父でもある開化天皇は、高千穂王家といわれる皇統の最後を彦坐王に嗣がせたが、疫病などで国は治まらず、入婿の崇神天皇の登極（とうきょく）で乱を鎮めた経緯を皆が知っていた。＊

だから、垂仁天皇は女系で皇統を嗣いでいるのに対して、狭穂彦は男系だからより正統なのだと、狭穂彦は言い募るが、開化天皇崩御後の内乱が彦坐王を皇位から去らせた事実を前提に考える必要がある。

高千穂王家は嫡流から外れたが、御真津媛が崇神天皇の皇后となった。傍流が嫡流に変わって皇統は承がれ、彦坐王はみずから納得して崇神天皇の正統性を認め、その四道将軍となった。崇神天皇に始まる新しい三輪王家は、崇神天皇の第二子である垂仁天皇が末子相続の原則を踏んで

＊「高千穂王家」は初代神武天皇から始まる。日向の高千穂から東征して大和入りした王家だからだが、第二代綏靖天皇以降、葛城の地に都した天皇が多かったので葛城王家ともいう。その場合、後の第十七代履中天皇が葛城襲津彦の孫であり、葛城氏と深い縁戚の関わりのあった天皇が数代に及んだために称する「葛城王家」と区別するため、「日向葛城王家」ともいう。

登極して継承され、その正統性には何の問題もない。

狭穂彦はもう少し現実を直視する勇気が必要だった。父の彦坐王の百分の一、千分の一でよいから自分の置かれた立場を見る眼があったら、悲劇は起こらなかったであろう。「世が世なら狭穂彦が天皇に」というのは、失われた王家を懐かしむ人びとの郷愁（きょうしゅう）の中でのみ語られるべきことだった。たとえ遺臣たちに推されても、敢えて取り合わぬのが見事な出処（しゅっしょ）である。しかし愚かな狭穂彦は、現実と遊離した夢を抱き、その夢想に妹まで巻き込んでしまった。

## 六

狭穂媛は来目（くめ）の離宮にいた。垂仁天皇はその膝の上で安らかな寝息を立てている。皇后に冊立されて三年、二人の仲が睦まじいことは広く知られている。その狭穂媛が、まさか懐に短刀を忍ばせ、天皇の命を狙っているなどとは誰が想像できようか。

天皇が心からの安らぎを覚えて、みずからの膝に眠っているのを見ていると、狭穂媛はたとえようもない悲しみに襲われた。そして涙した。自分は天皇を慕っている。しかし、兄に語った言霊の呪縛を解くことは出来ない。

（――兄の宿望を達するのは今しかない）

みずからの心に反して、行動に出なければならないのかと思うと、涙が止まらなくなったのである。

天皇が目を覚ました。そして狭穂媛の涙を見てとり、いぶかしげにつぶやいた。

「私は今、不思議な夢を見ていた。佐保の方から激しい驟雨が近づいてきて、私の顔を濡らした。そして突然の雨降りに驚いたか、小さな錦色の蛇が私の首に巻きついた。そこで目が覚め、気がついたらそなたの顔が私を見つめていた。これはいったい、何の霊夢であろうか」

　夢は神意を表わすと、この時代には考えられていた。そして「夢解き」をするのが巫女の役割の一つであり、天皇家の女性は、いずれもその霊性を授けられていた。

　狭穂媛は、背の君にならまだしも、神に対しては隠し事が通るとは思わず、すべてが見抜かれていることを覚った。その場に伏して、天皇に告げた。

「その御夢は、謀叛の心を表わしております。錦の蛇は、八塩折の小刀が陛下の御首を傷つけようとしている禍しき企てを示したものに御座いましょう。その小刀は、実は、私が隠し持っております」

　天皇の驚きをよそに、狭穂媛はすべてを打ち明けようと決心していた。

「わが兄狭穂彦が謀叛に御座います。兄が私を訪ね、自分をどう思うかと問いました。私はよく考えもせず、兄のことを大切に思うと答えてしまいました。今はその軽率を後悔いたしておりますが、ともかく兄の逆心を聞いてしまったのです。されど、陛下のこれまでの深い御恵みを思うと、そのまま兄の言葉に順って陛下を弑し奉ることは出来ませぬ。思わず涙を流したものが御尊顔を濡らし、佐保の村雨の霊夢に顕われたものに御座いましょう」

　天皇は狭穂媛を愛していた。そして狭穂媛もまた、自分をこの上なきものと慕っていることを信じていた。だから、言霊の呪縛とはいえ、このような謀叛が企てられたことに驚いていた。

「そなたの兄は何を思うて妹に大逆を犯させようとなど、したのであろうか」

狭穂彦は、数多(あまた)いる皇親諸王の中でも、垂仁天皇の皇后の実兄として最も恵まれた立場にいるのである。敢えて反乱を起こそうという意図が明らかではなかった。

「兄が申しますには、陛下も兄も、大日日天皇（開化）の御孫(みまご)に御座います。そして陛下にはいささか礼を失した物言いに相なりまするが…」

「構わぬ、続けよ。続けねば、そなたまで大逆に与(くみ)することの理由が得心できぬ」

いかに言霊の支配する力が強いとはいえ、道理に反すると狭穂媛が思えば、呪縛はおのずと解かれるからである。狭穂媛が兄の言葉に順わざるを得なかったとすると、それには、それ相応の道理が感じられたはずなのである。

「それでは申し上げます。狭穂彦は大日日天皇の皇子彦坐王の子であり、陛下は御真津媛様の御(おん)子(こ)にあらせられます。兄が言いますには、本来、兄の方が皇統により近く、御位に即くべきは、畏れながら陛下にあらずと」

「ううむ、それを申すか」

天皇は、狭穂彦の言い分が道理なき道理であると思っていた。形式的には確かに、狭穂彦は開化天皇の男系の皇孫であり、垂仁天皇は女系の皇孫である。平時には、皇統への近さをいえば狭穂彦にも資格があるが、それは先代に起きた重大な事態を無視した物言いだからである。

狭穂彦は前王家の忘れ形見である彦坐王が、ひいてはその子である自分自身も、権力闘争の過程で命を奪われることもなく、新しい王家の下に最高の名門家系を維持できたことを感謝する気持ちを知らなかった。そしてその成り行きを屈辱ととらえて、運命を甘受した父に対しても反発する心を持ってしまった。

その意味では、大彦命の厚意が仇になったともいえる。大彦命はその後も彦坐王を引き立てることに努めた。彦坐王が若くして世を去ると、遺児の嫡男丹波道主命（たんばのみちぬし）に四道将軍の地位を継承させ、美しく育った狭穂媛を垂仁天皇の皇后に冊立するよう取り計らった。前代の記憶だけでなく現実においても、彦坐王の一統が最高の名門であることを保障したのである。

垂仁天皇は狭穂媛に、

「よく申してくれた。そなたの罪は問うまい。狭穂彦がそこまで愚かであったのは、そなたの科（とが）ではない」

と言った。そして半ばはみずからにも言い含めるように、

「大日日天皇の後、武埴安彦の謀叛から今の世が始まっていることを知らぬ者はない。だから私が御位に即いているのだ」

と続けた。狭穂媛は、少女の頃から大伯父にあたる大彦命から繰り返し聞かされてきたから、その事実を抵抗なく受け容れていた。ところが愚かな狭穂彦は、妹が皇后という華やかな地位に恵まれたことも、嬉しい半面、相当に嫉（ねた）ましかったのである。その屈折した心理が血を分けた自分には痛いほど分かるだけに、狭穂媛は兄の言葉に逆らいがたくなってしまった。

## 七

天皇は側近の衛士長八綱田日向彦（やつなたのひむかひこ）に命じて軍勢を差し向け、狭穂彦を討とうとした。しかし狭穂彦は、かねて天皇弑逆（しいぎゃく）後の事態に乗じるために兵を集めていたから、八綱田の襲撃を持ち応

えた。そして折から収穫直後だった田地から稲藁を集めて来て、これを城塞のように積んで防禦のための陣地――稲城を作った。

狭穂媛は懐妊中だった。天皇はあくまでも皇后に優しく、狭穂彦の叛逆と皇后は別という姿勢を崩さなかった。しかし狭穂媛としては、それに甘えることは出来ない。ある日、ひそかに宮居を抜け出すと、狭穂彦が立て籠る稲城に入った。兄の使嗾があったとはいえ、いやしくも皇后が大逆に加担した罪を、みずから赦す気になれないからであった。

狭穂彦の稲城は思いのほか堅牢だった。愚かな指導者にも、三分の理はあると感じられるのが人の世というものである。状況を見、機会に乗じようとする配下たちにかつがれて、叛乱の一党は意気さかんだったのである。

稲藁を積み上げた城塞だから、火を放てばたちどころに燃え上がる。八綱田はその戦法を採りたかったが、天皇は制した。火をかければ、狭穂媛も胎内の皇子もろともに失われてしまう。

狭穂彦の籠城は、その後、数ヵ月の長きに及んだ。その間に、狭穂媛は無事に皇子を出産した。運命の皇子、誉津別命である。

天皇は、皇子が無事に生誕したことを知って、狭穂媛に皇子とともに稲城から出てくるようにと勧めた。しかし、狭穂媛は応じない。使いに立った八綱田日向彦を通じて天皇に言上した。

「私と皇子さまに免じて、あるいは兄の罪をもお赦し下さるかと思いましたが、兄の罪が赦されぬのなら、私が一人で罪を逃れることは出来ませぬ。私はこの稲城の中で、兄と死をともに致します」

天皇の返事は次のようなものだった。

「狭穂彦の罪を赦すことは出来ぬ。叛逆は最も重い罪であり、にもかかわらず、そなたへの情ゆえに曲げては、国の法の基が立たぬ。しかし、そなたは違う。言霊（ことだま）に操られ、一時の気の迷いを生じただけではないか。それも、大逆を犯すことを畏れて、遂（と）げぬままに終わっている。もしそなたにも罪ありとすれば、皇子は無事には生まれなかったであろう。誉津別は、そなたの御父彦坐王の血筋を承いで皇統に伝えるために、この世に生を享（う）けたのだ。その意味を思えば、そなたは皇子の母として生き続けねばならぬ」

狭穂媛は、天皇の変わらぬ信頼に胸のうちを熱くしたが、わが身のみ助かることは気持ちが許さなかった。しかし、天皇の言葉が重大な言霊となることを知る由もなく、八綱田に告げた。

「それでは、陛下が皇子さまを日の御子（みこ）と思し召して下さいますなら、どうかお引き取りいただいて、お育て下さいませ」

八綱田は、そのまま復命することはせず、狭穂媛に尋ねた。

「陛下には御后様をいとしく思われ、必要とされておいでに御座ります。どうかお戻り下さい。それでもなお、御后様がこのまま稲城に籠られ、どうしてもお戻りになられぬので御座いましたら、この後、女官や采女（うねめ）どもはどのようにして陛下にお仕え申し上げ、また皇子様をお育てして参るべきか、御后様からのお言葉を賜わりたく存じます」

皇后はその位にある以上、余（よ）の妃をもって替えることが出来ない。そして皇后所生の皇子は嫡男として扱われるのが習いであった。

「誉津別命には不憫（ふびん）に思いますが、御位は辞退していただきましょう」

「お言葉は陛下にお伝えいたします。御后様、それでも事が足りませぬことを輩（やつがれ）は恐れまする」

八綱田は冷静だった。廷臣として緊急事態に臨みながら、沈着な判断を下していた。

「何を致せばよいと言われるのか、八綱田どの」

「日嗣の御子には、太后様の後ろ盾が必要となります」

　母のいない皇太子の力は頼りない。将来、皇太子が決まった時に他の皇子に抜きん出るためには、母が皇后でなくてはならない。つまり八綱田は、皇位継承の混乱を未然に防ぐため、みずから廃后を申し出るように狭穂媛に勧めたのである。

「よくぞ気づいていただいた。それでは陛下にお伝えして下され。後の后には、丹波道主命の王女日葉酢媛をお立ていただくのがよろしかろうと」

　八綱田はうなずいた。狭穂媛が、高千穂王家の皇統に列なる最高の名流の女性として、連綿と血脈を伝えることに強い使命感を持っていると分かって、嬉しかったのである。

　狭穂媛が後の皇后にと勧めた日葉酢媛は、彦坐王の孫であるから姪にあたる。狭穂媛は、みずからが垂仁天皇の皇后に冊立された大いなる目的であるところの、崇神天皇に始まる三輪王家に旧王家の嫡系彦坐王の血脈を確実に伝えるという重い使命を、こういう形で日葉酢媛に継承させた。それが大彦命の構想を引き継ぐことと理解していた。

「よく仰せ下さいました。御后様のお言葉であれば、陛下もお聴き届け下さるでしょう。さもなくば私めと致しましても、亡き大彦命の君にも、彦坐の皇子様にも、貌が御座いませぬ」

　八綱田は、かつて大彦命のもとで北陸道に随従しており、大彦命が過ぐる内乱の際に大和王権の皇統を維持することにどれだけ腐心したかを知っていた。それだけに今、自分がその志を継ぐ働きが出来たことを誇りに思った。

そして一身の危急に際しても、悠久の歴史に生きることを知り、皇統を維持する重みを忘れなかった狭穂媛の自覚は、幾世代を超えて報われることになる。

八綱田日向彦（やつなたのひむかひこ）は垂仁天皇に復命した。そして同時に、皇子だけでなく狭穂媛皇后も救出するよう最善を尽くすと奏上した。天皇は大いに喜び、出雲国造家（こくそう）の出身である野見宿禰（のみのすくね）を使うようにと命じた。野見宿禰は、力自慢の当麻蹶早（たいまのけはや）が畿内に競える者がなかったので示した増上慢を制するために、出雲から召し出されて仕えている。その役割は八綱田が狭穂媛から皇子の誉津別命を受け取るとき、皇后ごと抱え上げてしまうことにあった。*

しかし、狭穂媛の決心は固かった。受け渡しの刻限が来る前に、その翠（みどり）の黒髪を惜し気もなく切り、剃り落とした上で鬘（かつら）のように被った。また、腕飾りの玉の緒を腐らせて三重に巻きつけた。さらに、御衣（みけし）は長いこと酒に浸（ひた）しておいたものを取り出して着替えて、身につけたのである。

襁褓（むつき）にくるんだ誉津別命を両手に抱いた狭穂媛が、稲城の外に出てきた。野見宿禰はじめ選（え）り抜かれた衛士たちは、皇后を取り巻くようにして迎えた。八綱田が皇子を受け取ろうとすると、皇后は咄嗟（とっさ）に野見宿禰の方に向き、投げ出すように襁褓ごと押しつけた。

野見宿禰は予定外のことに慌てたが、日の御子を取り落として怪我を負わせては大変だから、慣れない手つきでしっかりと受けとめた。いくら力自慢の野見宿禰でも、両手で尊い皇子を抱かされては、期待された働きが出来ない。

---

＊出雲国造家の十三代襲髄（かねすね）命は野見宿禰ともいい、垂仁天皇の御代に召されて朝廷に仕えたと『出雲大社由緒略記』にある。群臣たちは宮居の外庭に円形に土俵を廻らし、二人を闘わせた。本邦初の相撲の取組みに勝った野見宿禰は褒賞として領邑を賜わり、大和に留まっていた。

仕方なく八綱田は衛士に命じて、狭穂媛をつかまえ申し上げようとしたが、手を取ろうとすれば腐った玉の緒が切れてしまってするりと身をかわされ、長い髪の一端をつかんで引こうとすれば、髪のみが掌に残ってしまった。さればとて袖に手をかければ、酒に浸されて脆くなっていた御衣は、ばらけてしまうのみで捉えどころがない。

とうとう、狭穂媛は裸形になってしまった。衛士たちは、皇后として尊び崇めていた狭穂媛のまばゆい裸身を前にしては、気も動顛してなす術がなかった。無理にもお連れ申すようにという命令の趣旨は分かるが、手は萎え、足がすくんでしまったのである。

力自慢の野見宿禰は、皇子を委ねられてその力の出しようもなく、衛士たちは高貴な女性の美しい裸身が白日に晒されている状況に困惑した。彼らには、狭穂媛を力ずくで連れ戻せとの勅命は、物理的にいえば可能だが、心理的には絶対の不可能があったのである。

狭穂媛は、狼狽して立ち尽くしている衛士たちに美しい微笑みを残すと、悠然と、稲城の中に入っていった。

火が上がった。乾燥した稲藁はまたたく間に勢いよく燃え、炎が高く天をも焦がすように立ちのぼった。

狭穂彦は燃えさかる稲城の中で、その一命を落として叛乱は終息した。そして皇后もまた、兄の愚かな企ての犠牲となった。しかし、狭穂媛は王家の女性として、その自覚の下に使命を十分に果たした。垂仁天皇は、狭穂媛の勧めの通りに丹波道主命の王女である日葉酢媛を後の皇后に迎え、その皇子の一人が大足彦忍代別天皇（第十二代景行）となったからである。

# 第五章　和銅四年閏十月の事

荒れる走水の海

「やはり御間城入彦(みまきいりひこ)御門（第十代崇神）は、御真津媛(みまつひめ)様に入婿されたのであろうな」

「ええ、それが大日日(おおひひ)御門（第九代開化）の皇女(ひめみこ)様としての重いご使命であることを知っておられたのですから」

　安万侶は、阿礼に教えを乞う形になっているのを不思議にも思わず、問答を続けている。

「阿礼どのは、御真津媛様が皇女様であると言われていたのを確(しか)と覚えていて、承いでいなさるのだな」

「川嶋皇子様のご指示は、御間城入彦尊が御真津媛様を娶したというところに〈大彦命の女と入れよ〉とのことで御座りました。ご指示があれば、語部はその通りに致します。なれど、大日日天皇の御子様方のところには、何もご指示はありませぬから」

「その意味が、そなたには分かっておられるのだな」

「はい」

「分かっておられて、そのままにしたと」

「はい」

　阿礼の凛(りん)とした視線が、安万侶を見据えていた。

「そして神浅茅原で大田田根子(おおたたねこ)命が選ばれたと？」

「ご指示があって割愛しましたが、物部連(もののべのむらじ)の伝承には〈かれ、大田田根子命、御真津媛を娶して〉と御座いました」

「物部連か、成る程」

「さらに申し上げれば、〈冬十二月、諸人(もろびと)、大田田根子を以て大神を祭らしむ〉の諸人を、天皇に変えよというご指示も…」

物部連は饒速日命を祖とする一族で、御真津媛の母后になった伊香色謎命もその系譜に列なっている。嫡流は大連守屋が蘇我氏と争って滅びたが、安万侶の時代には庶流が石上氏と榎井氏に分かれて健在であり、伝承も残されていた。御真津媛に最も近い家系に伝えられた説話であるだけに、安万侶も信頼に足りると判断した。

『記紀』の記す崇神天皇の事績で際立つのは、天神地祇を崇めて祀らせた説話が多いことである。現代の感覚では、その意義を正当に評価するのは難しい。が、その背景に開化天皇崩御後の内乱があったと考えれば、ずっと身近な権力闘争の姿が浮かび上がってくる。

崇神天皇がそれまで宮居の中で祭っていた天照大御神を豊鍬入姫命に託して笠縫邑に移した説話は、伊勢神宮の縁起として有名だが、話自体に矛盾がある。この説話は、天つ神である天照大御神と国つ神の倭大国魂神を合わせて祭り、しかも現人神である天皇と同居していることを憚った事情を述べている。しかし、建国の叙事詩が説く通りなら、この時代は神武創業から既に十代五百年以上が経過している。遅きに失しているのである。

神武天皇は即位の四年後、天照大御神を鳥見山に祭っている。長髄彦を討つ際、光り輝く金鵄が飛んできて天皇の弓先にとまって勢いづけられた故事によって鵄の邑と名づけられたのが鳥見山である。そこは現在の桜井市外山と考えられるから、畝傍山の東南に位置する橿原宮とは、もともと別の場所であった。

逆に、崇神天皇が豊鍬入姫命に祀らせた笠縫邑は、現在の檜原神社の地（桜井市茅原）と推定されている。大神神社のある三輪山麓で、崇神天皇の瑞籬宮（桜井市金屋）とは同じく初瀬川の北岸に位置しており、わざわざ別に移したと表現するほど離れた場所ではない。

これを、内乱があってその神々がいずこかに持ち去られてしまい、終息した後に笠縫邑に還座した事情を述べたものと考えれば、よほど自然な経緯である。

倭大国魂神を預けられた渟名城入姫命は、髪が落ち、体は痩せ衰えたと〈崇神記〉に描写されている。御神体が武埴安彦方の叛乱軍に奪い去られたとき、巫女として仕えていた哀れな皇女も拉致されたことは想像に難くない。そして恐怖と、神に対する不敬を慮って焦燥に耐えられなければ、ひよわな皇女が健康を害してしまうのも当然だろう。

大和国の地霊として崇められている倭大国魂神は、崇神天皇によって内乱が終息すると無事に還御して、市磯長尾市によって祀られた。その子孫の倭直、次いで倭国造家が神職となって、代々奉仕してきた。現在の天理市新泉町には、延喜の神祇式に規定された「式内社」で、昌泰年間（九世紀末）に「二十二社」の特別の社格を定められた大和神社が現存している。

武埴安彦の叛乱は、結果的に神武天皇から続いた高千穂王家の落日を招き、終止符を打ってしまった。正嫡の彦坐王は皇位を保てずに退き、輿望を担って登極したのは大物主命の子孫とはいえ皇統の嫡流から外れていた大田田根子命だった。誰もが納得したのは、神託や大田田根子命の実力もさることながら、開化天皇の皇女御真津媛が立后したからである。

（――女系によって皇統の神聖さ、高貴さを保つ）

神武天皇が事代主神（大国主神すなわち大物主神の子）の女、姫蹈鞴五十鈴媛を皇后に迎えて群卿（まえつきみ）や国つ民の賛同が得られたように、今度は大物主神の子孫が高千穂王家の皇女を迎える。誰もが、このことに異議を差し挟まなかった。

「私には川嶋皇子様のお心が分かる。分かるから、大田田根子命をただ祭主とのみ記した改訂を覆（くつがえ）してしまうわけには参らぬ。御真津媛様を大彦命の王女に非ずと言挙（ことあ）げして、誤りを正すわけにも参らぬ」

阿礼は、安万侶にやさしい微笑みを投げかけた。安万侶の悩みが分かっているだけに、それを微笑みで包み込んでしまおうとしているのであろう。

「私も同じで御座います。語部は伝えられた通りに誦（よ）み、そしてまた次の代に伝えていくので御座います。ただ、お上の御指示、あるいは皇子様方のご指示があれば、削るも改めるも仰せのごとくに致します。それが語部の御役目で御座います」

「しかし…」

安万侶は阿礼の言葉を、額面通りには受け取らなかった。少なくとも阿礼は、神代から幾世代も幾世代も、語部たちによって綿々と誦み続けられてきた伝承を、王家が自分たちに都合よく改竄（かいざん）しようとするのを、そのまま認めてはいないからである。

が、阿礼はそんな安万侶の思いに気づいて、言葉を継いだ。

「私は、何ものも付け加えておりませぬ。いかなるご指示も違（たが）えてはおりませぬ」

自信をもって言い切る阿礼の言葉に、安万侶はあらためて眼を見開かれる思いがした。その断言は決して虚偽ではない。虚勢でもない。阿礼がこの事業に関わってから得られた強固な信念を語っていることは明らかだったからである。

「そなたの言うことは分かる。何ものも付け加えぬ、いかなるご指示を違えずとも、言われた以上のことをしなければ、真実の痕跡は残せるということであろう」

阿礼は素直にうなずいた。

「そなたは強い。そなたは賢い。が、それが禍しきことを招かねばよいのだが」

安万侶の胸に、ふと、不吉な思いが過った。王家の立場でいえば、何も付け加えぬ、いかなる指示も違えぬだけでなく、関与した語部には忘れてしまって欲しいこともあった。

しかし阿礼は、先の修史の折に勅命によって付け加えられ、あるいは割愛された事がらを、その事実とともに今もって正確に記憶しているのである。それは天武王家にとって都合の悪い律儀さだった。しかも、律儀と受け止められているうちはよいが、阿礼のように堂々とそれを揚言してしまうと、挑戦的ととられても仕方のないことであった。

今のところ、それを知るのは安万侶だけのようだが、そのことが災いを招かねばよいが、との不安もあったのである。

安万侶は阿礼に、権力というものの持つ危険な習性を伝える必要がある、と思った。が、阿礼は安万侶が口を開く前に、

「次はご承知の日本武さまのお話で御座います。幾多の伝承の中でも最も美しいとされております が、私には心ゆかぬものが残ります」

と言った。安万侶はその言葉が不審であった。そこで、

「心ゆかぬとは、いかなることであろうか」

と尋ねた。しかし阿礼は、

「まずは、じっくりと聞いて下さいませ。安万侶さまなら、私の思いがきっとお分かりいただけると存じます」

と言うのみだった。阿礼は明らかに安万侶が主題に入るのを避けようとしており、その意図は既に十分に成功していた。安万侶がこの不審を解こうと思ううちに、彼女に伝えようとしていた懸念から心がそれてしまったからである。

後には、にこやかな、常のごとく魅力的な微笑だけが残されていた。

**美夜受比売を娶す**

故、尾張国に到りて、尾張国造の祖、美夜受比売の家に入りましき。すなはち婚ひせむと思ほししかども、また還り上らむ時に婚ひせむと思ほして、契り定めて東の国に幸でまして、悉に山河の荒ぶる神、また伏はぬ人どもを言向け和平したまひき。

…それより入り幸でまして走水の海を渡りたまひし時、その渡の神、浪を興し船を廻らして、え進み渡りたまはざりき。ここにその后、名は弟橘比売命、白したまはく「あれ、御子に易りて海の中に入らむ…」と。

…その国より科野国に越えて、すなはち科野の坂の神を言向けて、尾張国に還り来て、先の日に契りたまひし美夜受比売の許に入りましき。ここに大御食献りし時、その美夜受比売、大御酒盞を捧げて献りき。

『古事記』〈景行記〉

阿礼の声は、ふだんは円やかなアルトである。しかし伝承を朗唱するときには、驚くほど張りのある低い響きに変わり、それが伝承の内容に一層の神々しさを加えている。同一女性の声とは思えないし、同じ声帯からこれほど異なった音色が発せられるのも不思議である。

が、その朗唱に慣れてきた安万侶は、低音が聴き手にある種の催眠作用をもたらす効果があって、幽玄な魅力を醸しだしていることに気がついた。

「素晴らしい。素晴らしくて聴きほれてしまい、手があわや止まるところであった」

安万侶はいくら賛辞を並べても十分ではないと思った。手が止まって筆記が滞ることなど、何ほどでもないと感じられた。

日本武尊の説話は、九州から東国まで主人公が駆け回る。スケールが大きく雄渾な英雄譚であるばかりでなく、歌物語の要素もあり、また悲恋の結末もあって、抒情性にも富んでいる。安万侶は、近頃ようやく『古事記』と名付ける構想を固めていたこの作業にとって、中核に置かれるべき説話群となることを確信していた。

ところが、どうしたことか阿礼が浮かない表情を見せている。

「いかがなされた、お疲れか」

この質問は、先の感想とともに阿礼を落胆させた。

「安万侶さまも、やはり殿方なので御座いますね」

「……」

安万侶には阿礼の心が読めない。阿礼の朗唱が素晴らしかったことを賞讃したのに、なぜ、このような反応を招いているのだろうか。

「日本武さまが素晴らしいご活躍をされましたこと、そしてお妃様との美しい挿話が続いておりましたが、安万侶さまも殿方でいらっしゃいますから、この説話に何のご疑問もお感じにならないので御座いましょう」

「疑問をか？」

「ええ。私は女性で御座いますから、この美しくも悲しいお話にも得心できぬのです」

「言われる意味が、私には分からぬが」

　安万侶は阿礼自身を十分に理解はしていない。語部としての存在は前から知っていたが、個人的にはこの作業に入って初めて見識ったようなものである。しかし、時どき意表をついて示される阿礼の才知の閃きを好ましく思っていたから、この折も、謎解きが早く聞きたいと思った。

# 第六章　君は火中に立ちて

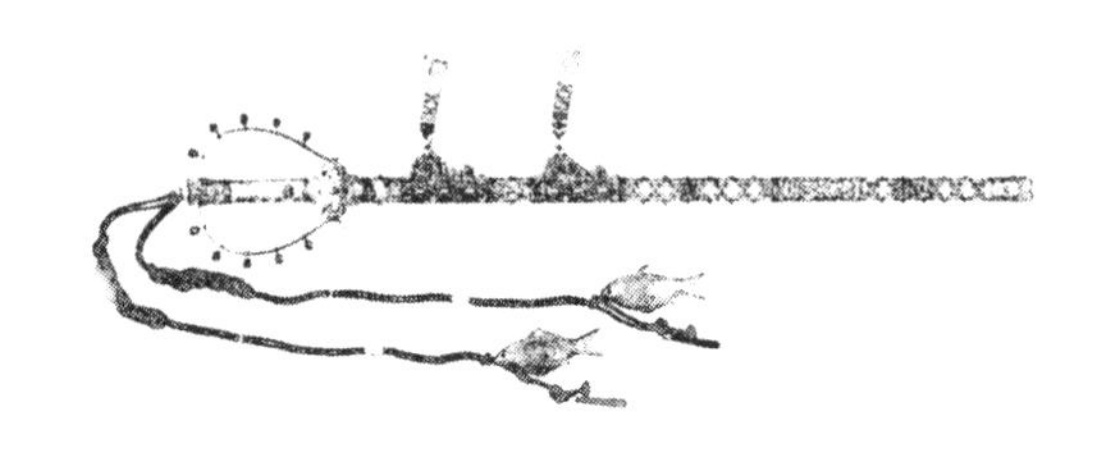

皇大神宮と神の剣

一

日本武尊（『古事記』の表記は倭建命）は纏向の日代宮を出て、伊勢路を多紀へと急いだ。初冬十月二日のことである。

当時、大和から伊勢へは、三輪山の南にある交通の要衝、海石榴市から東へ向かい、宇陀、榛原、室生を通り伊賀の穴穂（三重県上野市）へ抜けて、現在の関西本線や名阪国道と同じように柘植で鈴鹿越えをする。そこが伊勢の小山（三重県亀山市）で、その後は南下して壱志（津市）、飯野（松阪市）を経ると、多紀の竹村（多気郡明和町）まで五日の道程である。

地図（一七四頁）で見れば大きく迂回になるが、峻険な山脈の合間を縫って開かれた狭い街道すら、その時代は他になかった。

竹村には、第四十二代文武天皇の二年（六九八年）に二里（約八キロ）ほど東の度会に遷座するまで、皇大神宮があった。第十一代垂仁天皇の名代として天照大御神の憑代（神霊の身代り）になった倭姫命が、笠縫邑（元伊勢といわれる檜原神社の地、狭井御館の北隣）に祀られていた神器を奉持し、近江や美濃など諸国を巡行した後に、祓川の畔りのここに鎮座していた。＊

もっとも、武が会いに行く倭姫命は初代とは別人で、先代の五百野皇女からその任を引き継いだ。まだ大和に在った時には武の庇護者の役割を果していた叔母で、母の稲日媛を早くに亡く

＊『書紀』によれば、倭姫命による伊勢遷座は紀元前五年、五百野皇女の斎宮就任が後九〇年、日本武尊の東国出発は一一〇年である。年代の不合理はこれに始まったことではないが、本章では、初代の倭姫命が豊鍬入姫命の後継であるように、二代の倭姫命（媛の字を用いる文献もある）は五百野皇女の後継として、その後に伊勢に行ったと設定した。

していた武にとって、母親替わりの慈愛に満ちた存在だった。

　このたび、武は父の第十二代景行天皇から征東大将軍に任じられ、東国の蝦夷征討に派遣されることになった。父からは、武の猛々しい性格を将軍として頼もしく思っているからこその重任だと言われている。が、熊襲や出雲の征討に続いて朝廷に席の暖まる間もなく命じられた武には、天皇が継母の八坂入媛を愛するがゆえに、その子稚足彦命（後の成務天皇）を偏愛し、自分を疎ましく思って殊更に危険な使命を与えているとしか考えられなかった。


　皇大神宮ではこの頃、建築史上で「唯一神明造り」と称される様式が完成をみた。切妻の屋根に千木、堅魚木を伴った高床の穀倉が基本である。これに高欄を添えた回廊を四囲にめぐらし、前面中央に階を付した建築様式で、杉木立の中に白木の簡素な美しさが映えている。ここに参詣する者は誰もが粛然とし、畏敬のうちにも時代を超越した印象を与えられる。

　玉石の敷きつめられた神域にしばし佇んだ武は、斎館に戻り、倭姫命に出征の挨拶をした。

「ご武運の長久をお祈り致しましょう」

　垂仁天皇の皇女であり景行天皇の同母妹である倭姫命は、天つ神と皇室を結びつけている意味では、後世の斎王（さいおう、いつきのみこ）と同じ立場である。しかしまだ初期のこの時期には、天皇の代理というよりも天照大御神の代理（憑代）と信じられており、比較にならない崇高な権威を持っていた。

　武は、母に対する甘えを見せるように、倭姫命に言った。

「父上は私のことなど、戦いに斃れてしまえばよいと思われているのです」

父天皇を畏敬して、そして父天皇に認められたいがために数々の武勲を立てている武が、逆にそれゆえに天皇に怖れられている事情を倭姫命は知っていた。

将軍としての名声が高まれば高まるほど、天皇には武が自分を脅かす存在に思えてしまう。いきおい警戒感が募り、逆に文弱の稚足彦命がいとしく思えるのである。

「油断せず、大いにお働きなさい」

倭姫命は、武に多くは言わず、やさしく、包み込むように諭(さと)した。何といっても「武(ぶ)」の時代である。類まれなる武勇を示すことが、父天皇に、そして皇祖皇宗に認められる正統的な方法であることは疑いなかった。

大和王権による全国の統合は途(みち)半ばである。「辺境」ではいまだに朝廷の勢威にまつろわぬ人びとがいたから、天皇にとっても武の武勲は、それはそれで大いに頼もしいはずである。

「でも父上は、私を将軍としてお認めいただいているのかどうか。西海に参りました折は節刀をお預かり致しましたが、こたびは無いのです」

中国では皇帝の代理として任地に赴く将軍に、その徴(しるし)として刀を授け「持節(じせつ)将軍」の格式を与えた。その例に倣い、景行天皇も熊襲征伐に行く武に節刀を授けたのだが、今回はその儀がおこなわれなかったという。

「代わりに、柊(ひいらぎ)の八尋矛(やひろのほこ)をいただきましたが」

倭姫命の表情がかすかに動いた。柊の矛と聞いて、霊性(りょうせい)のある倭姫命には天皇の意志が明らかに伝わったからである。柊には悪霊を祓(はら)う呪力(じゅりょく)があると信じられていた。その柊で作った長い矛は、武器という意味では節刀と同じようだが、その実は似て非といえた。天皇はこれを武に持たせることで、悪霊として追放してしまう積もりと読めたのである。

倭姫命は武(たける)から八尋矛を預かり、斎館を出ていって長いこと戻らなかった。そして半日も経とうとする頃、ようやく姿を現わした。

「はなむけに、これをお持ちなさい」

倭姫命は一振(ふり)の剣(つるぎ)と、錦織(にしきおり)の小さな袋を武の前に置いた。剣は「須加流(すがる)の御太刀(おんたち)」という華麗な様式の名刀だった。柄(つか)の長さが六寸五分(ぶ)（約二十センチ）、刀身は三尺（約九十センチ）もある無反(むそり)の直刀で、朱鷺(とき)の美しい尾羽根を、赤い絹糸で縋(すが)ってあるところから、その名がとられている。

武にも、その意味するところの重大さが分かった。この太刀は別名を「天叢雲剣(あまのむらくものつるぎ)」といい、上古、素戔嗚尊(すさのお)が八岐大蛇(やまたのおろち)と戦って、その尾の中から得たと伝えられている。素戔嗚尊はこれを天照大御神に献上し、大御神は天孫降臨の際に瓊々杵尊(ににぎ)に与えたから、以後、皇位の象徴と見做(みな)されているのである。

「この御太刀を持って戦い、その後、大和にお帰りなさい。あなたが無事、大和に帰ることが出来たなら」

天皇から節刀を受ける代わりに、天照大御神から瓊々杵尊が授けられた神剣が渡御(とぎょ)された。それは武が皇位を嗣いだことを意味する。倭姫命は、敢えて「無事に大和に帰ったら」と言ったが、天叢雲剣とは、それほどの権威が備わった太刀なのである。

「そしてこの小袋は」

と、倭姫命は続けた。

「あなたの危難を救うことになるでしょう」

倭姫命は神の凴代である。神と人との接点にいる。そして神の意を、人に伝える役割を果たしている。その身から発せられたこの言葉は、武の運命に重大な影響を与える予言となって顕われるはずであった。

二

日本武尊は伊勢から尾張へ出て、三河、遠江、そして駿河から足柄峠を越えて東国に入った。この時代の東海道は駿河以西の諸国に限られる。崇神天皇の時代に四道将軍として武渟川別が派遣されて以来、駿河までは大和王権の支配が既に確立していたが、当時の道筋である足柄峠を越えると、朝廷の行政区画に編入されていない辺境だった。

朝廷は長い期間をかけて東国の攻略を進めていた。そこは蝦夷の王国であった。上古は尾張の辺りまで蝦夷がいたというが、次第に東へ東へと逐われていたのである。

蝦夷は、本来的には平和な民族である。「倭人」すなわち大和朝廷が戦いを仕掛けなければ、敢えてみずから争いを起こすことはなかった。そこで足柄以東にも、朝廷はところどころに拠点を築き、国造を置くことが出来た。

牟佐地方の大住評糟屋邑（評は郡の旧称）、現在の神奈川県伊勢原市付近には、そういう朝廷の基地があった。後に相模の国衙が置かれ、国府になる地である。

牟佐国が上と下に分かれ、それぞれ牟佐上、牟佐下と呼ばれたものが、次第に「さがみ」と「むさし」と称するようになったという。和銅五年（七一二）の詔で国名には好字二字を用いるよう命じられて以後は、これを相模、武蔵と表記するようになっている。＊

武は足柄峠を越えると、現在の国道二四六号線に沿って行を進め、秦野と伊勢原の市境の善波峠を抜けて糟屋に着いた。今日、日本武尊を祭神とする比比多神社（後に相模三の宮）が鎮座している地に、国造垂根の居館があった。

垂根は遠来の宮将軍に対する豪奢な歓迎の宴を催した。麾下の部将たちには仕来り通りに伽の遊行女婦が用意され、兵たちには久し振りの酒がふんだんに供せられた。もっとも武は、同行した妃の弟橘媛がいたからどちらにも興味を示さず、その夜は英気を持て余していた。

翌る早朝、垂根は、

「近くの沼目ヶ原には、珍しい白鹿が棲息しております」

と告げに来た。武は興味を抱いて、その白鹿を捕獲するべく、巻狩をおこなうことにした。部将や兵たちはまだ前夜の余韻を楽しんでいる頃合だったから、ごく少数の供と弟橘媛だけを連れて、垂根らに案内させて沼目ヶ原に赴いた。

西の方から、勢子が遠まきにして輪を狭めていき、白鹿を東の谷地に追い込むところを、武が矢を射ようという計画である。

ワーッという喚声があがり、勢子の動きが伝わってきた。武は、白鹿が跳び出てくるのを待ったが、その気配がない。

勢子の喚声が近づいてこない。何かが不審である。武が気づくと、一行を案内してきた垂根も、その部下もいなくなっている。そのとき、ゴオーッという轟音とともに、メリッメリッと、しば立つ不気味な音が近づいてきた。

火である。武が気づくや否や、武を囲んで三方から、野火が猛烈な勢いで迫ってきた。

罠だった。国造垂根の計略にかかってしまった。垂根は、巻狩に事よせて武を沼目ヶ原におびき出し、火を放って焼き討ちにしてしまおうと企んだのである。

武の周囲には供が十数人と、弟橘媛のみがいた。巻狩は戦ではなく、遊技を兼ねた鍛錬である。敵地といえる東国に乗り込んで緊張が強いられる日々が続いたが、朝廷の拠点である糟屋邑に着いて、兵たちには長い軍旅の労をねぎらい、休息をとらせることを優先したからである。垂根の示した歓迎に、つい心を許した失敗であった。

それにしても、廷臣であるはずの国造垂根の裏切りはなぜなのか。

武の心は重く沈んだ。皇子である武をだまし討ちに出来るのは、父の景行天皇の意志が働いているとしか考えられない。深い悲しみが襲ってきた。が、武は気持ちを切り換えた。悲しみに沈んでいても、今は何の益もない。ともかくこの窮状を切り抜けなければならないのである。武の眼に、迫りくる轟火の恐怖におののく弟橘媛の姿が入った。

「だいじょうぶだ。煙に巻かれぬよう身を低く伏せて、袖を口に当てていよ」

武は落ち着いていた。今、為さねばならぬことを冷静に検討する余裕が生まれていた。

（――この小袋は、あなたの危難を救うことになるでしょう）

倭姫命の言葉が甦えった。武は、天皇家の一員として、倭姫命の崇高な権威と、その拠って立つ霊性を知っている。「危難を救う」という言葉が出された以上、何か分からぬが、危難から救

＊賀茂真淵の説。他にも足柄から見下ろす「坂見」など起源についての説は百家争鳴である。

われる力を信じるべきなのである。

武は錦の小袋を取り出し、口紐を緩めた。中には燧石が入っていた。

(――燧石が危難を救う?)

武は歴戦の名将である。兵法万般を心得ていたから、この不思議な謎の問いかけに、すぐに答えを見出した。

天叢雲剣の鞘を払うと、武は周囲の草を薙ぎ始めた。さすが名刀である。冬枯れとはいえ堅固な茎が蔓とからまった多年草の繁みが、武の一旋で薙ぎ払われた。

供の七掬脛たちにそれを周りに積ませると、武は錦の小袋から燧石を取り出した。両手で、カチッ、カチッと二個を打ち合い、火を飛ばした。乾燥した稲藁に蛍がとまったように見えた瞬間、黒い斑から白い煙が一筋あがり、やがて、それが小気味よく燃え始めた。

国造垂根の放った野火は、その間も三方から押し寄せてきた。バシッバシッと枯れ枝がはじけるとともに、轟々と地鳴りを響かせて数丈(十メートル弱)ほど先まで迫ってきた。

が、武の着けた火が燃え進むのが僅かに早かった。それが向かい火となって、野火の風向きを変え、逆に武たちを包囲している垂根の方に急速に火勢を進めていった。

思わぬ展開だったのだろう。垂根らは野火が向きを変えたのに気づくのが遅れた。それまで武を取り巻く輪を狭めて進んでいた火勢が、嘘のように反転して煽られたのである。たちまち、逃げ遅れた垂根や勢子に扮した将兵たちは火に巻かれてしまった。

武は窮地を脱した。そして反撃に転じた。折から、野火の気配を不審に思った大伴武日連や吉備武彦などが率いる兵たちも駆けつけて、挟み撃ちで垂根らを殲滅することが出来た。

安堵とともに、武は父の景行天皇に対して、冷たく心が凍るような悲しみを覚えずにはいられなかった。天皇は謀りごとで武を死に至らしめようとしたのである。この最果ての相模の地で火に巻かれて死んでしまえばよいと、垂根に命じたのだろう。武は、危機を救ってくれた倭姫命の深い愛に感謝するとともに、父に対する憎しみを新たにしたのである。

## 三

相模で思わぬ難儀にあった日本武尊は、その後始末をつけると、さらに東へと向かった。東国の行政区画が整備されていなかった時代のことを国名でいうのは正しくないが、便宜上、後世の呼称を用いて説明すれば、当時、相模からは武蔵へ向かうのでなく、安房の海峡を渡って、総の国（千葉県）へ入るのがふつうである。

三浦半島から走水の海、現在の浦賀水道を渡ると上総である。さらに北へ進むと下総になる。東京から下ると、まず下総、次いで上総になる現代の不自然は、江戸が交通の中心となった近世以降と以前では、上り下りが逆になったからである。

走水の海は、幅が二里半（約十キロ）ほどの狭い海峡である。観音崎に立つと、晴天の日には対岸の鹿野山や鋸山がはっきりと見える。が、自然は見かけはやさしくても時として一変し、暴威を振うことがあるから油断は出来ない。

「なに、たやすいことだ。ほんの一漕ぎの距離ではないか、すぐに渡り切れるだろう」

その日も快晴だった。遠く筑波の嶺まで、くっきりと見えた。笹の葉のような先細の雲が立ちのぼっていて、冬空の美しい情景を武たちは楽しんだ。

が、北の方から海の色が急に変わり始めた。海面に縮状（ちぢみ）の皺（しわ）が寄っているのが、その色の変化になって見えるのである。

強い潮流が北へ進む時に北東からの風が吹くので、その早風が波頭（なみがしら）を高く持ち上げて、またたく間に大きなうねりとなった。現代でも釣人たちが恐れる「筑波ならい」である。冬の一時期に起こる突然の気象変化で、大型船なら事もなげに終わるが、小さな釣舟は翻弄される。

武の乗船は、突然の暴風に大きく揺れた。船体がきしみ、舳先（へさき）が今にも折れそうになる。自然を軽く見た報いを知って、武は悔いた。

「荒ぶる天候は海神様のお怒りの表われでしょう。皇子（みこ）さまの御心を試されているのです」

弟橘媛が、船室から出て嵐の吹きすさぶ舳（みよし）に立って言った。武の悔いの気持ちを、正確に言いあてていた。

この水道を渡るのに、安易な思いでいたことを海神が咎めたのは明らかだった。天つ神、国つ神を尊ぶ最高家系にあるのに、ふと、わが心に兆した増上慢が見逃されるはずはなかった。

武は、危うげに舳に立っている妻に、何ごとか問いかけようとして言葉を失った。弟橘媛は、そんな武の心を読んでいた。

さねさし　相模の小野に　燃ゆる火の　火中（ほなか）に立ちて　問ひし君はも

あの日、野火に巻かれそうになった相模の沼目ヶ原での危難の際に、あなたは、火がご自身の近くに迫っているのに、かえって私の身を按じて下さいました（「さねさし」は相模の枕詞）。そのあなたの私を愛して下さる尊いお気持ちが分かりますから、今度は、私があなたの御身をお護り申し上げましょう。海神様をお鎮めするのは、女の私の役目です。＊

武は風の中に弟橘媛の歌を聴いた。そして武の妻としてでなく、天皇家の妃の立場でこの危難に対処しようとする覚悟を知った。海神に武の心を伝えられるのは、天皇家の女性——霊性を備えた巫女の役割を果たす、ごく限られた正統な立場にいる者だけだからである。

天皇家の後継者である武が、自然を軽んじて神の怒りを買った。それを癒せなければ、天皇家そのものが危うくなる。もはや愛する妻の一身の問題でなく、自然という神との間の「誓約」の儀式になってしまった。

弟橘媛は、武の皇嗣としての正統的な位置づけを理解していた。それゆえ妃として神との接点にある巫女の立場で、鎮めの儀式をおこなうのである。

武は舳に立っている弟橘媛を見た。そして視線を交わす。言葉は何もなく、そこに意志が通じた。わが妻の神々しい美しさを、武はあらためて知る思いであった。その刹那、弟橘媛は身を翻えし、荒ぶる波の中に入り、沈んでいった。

その黒髪がまだ波間に揺らめいていると思える時の間に、海は、何ごともなかったかのように鎮まった。

---

＊野火の説話は静岡県の焼津市の地名起源とされている。『書紀』はその説を採っており、近くの静岡市清水区には草薙の字名と草薙神社がある。しかし、「さねさし」の歌を採用するためには、これは相模でなければならない。なお、『古事記』における表記は相武（さがむ）。

七日が経って、小さな柘(つげ)の櫛が上総のとある浜辺に流れ寄った。日本武尊には見誤るはずのない、弟橘媛の黒髪に挿されていた櫛であった。

君去らず　袖しが浦に　立つ波の　その面影を　見るぞ悲しき

あなたの櫛が袖しが浦（袖ヶ浦市）に流れ着いた。あなたがいまだに、私の心から去っていないからでしょう。浜辺に寄せては引く波は、あの日の荒天とは比べものにはなりませんが、この櫛を再び手にすると、あなたの面影がしのばれて、悲しみはいや増すばかりです――武が弟橘媛を偲んだこの歌が、君津や木更津(きさらづ)という上総(かずさ)の地名の起源になったといわれている。＊

この後、武は常陸(ひたち)の新治(にいはり)（茨城県石岡市付近）や筑波（真壁(まかべ)郡真壁町付近）の辺りまで遠征して蝦夷を服属させ、大きな成果をあげて帰途についた。

今日、日本武尊の足跡を伝承でたどると、宮城県から岩手県にまで及ぶ。奥州市の一関(いちのせき)には、尊を祀り、東征に由縁(ゆかり)の説話をもつ神社が少なからず鎮座している。『古事記』は総の国から「さらに奥に」とするだけだが、『書紀』には、陸奥(みちのく)から日高見(ひたかみ)国まで行ったとされている。＊＊

帰路は、海へ回らず陸路を通った。武蔵では、根津神社（東京都文京区）や大鳥神社（目黒区）など著名な神社に、その伝承が残されている。

それにしても、惜しまれるのは弟橘媛である。足柄峠を登り、これで東国を離れるという時になって、武は、眼下に開ける広野を眺望した。そして、

「ああ、吾妻（あずま）よ。弟橘媛よ、わが妻よ」

と、弟橘媛を思って三たび嘆息したのである。＊＊＊

この故事から、東国のことを「あずまのくに」と読むようになり、「東」の字に「あずま」という訓が定着して現在に至っている。

## 四

美夜受媛（みやずひめ）は日本武尊に大御饌（おおみけ）を奉った。膳に両手を添えて持ち、みずからの顔よりも上に高く掲（かか）げて、そのまま武の前に臥すようにして捧げた。背筋が伸び、所作が凛として間然とするところが全くない。その腕は細くしなやかだったが、力の入れ方にむだがないので大御酒（おおみき）の重さにも撓（たわ）まず、美しい動作が繰り返された。

---

＊　木更津市の吾妻神社には弟橘媛の衣の袖が流れ着いたとの言い伝えがあって、その袖が祀られているというから、袖ヶ浦の地名もこの説話に由来する。同じ木更津の八剣八幡神社の社伝には、日本武尊が弟橘媛を悼むあまり、この地に滞在して長く去らなかったので「君不去の地」となったと伝える。つまりこの「君」は日本武尊をさすが、本章のように解釈した方が情緒がある。なお、流れ着いた櫛は茂原市本納（ほんのう）の橘神社に日本武尊が奉納したという。

＊＊　日高見は後には「北上」に転訛した。北上川の下流域にあたる一関、衣川から、仙台平野の東部をさす。この辺りには『書紀』の成立した八世紀頃に、ようやく朝廷の勢力が及び始める。したがって、日本武尊の時代に足跡を残し得たとは考えられない。新治や筑波が歌に詠まれているように、やはりその辺りが東征の限界だったとすべきである。

＊＊＊　弟橘媛に関する旧蹟は、非業の最期をとげた東京湾を囲んで各地にある。神田の妻恋坂も、日本武尊が媛を偲んだ由縁であり、現在の川崎市にあたる武州橘樹（たちばな）郡も然りである。

「皇子さま、ご無事のお帰り、待ち遠しゅう御座いました」

武は往路に尾張の熱田に寄り、尾張連の当主建稲種公の妹である美夜受媛（『書紀』では宮簀媛）と結婚を約していた。その折はまだ初潮も見ない少女だったから婚儀は控えて、長く続く征討の旅を終えたら式を挙げようと取り決めたのである。

熱田は、伊勢湾に突き出した低い台地に開けた交通の要衝である。江戸時代には宮の宿として五十三次の一つとなるが、この時代は高倉下（神武天皇の東征の途中に熊野で刀を献上し、八咫烏に先導役を務めさせた）の裔である尾張連の本拠地だった。

尾張連が『記紀』に初めて登場するのは第五代孝昭天皇の御代で、世襲足媛皇后が尾張連の祖、奥津余曽の妹と紹介されている。皇后が畿内の豪族以外から出た初例だが、尾張連の本貫は葛城の高尾張である。由緒ある一族が東方への進出に際し、その地を尾張と名付けたのだろう。

実はこの時代の少し前に、尾張連に存亡の危機が訪れた。美夜受媛の父平止与が新興勢力の丹羽県主忍鹿に謀られて殺され、国造の役を奪われたのである。遺児たちは中嶋評（現在の稲沢市）にあった国府を逃れ、遠縁を頼って愛智評の火上山（名古屋市緑区）に住み着いた。そして二里ほど離れた海際の熱田台地を開発し、再興へ歩み始めたところであった。

美夜受媛は少女とはいえ自分たちの一族の置かれた状況をしっかりと認識し、見据えていた。大和からやってきた貴種である武と結ばれることが、尾張連一族の発展を決定づけることを知っていたのである。

「媛…」

科野へ向かう往路にはまだ少女だと思っていた美夜受媛が、三年の間に女としての魅力をそなえていることに、武は感動を覚えていた。

「媛の美しさを何にたとえよう。私には白鳥のように思えたが」

　大御饌を奉られたときの美しい動作から、優美でしなやかな白鳥の姿を連想したのである。

「白鳥で御座いますか？」

「そうだ。この辺りには来ぬかも知れぬが、科野から越へと行くと、冬、北から渡ってくる。羽を広げると一丈（三メートル）にもなるだろうか。大空を自由に舞うが、水面に降り立てば静かに安らぐ。その様は無垢で、なよやかで、気品にあふれる姿がまさに媛そのものなのだ」

「嬉しゅう御座います。皇子さまは私を、初めてお認め下さいましたのね」

「認めているではないか、前から」

「いいえ。ご出立の前はまるで子供あつかい。私は思いきりお慕い申し上げておりましたのに」

「ははは、子供は子供だったではないか。でも、今は違うぞ。美しくなられた」

「私はもう大人です。早くお妃に迎えて下さいませ」

　三年という歳月が経っていた。武との結婚を夢みがちに思うに過ぎない少女であった美夜受媛も、今は現実の婚儀を待ち望む新妻であった。

　　ひは細　撓や腕を　枕かむとは　我はすれど
　　さ寝むとは　我は思へど…

武は歌う。かよわく細い、しなやかなあなたの腕を、枕にして共寝をしたい——求愛の心が包

まず語られると、

高光る　日の御子　やすみしし　我が大君
あらたまの　年が来経れば　あらたまの　月は来経ゆく
諾な諾な　君待ちがたに…

美夜受媛も返す。天つ神の御子孫であり、やがて世をお治めになられる御方よ。年がめぐれば月もおのずと過ぎて、私もいつまでも少女ではありません。ええ、共寝をいたしましょう。あなたのお出でが、もう待ちきれませぬ。

愛の歌の交換は婚礼の儀式でもあった。二人は征東前の約議の通りに結ばれ、そして武は、長く尾張に留まることになった。

武と美夜受媛は、熱田台地の南の入江に突き出した松炬島に御館を構えた。兄の建稲種公には妻の玉姫との間に長男の尻調根も生まれていたし、繁栄するにしたがって喧噪も増してくる熱田を離れたのである。

新婚生活は楽しいものだった。武は折にふれて征東の手柄話を美夜受媛に話して聞かせた。

「神坂峠では怪物を退治して、里びとに喜ばれたものだ」

武は科野から美濃へ抜ける際の出来事を語ろうとしていた。

「赤須の里（長野県駒ヶ根市）を発って八里（約三十一キロ）、駒場から険しい山道になる。翌日、

征東の目的は達していたし、兵たちには帰心も募っていた。しかし武は、大和は懐かしく思ったが、帰るに帰れない事情があった。都に帰れば父の天皇に復命しなくてはならない。その復命の際には、節刀を返納しなくてはならないのである。

（――大和に帰れば、父に叱責される）

美夜受媛から神剣を預かり、それを腰に佩(は)いて征東の旅をしてきた。それは神意に適(かな)ったということである。勅命も達成したということである。しかし、節刀紛失の事実は変わらない。そのことへの怖れが、武に二律背反(アンビバレント)な感じを抱かせていたのである。

（――ふるさとの大和には帰りたい。しかし、父天皇に復命する大和には帰りたくない）

この英雄の心を、誰が笑うことが出来よう。武勇の誉れ高い皇子だったが、母の亡きあと、唯一の肉親である父に叱責されるのを怖れる弱さを持った「子」でもあった。

その逡巡が、武に奇妙な行動をとらせてしまった。

美濃国出身の部将弟彦公(おとひこのきみ)が、伊吹山（現在の岐阜と滋賀の県境にある）に怪物が現われ、里びとに悪事を働いて困っているという陳情を受けた。伝え聞いた武は、熱田での長い滞在に単調さを感じていたことも手伝って、その正体をつきとめて退治してやろうという気になった。

美夜受媛はそれを、愛する夫との楽しい語らいの日々が終わってしまう怖れとして感じた。

（――今、出ていったら皇子さまは再び戻らないのでは？）

という予感があった。美夜受媛も今や天皇家の巫女(みこ)の一人なのである。その怖れを伝えると、武はこともなげに言った。

「なに、たやすいことだ。怪物が何であれ一日も要さずに退治して、戻って来られるだろう」

武は、過ちを犯したことに気づかなかった。人が繰り返し犯す、自然に対する謙虚な心を失う慢心である。

神は、森羅万象にその身を仮託して、人を試す。ゆえに、為政者は気象であれ事件であれ事故であれ、およそ人の世に生起する出来事について、それが施政の過ちを指摘しているのではないかと畏れなければならない。漢土（もろこし）では「天に口なし、人をして言はしむ」というが、本邦では、自然が神の意を告げるのである。

武は、美夜受媛の不安を新妻の寂しさゆえのものと誤解した。愛する者と至福の生活を送っていた武の過信であった。美夜受媛が既に霊性のある巫女の存在になっていることを顧みなかったのである。そこで、

「安心せよ、すぐに帰って参る。その証しに、これを置いていこう」

と言った。そして一度は腰に佩いた神剣を、手に取って前に差し出した。武は過ちを重ねた。自然に対して、その脅威をあなどって丸腰で挑もうとしているのである。

美夜受媛は須加流（すがる）の御太刀を両袖で受け取ったが、その重さに、何か怪しく胸騒ぎがするのを禁じ得なかった。

五

日本武尊は弟彦公に案内されて美濃に向かった。伊吹山は近江との国境をなす山系の南端にある。山容は穏やかで容易に見えるが、日本海から太平洋側へ抜ける風の通り道となるので、気象

の変化が激しい。その麓の近くで、武は白い猪を見た。牛のように巨大だが、猪には違いない。

大猪は、一行が進んでいく山道を横切っただけだが、武は里びとを恐怖におとしいれている怪物の正体はこれなのだと確信した。そして威嚇の意味で、弓に矢をつがえ、空に向けて放った。矢は大きく弧を描いて、森の中に落ちた。

弟彦公の部下である石占横立が、森の中に入っていった。そして幾何もせずに戻って来て報告するには、

「森の中に、大猪はおりませんでした」

と。武が予想した通りである。

「はっはっは。恐れをなして、逃げたのであろう。他愛もない怪物ではないか」

「いえ」

横立が脅えたように、武の言葉をさえぎった。

「皇子様の御矢は、白い大蛇に刺さっておりました。道を塞いで動きませぬから、よく見ようと近づいてみますと、驚くような速さで森の岩陰に入っていきました」

「白い大蛇か」

このとき武はかすかに不安を感じた。というのは、崇神天皇に始まる今の三輪王家は大物主神の後裔である。その大物主神の主神（正体）は、蛇だと言い伝えられていたからである。

しかし、武は敢えてその不安の根を断ち切った。三輪王家と蛇の関係は、遠い神代の話である。現代でいえば、星座が蠍座だとか蟹座とかいう程度の感覚であって、実際に自分の先祖が蛇だなどと信じているわけではないのである。

不安は杞憂、だと思われた。その後、大蛇の祟りと感じることも起こらなかったし、大蛇の姿も、また大猪の姿も、再びは見なかった。

太陽が天心を回ろうとする頃になった。よく晴れた日だったが、急に、一天かき曇るという表現のままに暗い雲が現われ、空を覆った。そして、バタタタタッという乾いた音とともに、雹が降ってきた。

武は岩陰に身を隠して避難した。激しい雹である。二分（約六ミリ）から大きいものでは五分（約一・五センチ）もあろうかという氷の塊に直撃されれば、いかに頑健な武といえども、矢に貫き抜かれるように傷を負う。

雹は止まなかった。武は岩陰から動くことが出来ない。風も荒れ始め、気温も急に下がって、武の体から熱を奪った。その夜、武の一行は野宿を迫られた。

深夜、雹はようやく止んだ。翌朝は快晴になったが、伊吹おろしは続き、武は高い熱にうなされた。夢か現か、朦朧とした気分の中で、武は伊吹山の怪物の正体が山の神（大山祇神）だったのではないかと思うようになった。そして自然に対する謙虚さを失っていたことについての怒りが、気象に表われて示されたのだと悟った。

（――私は伊吹山の荒ぶる神に敗れたのかも知れない）

武は心に衝撃を受けながらも、尾張に帰る道を急いだ。そして揖斐川を渡らずに、右岸をそのまま下っていた。身体壮健、気力が充実していればさして感じないが、病を得て熱もある身に渡河は難儀に思えたのである。

武は揖斐川沿いに歩いて、当芸野（岐阜県養老町付近）を経て多度に出た。伊吹山系から続く養老山脈の南端にある低い山が多度山で、その先は海に出る。

武は、ふと胸騒ぎを覚えた。風景に既視感がある。いつかどこかで、眼下に広がる水郷を見たような気がしたのである。

間違いなかった。多度の岬は征東の往路に、伊勢から尾張へ渡る船待ちをした尾津崎（おつのさき）である。

胸騒ぎがさらに激しくなった。何かが武に訴えかけている。

武は思わず走り出していた。四年近く前になるが、確かに同じ場所に来たのである。そして浜に出て、目印の一本松を探した。すると——。

松の根本に、玉纏（たたまき）剣が光り輝いて置かれていた。武が天皇から征東の節刀として預かり、この尾津崎で不覚にも失ってしまった剣を、再び眼にしたのである。

尾張に　直（ただ）に向かへる　一つ松あはれ
一つ松　人にありせば
衣（きぬ）着せましを　太刀佩（は）けましを

武は節刀の発見を喜び、四年の間、一つ松がまるで預かってくれていたように感じ、衣装で着飾らせてみたいと歌ったのである。しかし武はこの時、一本松が向いている対岸の尾張には、自分の帰りを待つ人がいるのを思う余裕をなくしていた。

四年前に剣を探させた部将が、なぜ見つけられなかったのか、玉纏剣（たまきのつるぎ）が野ざらしに置かれたままだとしたら、光と輝きも少しは失われてしまったのではないか、等々を不審に思うこともしなかった。誰かの作為があったのか、不作為があるのか。いずれにしても謎は解けないが、ただ一つ確実なことは、武の心境の変化である。

（――御剣があるなら、大和に帰ることが出来る）

科野、越への征東の旅から尾張へ戻って以来、心から離れなかった屈託が嘘のように無くなった。帰心は矢のごとく募る。今度は何をおいても、ひたすら大和に戻ることを望んだのである。美夜受媛のことを考えなかったのではない。が、武の帰心を抑えるようには働かなかった。

（――いったん大和に帰って、元気になって尾張に戻ろう）

ふるさとの空気、そしてふるさとの水が、何より元気の恢復のために必要なのだという理屈で、帰心を正当化したのである。

武は多度から鈴鹿を目指した。そして三重邑（四日市市）へ至った時に歩けなくなった。それでも弟彦公の勧めに順って輿を作らせて乗り、なおも南を目指した。

鈴鹿越えの小山まで四里（約十六キロ）とないところまで来たが、次第に病が重くなって、能褒野の辺り（鈴鹿市加佐登付近）で進むことが出来なくなってしまった。

既に、幻覚すら現われていた。

倭は　国のまほろば　たたなづく　青垣　山隠れる　倭しうるはし

武は、うわ言のように大和を思いうかべて歌を詠んだ。大和は国ぐにの中でも、最も秀でた素晴らしい国である。まるで青い垣をめぐらしたように、稜線が重なりあっている山々に囲まれて、ああ、大和は美しい国だ——国偲びといわれる武のこの歌は、漂泊の旅にあって思う望郷の念を表現しつくしている。

日本武尊は逝った。『書紀』は享年を三十だと伝えている。大和を思う武の心は八尋の白千鳥となって、悠然と、伊勢の浜から飛び立ったのである。

武の霊魂は大和へと帰った。白鳥となって野や山を自由に飛翔しながら、琴弾原（奈良県御所市）に羽を休め、次いで河内の古市邑（大阪府羽曳野市）にとどまった。

日本武尊を追慕する人びとは、あたかもその地に武の霊魂が留まっているかのように考え、能褒野と琴弾原と古市邑の三箇所に、それぞれ白鳥御陵を造営して魂を鎮めようとした。

訃報を聞いた尾張の美夜受媛は、ある日、白鳥が舞うのを見て、自分のもとに武が帰ってきてくれたことを信じた。熱田神宮の西北五百メートルの地には、現在、美夜受媛のものとされる断夫山古墳がある。その規模が東海地方で最大といわれる前方後円墳だが、その南には白鳥古墳があって、二基はいつも寄り添っているように見える。

しかし人びとの思いとは別に、武は、空高く天翔けた白鳥の姿そのままに、遠くへ、誰も知らない遠くへ、飛び去っていったのであろう。

御陵には、いずれも、この悲劇の英雄を示す何ものも残っていない。しかし東国には、いたるところに日本武尊の足跡があり、幾多の伝承が残されている。そして何より確かなことは、美夜受媛が仕えた熱田の杜には、武に由縁の「草薙剣」が今もって大切に祀られているのである。

# 第七章　和銅四年十一月の事

大和国原を天翔る白鳥

「弟橘(おとたちばな)さまの〈さねさし〉のお歌は、たしかに心が揺り動かされるもので御座います。それを受けて日本武さまが〈君さらず〉のお歌をお返しになられたのも、御二方のお気持ちが通(かよ)いあわれてのことでしょう。しかし殿方(とのがた)にはそれで終わりのお話でも、女性の身にはどうしても得心がいきませぬ」

安万侶は黙って、阿礼が話し続けるのを聞くことにした。

「日本武さまは、足柄峠で〈吾妻よ〉と仰せられたご記憶が失(う)せぬうちに、尾張の美夜受媛(みやずひめ)さまを娶(めと)してしまわれるのです。弟橘さまが日本武さまを恋い慕われるお気持ちをお汲み取りいただき、いま少しご自重あそばしていただけなかったのか。〈さねさし〉のお歌があまりにも美しく、弟橘さまが走水の海に御身(おんみ)を投げられた献身がいかにも気高(けだか)いことで御座いますだけに、私には心に満たないものが残ります」

神話だとして深くは考えずに読み過ごしがちな挿話だが、現代人の感覚でいえば、海神の人柱となった弟橘媛の立場はどうなると言いたくなるのが、尾張の美夜受媛の存在である。

「ご承知のように、日本武さまは美夜受媛さまと、ご東征の帰りに識(し)り合われたのでは御座いませぬ。往路に尾張に立ち寄られた折に、既にご婚儀を約しておいでになります。なのに東国には弟橘さまを伴われ、相模で野火に遭(あ)われます。これは人柱になられた弟橘さまだけでなく美夜受媛さまに対しても、いささか誠を欠いたことだと思うのです」

安万侶は阿礼の言い分に同感だった。しかしそのことよりも、さらに大きな発見に驚いていた。聡明で理知的な印象の阿礼が、弟橘媛や美夜受媛の「人を恋い慕う気持ち」に共感して、憤慨している姿が意外に思えたのである。だから思わず、

「阿礼どの、そなたも人を恋うる女性の気持ちで考えることが御座るのか」
と言ったのだが、これは安万侶には珍しい軽率な発言だった。

「まあ！」

阿礼は目を大きく見開いて、抗議の素振りを示した。

「そのようなお言葉を伺うとは思いもよりませんでした。安万侶さま、そのお言葉は、私、大変に悲しく思います」

安万侶は、阿礼がみずからの仕事を誇りとしている姿を認めるからこそ、思わず、こう発言してしまったのである。どの時代でも、この種の不用意な発言が有職（ゆうそく）の女性を傷つける。安万侶は善意であったにせよ、阿礼の心は十分に傷ついていた。

「私は、人を恋うることは出来ませぬ。ご承知のように御禁制だからで御座います。私は語部です。語部の御禁制は守らねばなりませぬ」

語部は巫女である。巫女は未婚でなければならない。阿礼の時代、語部の職に就くということは、異性との関係を固く禁じられて一生を終えることを意味したのである。「しかし」と、阿礼は続けた。

「私は語部ですから人を恋うることが出来ませぬが、人を恋うることがないからといって人を恋い慕う女性の気持ちが分からなければ、よき語部は勤まりませぬ。御仏（みほとけ）に仕える僧職の方々が、煩悩（ぼんのう）を理解できずして煩悩に苦しむ衆生（しゅじょう）を導くことが適（かな）いましょうか」

安万侶は理路整然とした阿礼の言葉を聞いて、みずからの軽率な失言を悔いた。阿礼の心を傷つけるばかりか、その誇りをもった職掌をも揶揄（やゆ）する結果を招いたのである。

もちろん、そんな積もりは全くなかったのだが、この一事が阿礼との間の溝となってしまうことを何よりも怖れた。そして率直に、頭（こうべ）を垂れて詫びた。

「相済まぬ。阿礼どの、まことに相済まぬ。私はそなたを重んじていた積もりであったが、それでもかような過ちを犯してしまった。取り返しのつくことではなかろうが、何を」

阿礼はすべてを言わせず、すぐに言葉を継いだ。

「もう何も仰せられませぬよう。私は、あなた様のお心を少しも疑ってはおりませぬ。ただ、あなた様だけには、私の本当の気持ちを知っていただきたいと思うただけに御座います」

安万侶は恐る恐る阿礼の顔を見た。いつもの微笑があった。

「それに、取り返しはつくのです」

聞こうとする前に、阿礼は答えた。

「人を恋うる女性の気持ちを問うことも、安万侶さまの作業に加えていただきたいのです。そうしていただければ、私たちが遠き神代から承ぎ、伝えて参ったお話に血も通うことになるのでは御座いませぬか。『古ことぶみ』に登場するのは、みな人を恋い、人に慕われる人びとなので御座いますから」

阿礼の言葉に促されるように、安万侶は大きくうなずいて賛意を表わした。『古事記』と名付ける構想を、いつとはなしに阿礼に話していたのであろう。やまと言葉の『古ことぶみ』と、阿礼は覚えていたようだ。

十日余りの後、藤原の故京への道のりを、安万侶は弾（はず）むような足どりで急いでいた。心は急ぐが、五十歳という年齢を考えれば、駆け出すことも出来ない。

一刻も早く阿礼に会って、伝えたい発見があった。前回、日本武尊の東征説話の朗唱を聴いた後、「人を恋うる女性」の立場になって弟橘媛の気持ちを思った時に感じる「不満」について、阿礼から宿題を渡されていた。

それから旬日、朗唱の筆録を検討し深く考えた結果、ついにその答えを見出したのである。

「阿礼どの」

婢女が案内するのももどかしく、安万侶は阿礼の名を呼んだ。

「分かりましたぞ。謎が、謎が解けましたぞ」

ふだんと同じく阿礼は既に床几に腰かけて待っていたが、安万侶の気持ちを察して入口まで出て来た。

安万侶は勢い込んで紙片を差し出した。

「これで御座る。これを御覧じろ」

が、阿礼は当惑の表情になった。

「私は、字が分かりませぬ」

安万侶は言われて初めて気づき、差し出した紙片をどうしたらよいかと思案した。が、阿礼は落ち着いて紙片を両手で受け取ると、興味深げに、墨書してある字を覗き込んだ。

阿礼ほどの聡明を謳われた官人でも、字が読めない。それがこの時代なのである。現代の知識人が、イスラム文字を一字も解さなくても異例だろうか。梵字が読めない僧侶だって、中にはいるだろう。識字は、必要と習慣に規制される文化なのである。

当時、漢字は既に中国から伝来して久しかったが、国民に共有される技術とはなっていなかった。統治者と、それに関わる一部の知識人はその恩恵に浴したが、紙が高価であることが普及を妨げた。

一般の人びとにとっては、識字の必要性もあまり感じられなかった。行政に必須の技術といっても、漢字を操る特定の氏族（秦氏や東漢氏などの渡来人）が独占する職掌とともに、彼らのみが学べばよかった。

語部にとっては、漢字の知識は朗唱の妨げとなると考えられた。文字の記録に頼る心が、記憶する霊力をかえって損なうからである。いずれにしても、頼るべき係累もなく、語部の職掌だけで朝廷とも文化とも関わっている阿礼の場合、漢字を学ぶ機会は全くなかったし、見かけたことすら、ごく限られた回数に過ぎなかった。

「安万侶さまのご発見を、ぜひ、お言葉で説明して下さいませ」

文字に書かれたものを言葉で説明できないことはないから、安万侶はそれを説明すればよい。当然の阿礼の求めに、安万侶は紙片を手にして、かみ砕いて説明を始めた。

安万侶が手にした紙片には、阿礼の朗唱から聴取した天皇家の系譜をそのまま系図に起こしたものが並べられていた。

一六七頁の系図の、点線□で囲った部分は、〈景行記〉の第九節「倭建命の子孫」の後段の部分をそのまま系図に表わしたものである。薄いアミ□をかけてある部分は同じく〈景行記〉第一節の「后妃と御子」の後段から、濃いアミ□をかけたのは〈景行記〉第九節の前段部分から図に起こしたものである。このうち若建吉備津彦が孝霊天皇の皇子だということは〈孝霊記〉のみに記されている。

この系図は、現実にはあり得ない「事実」を語っている。日本武尊が何世代にもわたり、つまりA、B、Cで記したように、いろいろな箇所に重複して出てくるからである。

一例を挙げれば、日本武尊Bと弟橘媛の遺児である若建王の妃は飯野真黒比売命というが、彼女は日本武尊Aの遺児である息長田別王の孫なのである。この若建王と飯野真黒比売命の孫は迦具漏比売命といい、この王女は日本武尊Cの父である景行天皇の妃となって大江王を産み、その王女の大中比売命がやはり日本武尊Cの遺児とされる仲哀天皇の妃となっている。つまり七、八世代にわたって父子、父娘関係の転倒が起きている。

未来科学小説に、時空飛行機に乗って過去に時間を遡り、先祖を殺して血統を断ったとしたら、自分の存在はどうなるかという命題がある。それと同様のことが『記紀』の世界に描かれているのである。

父がいなければ子は生まれない。しかし、自分（A）が存在しなければ作り出せない血統の五世の孫と、自分（C）の父が結婚するという矛盾を、歴史世代である安万侶は問題にしないわけにはいかない。

「安万侶さまのお考えでは、日本武尊と称される皇子様は少なくとも御三方はいらしたというので御座いますね」

指摘は要点をついていた。安万侶が書き起こした系図は、すべて阿礼の朗唱から採ったものである。

しかし阿礼の才知をもってしてもその事実が浮かび上がってこなかったのも無理はない。

図6　日本武尊関係系図

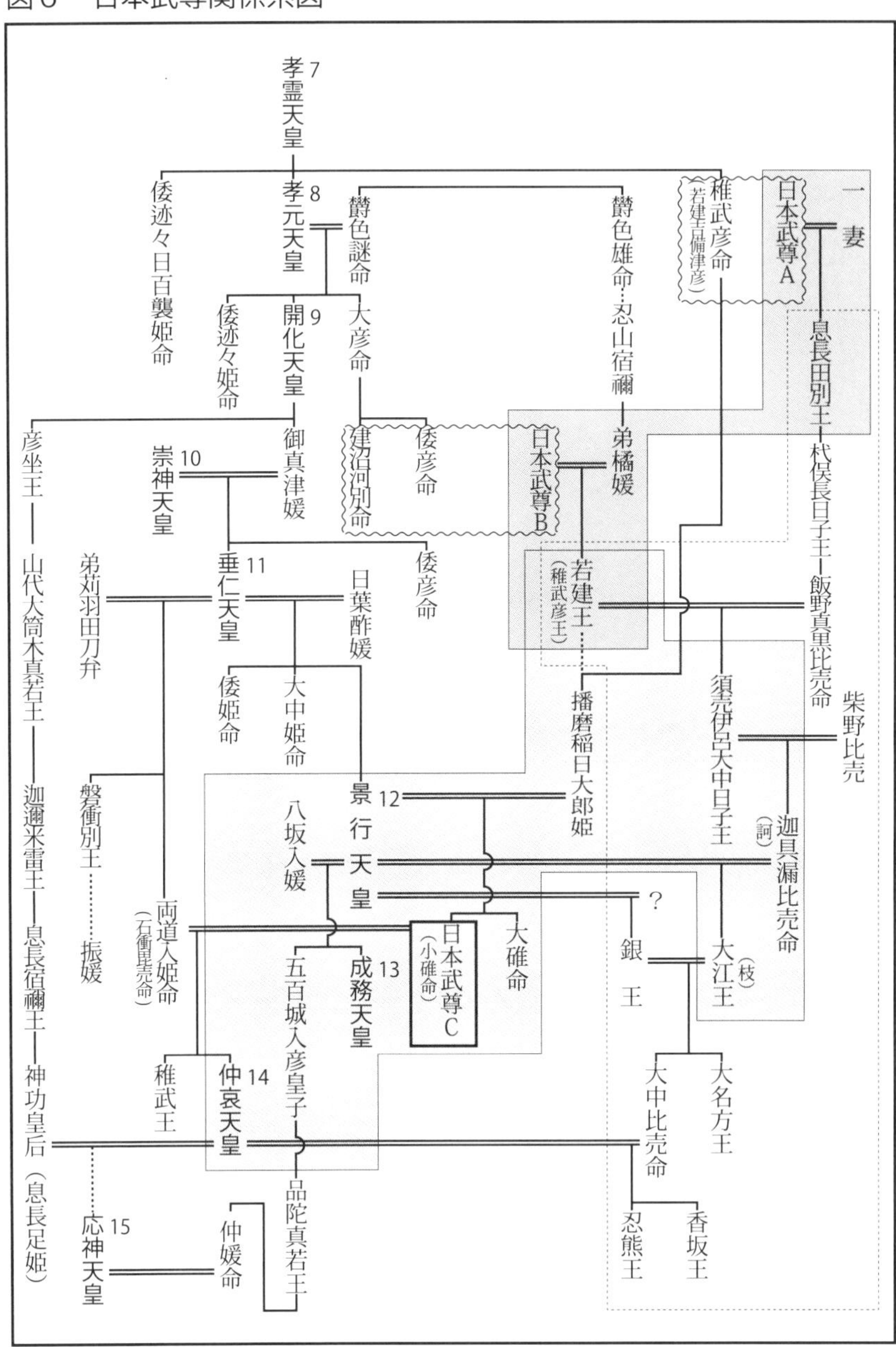

7 孝霊天皇
倭迹々日百襲姫命
8 孝元天皇
欝色謎命
欝色雄命
忍山宿禰
稚武彦命
（若建吉備津彦）
日本武尊A
一妻
息長田別王
杙俣長日子王
飯野真黒比売命
倭迹々姫命
9 開化天皇
大彦命
彦坐王
御真津媛
10 崇神天皇
建沼河別命
倭彦命
日本武尊B
弟橘媛
若建王
（稚武彦王）
11 垂仁天皇
弟苅羽田刀弁
日葉酢媛
倭彦命
山代大筒木真若王
倭姫命
大中姫命
播磨稲日大郎姫
須売伊呂大中日子王
柴野比売
迦具漏比売命
（訶）
12 景行天皇
八坂入媛
磐衝別王
振媛
迦邇米雷王
両道入姫命
（石衝毘売命）
日本武尊C
（小碓命）
大碓命
？
銀王
大江王
（枝）
五百城入彦皇子
13 成務天皇
息長宿禰王
稚武王
14 仲哀天皇
神功皇后
（息長足姫）
大中比売命
大名方王
品陀真若王
15 応神天皇
仲媛命
忍熊王
香坂王

朗唱のための記憶は、頭の中で直線的に刻み込まれている。一つ一つの章句は正確でも、それを面の広がり、さらには時間軸を加えて把握するのは至難だからである。

「そなたの朗唱に出てきた系譜をそのまま系図に起こすと、日本武尊が少なくとも三箇所に出てきてしまう。なれど、逆に日本武尊が三人おられたと仮定すれば、系譜そのものの持つ矛盾はほとんどなくなる。左側に並べてあるのが天皇の代々のお名前なのだが、太瓊御門(第七代孝霊)から足仲彦御門(第十四代仲哀)までが九世代、そして右側一番上の日本武尊(A)から足仲彦御門の遺児である忍熊王までが九世代で、ほぼ等しい」

父の天皇から節刀を預かった武と、柊の八尋矛を渡された武がいることも、別人ならば矛盾しない。尾津崎で佩刀を失くした武、美夜受媛のもとに草薙剣を置いたままにした武の説話も、問題なく説明できる。

安万侶の作成した系図では、各世代で両方の系図が重なる部分があるが、そこにも矛盾は感じられない。

ではなぜ、複数の日本武尊が存在するのに『記紀』では一人に集約されてしまったのか。それは建国の過程で諸地方の征討が盛んにおこなわれたが、その偉業をより英雄的に語っているうちに、一人の英雄の事績に仮託する劇的効果が求められたのであろう。

さらに安万侶の系図は、A、B、Cの日本武尊が、天皇家ではそれぞれ誰にあたるのかも暗示している。

日本武尊Aは孝霊天皇の皇子で稚武彦命、日本武尊Bは孝元天皇の御孫、大彦命の子で倭彦命、日本武尊Cは天皇系譜の通り、景行天皇の皇子で別名小碓命になる。その理由は、名前の共通性以外にも、系譜と説話の類似性で基本的に説明できる。

孝霊天皇はいわゆる欠史八代で注目されることが少ないが、実は『古事記』には重要な記述がある。神武東征後、大和王権が初めて諸国平定の事業に乗り出したことである。

孝霊の二人の皇子、稚武彦命は〈孝霊記〉では若建吉備津日子命と表記してあるが、彼とその兄の大吉備津日子命(おおきびつひこ)が父天皇の命によって吉備国(岡山県と広島県東部)を平定する。したがって、諸国の征討説話の英雄として集約された日本武尊を複数に戻す場合、世代的に見て日本武尊Aはこの稚武彦命だと考えられる。

この「吉備平定説話」は、『書紀』では崇神天皇による四道将軍の話として扱われ、吉備津彦が西海に派遣されている。同じ時に東海に派遣されたのが大彦命の子にあたる武渟川別(たけぬなかわわけ)で、東方十二国すなわち相模や、総、常陸など、日本武尊の征東経路と重なっている。

一方、〈垂仁紀〉には天皇の母の弟である倭彦命の埴輪(はにわ)に関する説話がある。垂仁天皇の母は御真津媛(みまつひめ)だから、倭彦命は武渟川別と兄弟か、同一人物の可能性がある。

倭彦、武という名前の共通性、東国を初めて平定した説話、等々から考えて、日本武尊Bはこの人物と推定できる。〈崇神紀〉第五節で武渟川別には、刀のすり替えという日本武尊と同じエピソードが出てくる出雲征討説話がある。

日本武尊Cは天皇系譜の通りだが、彼には小碓命または日本童男(やまとおぐな)という名前が別にあるので、むしろ本来の日本武尊ではなかった可能性が高い。

「その系図とやら申すものからは、まだまだ分かって参ることが御座りましょう」

図表を作成して示してみると分かりやすく、理解をはるかに助けることは、現代では自明である。しかし、それは文字が無い時代に出来る作業ではない。文字は文章を記録するために生まれたが、文章以外の作業も助けるのである。阿礼は、安万侶にこの作業を託したことの正しさをあらためて知る思いだった。

たとえば日本武尊の母后は播磨稲日大郎姫（はりまのいなびのおおいらつめ）というが、〈景行記〉第一節では若建吉備津彦、つまり安万侶が日本武尊Aではないかとした稚武彦命の女（むすめ）だとされている。しかし、世代的には日本武尊Bの王子の若建王の女とする方が適している。

　つまり、説話の編集の過程で起きた系譜の混同が整理されないままに、川嶋皇子、忍壁（おさかべ）皇子編纂の『帝紀本辞』にも残されたと考えられるのである。

「倭彦命、つまり埴輪の起源に関係する王子は、大彦命の御子と申し上げているところもあり、御間城入彦御門（崇神）と御真津媛の皇子様ともされております」

「ワカタケルという御名（おんな）も、稚武彦、若建王などとお呼び申し上げるが、大泊瀬幼武（おおはつせのわかたけ）御門（第二十一代雄略）を思い浮かべるのが自然であろう。さらに、東国を征討された忍代別（おしろわけ）御門（景行）や、稚武彦命の御父である太瓊（ふとに）御門（孝霊）も、その御事績や御系譜からして日本武尊と申し上げてもよいかも知れぬ」

　安万侶の言葉の持つ意味に、阿礼は深く賛同してうなずいた。

「安万侶さまのお答えは見事に御座ります。弟橘さまの背の君の日本武さまと、美夜受媛さまを娶された日本武さまが別々の御方であったとしたら…、私の持ちました疑問など全くないに等しいもので御座います」

「それぞれに別の、美しくも悲しいご事績ということで、得心していただけますな」

「ええ。それに尾津崎で御太刀(おんたち)を見つけられた経緯(いきさつ)が、あまりに唐突で不思議で御座いました。まったく脈絡のないところに、突然、〈一つ松〉のお話が出て参るのですから。それも、草薙剣を持たれて駿河、相模へと行かれた日本武さまと伊吹山から帰られた日本武さまが別々の方であったのなら、この謎も難なく解けてしまいます」

「須加流(すがる)の御太刀と玉纏の御太刀。いずれも尊い御剣(ぎょけん)だが、それぞれ別に由来やまつわる話があったということですな」

「日本武さまが御太刀を見つけられて、その後すぐに大和へ戻られることをご決心なさいます。信じてお待ち申し上げていた美夜受媛さまにしてみれば、〈なぜに〉というお気持ちで御座いましたでしょう。

　でも、失(な)くされた御太刀が節刀の玉纏剣だったのであれば、それを見つけられた喜びで我をもお忘れになられたお気持ちも分かります。

　失くされた節刀の替わりに、何代か前に東国から戻られた日本武さまから尾張連がお預かり申し上げた須加流の御太刀を、美夜受媛さまがお託しになられたので御座いましょう。御太刀にまつわる事情がそういうことならば、誰もが愛(いと)しき方を想いつつ、その心を裏切ることもなかったのだと分かります」

　阿礼は安万侶に、意味ありげな表情を浮かべて言葉を継いだ。

「安万侶さまには深く感謝を申し上げます。人を恋うる女性の気持ちをもって『古ことぶみ』をまとめていただけますことは、何よりのはなむけで御座います」

「はなむけ?」

———

安万侶は阿礼が言った「はなむけ」という言葉に、何か心に引っかかるものを感じた。しかし、阿礼がいつもの微笑で語尾を包んだので、真意を問いただすきっかけが失われてしまった。

# 第八章　帰りなん大和へ

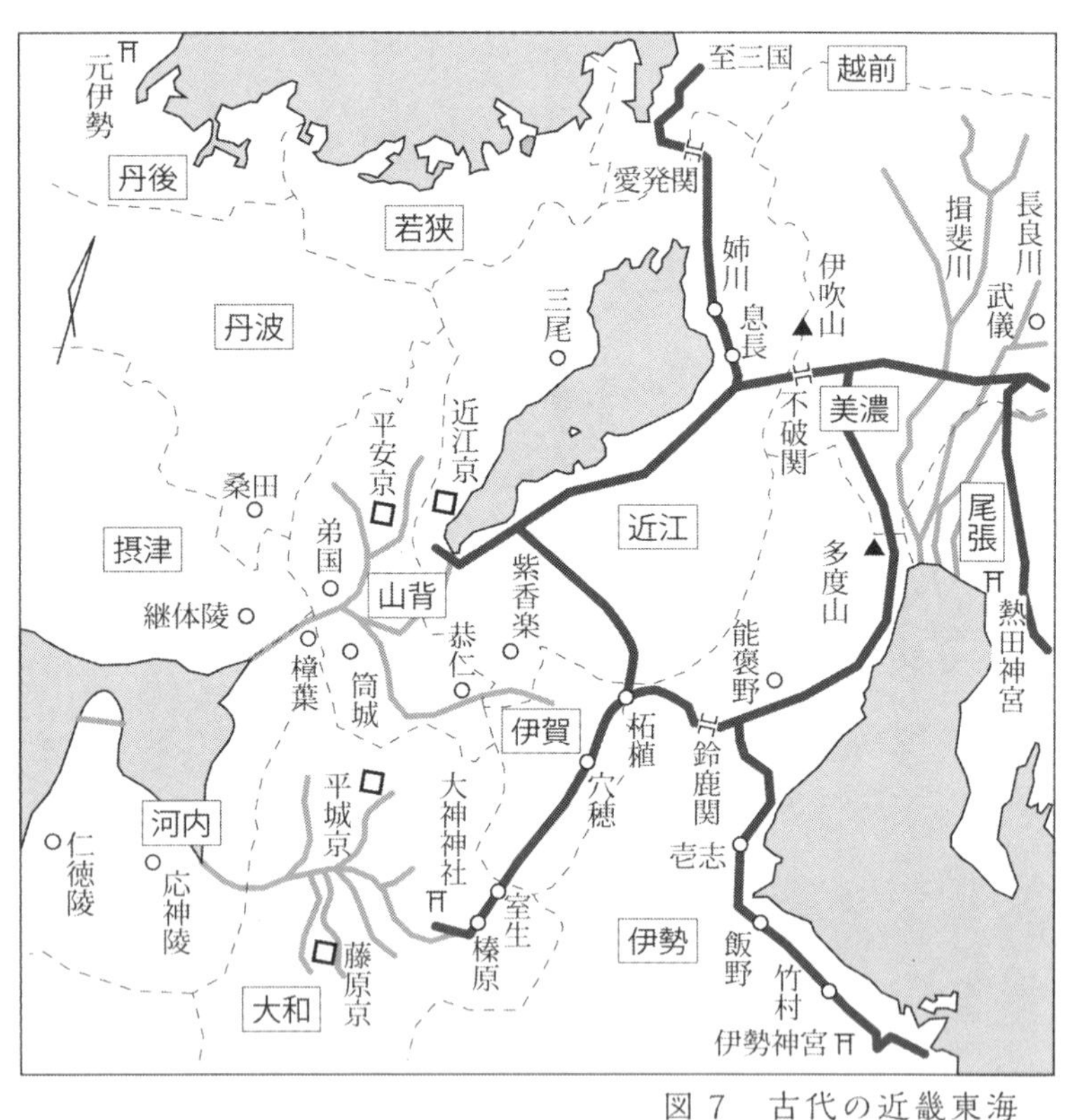
元伊勢
丹後
若狭
至三国
越前
愛発関
丹波
三尾
姉川
息長
伊吹山
揖斐川
長良川
武儀
美濃
不破関
平安京
近江京
桑田
摂津
弟国
山背
近江
尾張
多度山
熱田神宮
継体陵
紫香楽
恭仁
樟葉
筒城
能褒野
柘植
伊賀
鈴鹿関
平城京
大神神社
穴穂
河内
仁徳陵
応神陵
壱志
室生
榛原
伊勢
飯野
藤原京
竹村
大和
伊勢神宮

図７　古代の近畿東海

## 【古代畿内地図】

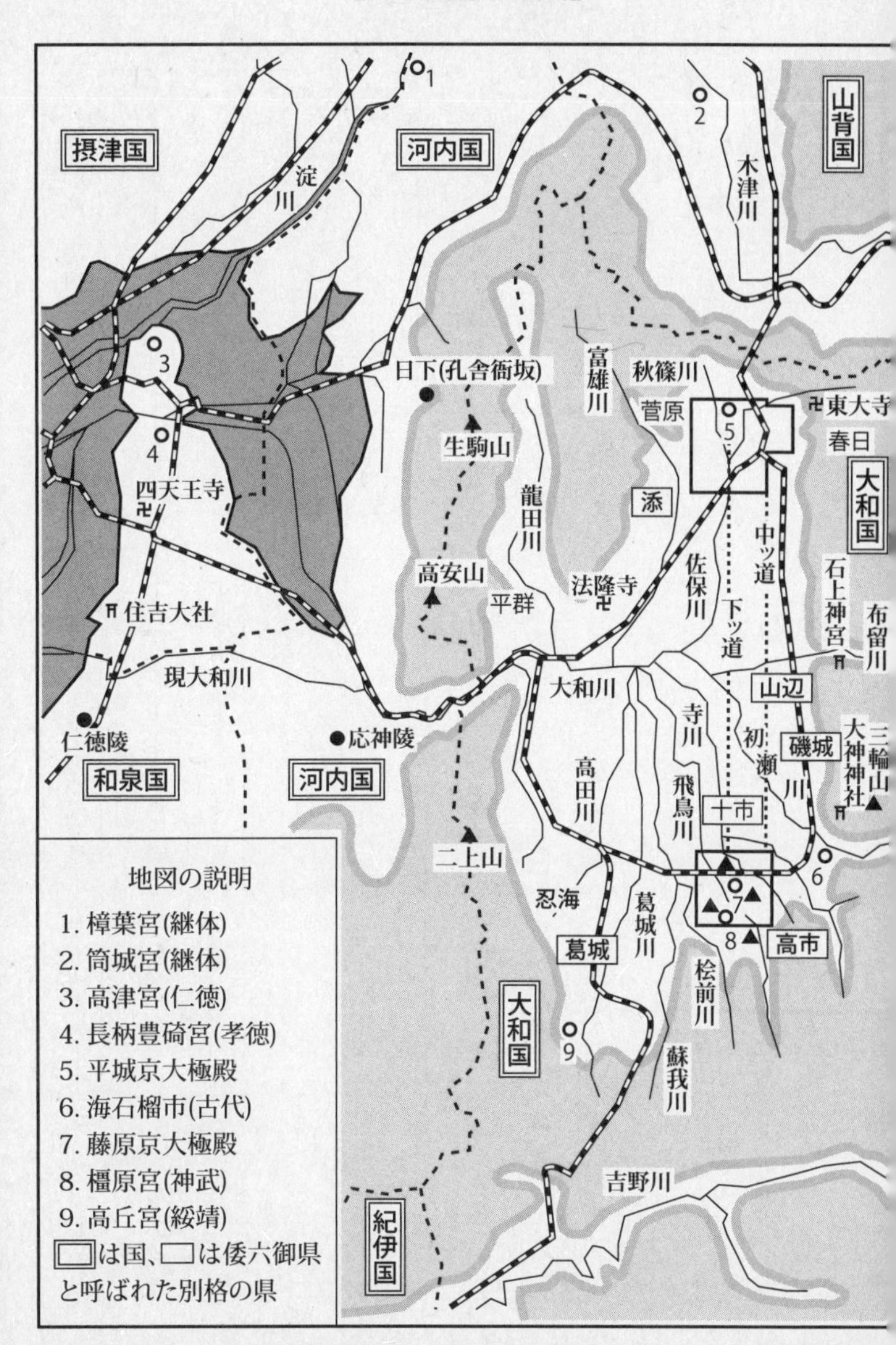


湯川裕光『小説 古事記成立』

# 【古代天皇略系図】

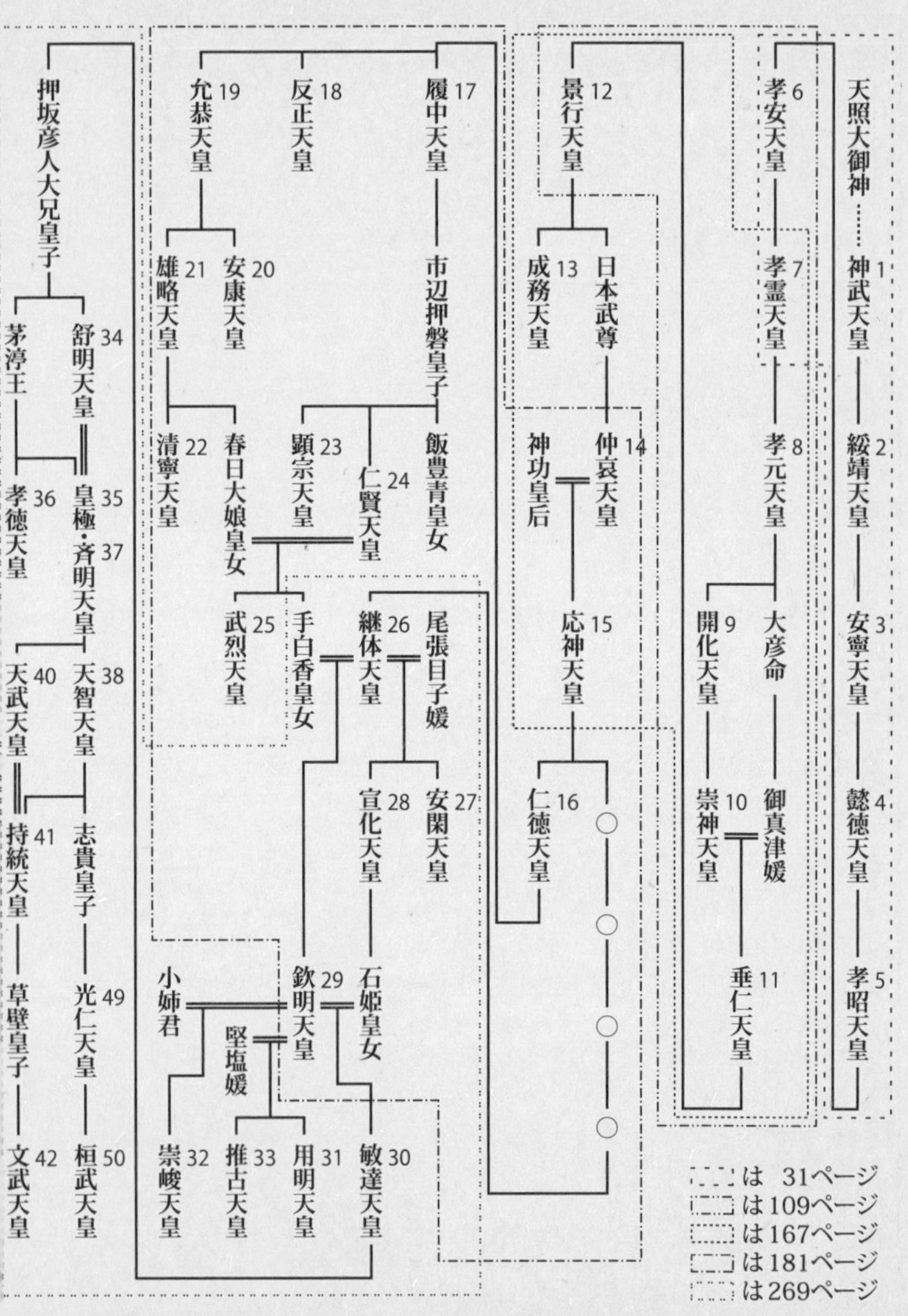


註）この略系図は『記紀』の通説によっており、本編の仮説は反映されていない。

湯川裕光『小説 古事記成立』

一

石上は大和盆地の東側に連なる山なみのほぼ真ん中、高峰山麓の一帯にある。「山辺の道」といわれる古街道を、海石榴市から北へ上がって二里（約八キロ）ばかりのところで、現在は天理市布留町、石上神宮の所在地として知られている。

第二十四代仁賢天皇が都を定めていたのは、その石上の広高の地である。この物語の時期、既に広高宮は毀たれていたが、皇女の手白香媛はかつての宮居の側に御殿を構えていた。

父の仁賢天皇に仕えていた旧臣で、兄の第二十五代武烈天皇の時代には大連として朝臣の首班の立場にあった大伴金村が、河内（大阪府東部）の北端にある樟葉から戻って訪ねて来た。早春とはいえ、まだ肌寒い時季だった。

「ご苦労でした。いかがでありましたか」

手白香媛には、金村の訪問が意図するところは十分に承知していた。そして、その奔走を心からねぎらった。武烈天皇が皇嗣なきまま昨年の極月八日に崩御して以来、空位が続いている。王家の一員として心を痛めており、金村の後継選びには重大な関心をもっていたからである。＊

「期待にたがわぬ立派な御方と拝察いたしました。この上は一日も早く、皇女さまに、御心を固めていただかねばなりませぬ」

金村は単刀直入に切り出した。

＊武烈天皇は即位八年に崩御したと〈継体紀〉にある。手白香皇女は『記紀』ともに武烈の同母姉だが、物語の設定上は妹とした。武烈崩御の際の年齢を二十、手白香皇女は十九歳である。

「そう結論を急がれても困ります。私はまだ何も聞いてはおりませぬ。したがって何も決めることが出来ないのです」

手白香媛は不安だった。金村の言いたいことは分かる。皇位の空白は一日たりともあってはならないのが原則である。それがもう二月になろうとするのに、いまだに後継が決まらない。

男大迹王。それが大伴金村が後継に擬し、そして越の三国評高向邑（福井県坂井市）から樟葉（枚方市楠葉）まで来て、諸臣に推戴されるのを待っている王族である。

皇統に列なるとはいえ、正統とは何世代も前に分かれてしまったという血縁の遠さが問題にされているが、今の天皇家には、第十七代履中天皇の系統（葛城王家）にも、第十九代允恭天皇の系統（忍坂王家）にも、有資格者はいなくなってしまったのだから仕方がない。

かくなる上は、大和王権の伝統に則り、仁賢天皇の嫡出の長女という立場の手白香媛が王族の一人を婿に迎える形で、新しい王家を創設する以外にないのである。

（――しかし、）

という思いが、手白香媛には捨て切れない。

男大迹王には会ったこともないし、その人となりも知らない。近江の坂田地方（滋賀県米原市や長浜市の一帯）に大きな勢力を有する息長王家の一人といい、それはかつての神功皇后や、允恭天皇の皇后で第二十代安康天皇、第二十一代雄略天皇の国母となった大中媛を出した一族だとは聞いている。が、大和の旧勢力の豪族から、後継として一致した賛成が得られているのでもないのである。

旧王家の血筋を承ぐ皇女が、新しい勢力の主宰者を婿に取る形で皇統を伝えるのは、こういう際の先例となっている。日向(ひゅうが)から東遷(とうせん)して大和王権を確立した初代神武(じんむ)天皇は、伝統的な大和の豪族の指導的存在だった事代主(ことしろぬし)神の女(むすめ)である姫蹈鞴五十鈴媛(ひめたたらいすずひめ)を皇后とすることで、新勢力と旧勢力の調和を図ったことが知られている。

その例は、何度も繰り返された。第九代開化天皇の崩御後に大きな内乱が起きたとき、河内の茅渟県(ちぬのあがた)を領する大田田根子(おおたたねこ)命を迎えて皇女御真津媛(みまつひめ)の婿とし、第十代崇神(すじん)天皇として即位させた。これが三輪(みわ)王家の始祖であり、五代目まで続いた。

その最後の第十四代仲哀(ちゅうあい)天皇の後は、高千穂王家の正嫡彦坐王(ひこいますのみこ)の四世の孫である神功(じんぐう)皇后が生(な)した誉田別(ほむだわけ)皇子が、三輪王家の三代目にあたる景行(けいこう)天皇の曽孫である仲媛(なかつひめ)を皇后に迎えて、河内王家の祖、応神天皇となったごとくである。

しかし、それらの皇女たちと、今、手白香媛がおかれている立場には決定的な違いがある、と彼女には感じられた。

(――五十鈴媛さまも御真津媛さまも、あるいは仲媛さまも、今の私のように不確かなお相手を選ばれたのではありませぬから)

大伴金村は、手白香媛が口に出しては言わないが、心のなかで悲鳴のように沸(わ)きおこっているに違いない思いを察することが出来た。聡明であるといっても、まだ十九歳なのである。

手白香媛の不安は、男大迹王がはたして今後、旧勢力の豪族たちに新しい天皇として受け容れられるのか、ということである。

先例の諸皇后は、いずれも、大和や河内にその権力基盤を築きつつある「覇王(はおう)」に、旧勢力を象徴する皇女として嫁いでいる。いってみれば、新王家の覇権が確立された後の、皇統を伝える形式を整えることだった。しかし男大迹王は、大伴金村や物部麁鹿火ら武烈朝の旧臣たちから招かれた形はとれるものの、潜在的な反対勢力も少なくない。だから河内も北の外れの樟葉にとどまって、今のところ「大和入り」が出来ないのも事実なのである。

金村が皇女に樟葉行啓を奏請しているのも、そこに狙いがあった。亡き仁賢天皇の忘れ形見であり、しかも母后の春日大娘皇后は大帝といわれた雄略天皇の皇女である。手白香媛が男大迹王を婿に選んでくれれば、何よりの正統性が与えられる。

いま一つ盛り上がりが足りない男大迹王擁立に、大いなるはずみがつくのである。しかしその決断を、十九歳の皇女に求めるのは、酷なようにも思えてしまう。

「皇女さま、長びけば長びくほど混乱はますます大きくなります。男大迹王さまは、名門であるのみならず、ご自身がお力のある立派な方で御座います。皇女さまがご決心あそばされれば、御二方のお力で、必ずやこの大和に新しい時代を開いていただけると信じております」

評判は手白香媛も耳にしていた。確かに垂仁天皇六世の孫という気の遠くなる縁の薄さに難をあげつらう者もいるが、息長王家は名門である。大和にいないからといって、単なる地方豪族に過ぎないと思ったら大間違いなのである。＊

この時代、応神朝以来の農業革命で、生産力は飛躍的に向上していた。しかし「大和」の狭さが、新時代には発展の限界となっていた。だから大和の旧族のなかにも、一方では河内に進出し、他方では山背（京都府南部）や近江に領邑を拡げていく進取の豪族があった。

息長王家は、最初は山背の筒城に領邑を設けたが、山が迫って田地の大規模化には限りがあった。そこで木津川と合流する淀川水系を遡って琵琶湖へ出て、湖北坂田の天野川流域（米原市）

や対岸の安曇川流域の三尾（高島市）に大領邑を開発し、経営に成功して有力な一族となった。大和の桜井市忍阪を本貫とする忍坂王家も、同じ坂田の姉川流域の長浜に進出したから、両王家は何代にもわたって提携していた。その中で、英邁を謳われた彦主人王の遺児である男大迹王は、まだ若年ながら、母の振媛の実家がある越（古志）の三国へも領邑を展開していた。**

実は、武烈天皇の後継を議する廟堂の議で、最初に名前が上がったのは男大迹王ではない。仲哀天皇四世の孫で、丹波の桑田評（京都府亀岡市）の倭彦王だった。どちらかというと保守派に属する倭彦王は大和の旧勢力から好意的に見られており、その提案はすぐに容れられた。

しかし、迎えの衛士たちを前にして、倭彦王は何を思ったか姿をくらました。近侍の従者のみを連れて、遠く伯耆（鳥取県西部）へ逃れ、さらには筑紫（福岡県）にまで落ちたという。

これは大伴金村の計略だった。金村は本命は男大迹王だと思っていたが、保守派の倭彦王に比べ、進歩派の男大迹王には大和の豪族たちの拒否反応が強いだろうと危惧した。

そこで、まず自分で倭彦王を推挙して廟議の賛成を取りつける一方、倭彦王に対しては「あること」を通告して、みずから辞退するように仕向けたのである。

倭彦王が、皇位に色気がなかったわけではない。むしろ野心は満々だったというのが事実である。しかし、その狙いは金村に見抜かれており、金村によって排された。

なぜ、金村は倭彦王を皇位に不適と認めたのか。公式には、対外関係の難しい時期に、保守派

---

＊　『記紀』には応神天皇五世の孫という記述のみで系譜を欠くが、十三世紀の『釈日本紀』には「上宮記一云」として凡牟都和希王（垂仁の皇子誉津別か）から六代の系譜が明記されている。

＊＊　越の国は七〇二年に越前、越中、越後に三分し、七一八年には越前から加賀が分置された。

の影響力が強くなることを避けようとしたと解釈されている。しかし、真相というべき別の理由があった。そして金村の一言によって、倭彦王が野望を捨てて退散しなくてはならなかった理由も、根は同じところにある。読者は、いずれその真相を知るだろうが、いま暫くは手白香媛の逡巡を、共感をもちながら受け止めていていただきたい。

## 二

石上広高の手白香皇女の御殿に、ある日、葛城の高木角刺宮からの使いが来て招かれた。その主は飯豊青上皇であり、ふだんはほとんど会うこともない雲の上の存在だったから、これは珍しいことといえた。

上皇は履中天皇と葛城黒媛との間に生まれた市辺押磐皇子が、従妹の荑媛と結ばれて生した二男一女の長姉である。

父の押磐皇子を殺した雄略天皇の御代、弟の億計王、弘計王を遠く播磨（兵庫県西部）に逃れさせた後、みずからは逼塞した毎日を送っていたが、雄略天皇を嗣いだ第二十二代清寧天皇が嗣子なく崩御したことで歴史の回り舞台が表に出た。

編纂方針に漢民族の伝統的な歴史観が色濃く反映している『書紀』は、飯豊青皇女の称制（即位せず統治すること）の事実を淡々と記すにすぎない。が、より飾り気のない『古事記』には、彼女は日本史上初の女帝として登極したことが暗示されている。

飯豊青皇女は、皇位に即くと諸国の諸司に命じて弟たちを捜させた。そしてまず末弟の弘計王

図８　手白香皇女関係系図

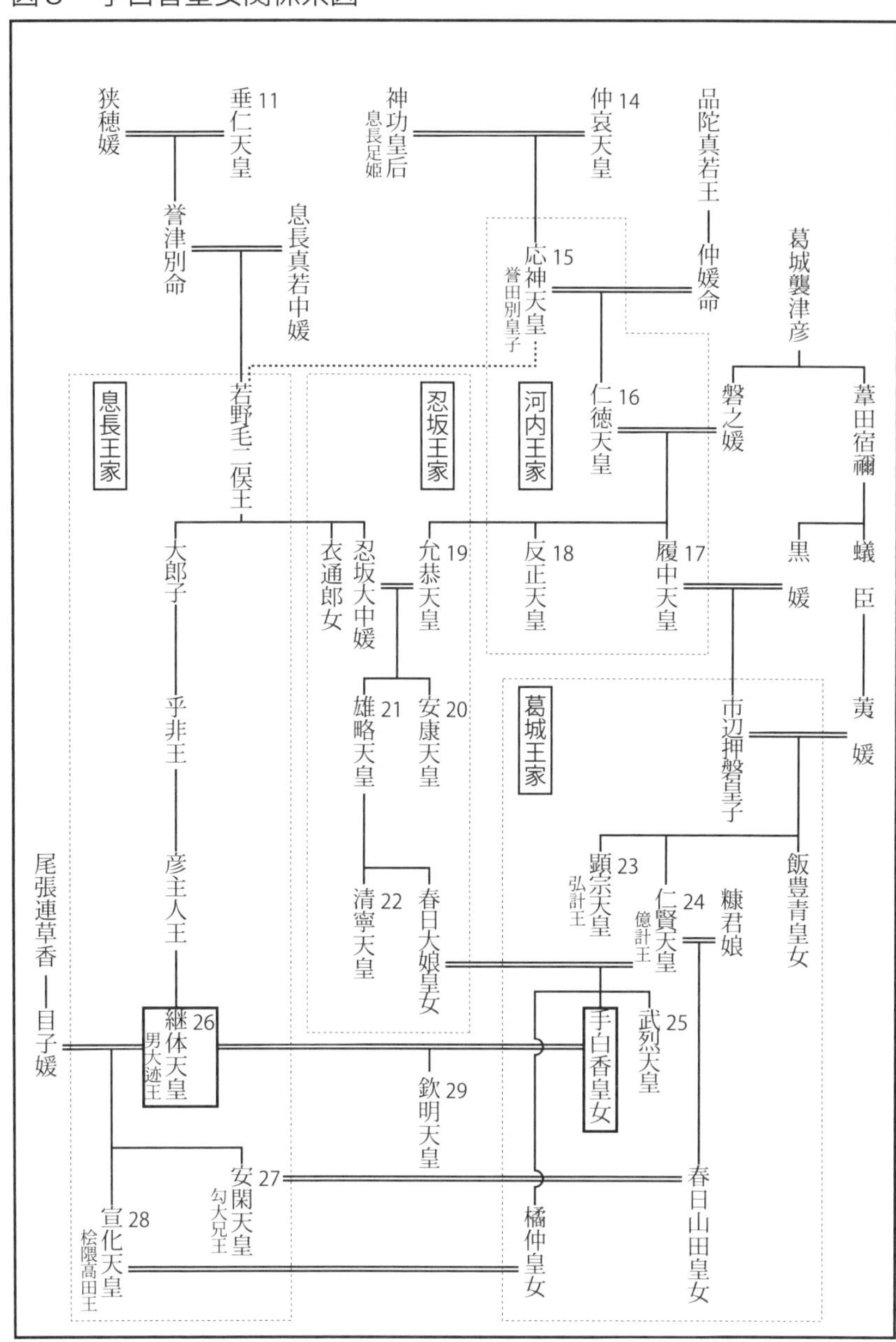

が播磨の縮見屯倉（三木市志染）で発見された。『記紀』には、兄の億計王も同時に発見されたように叙述されているが、実際には二人の発見には時間差があった。

　二王子は、仇敵だった雄略天皇の系統が絶え、それゆえ実姉の飯豊青女帝が即位して探索の命を出しているとは知る由もない。だから、二人が一緒に身分を明かすのは危険きわまりないと警戒する必要があった。今度こそ、履中天皇の系譜を引く「葛城王家」を根絶やしにしようとの謀略かも知れないからである。

「世が変わったのなら、探索の努力は必ず続けられる。それがしっかりと確認できるまで、今は自重するに如くはない。罠だったら取り返しがつかない」

　兄の億計王は、探索の目的がもう少し明らかになるまで待つべきと考えた。しかし弘計王は、探索の事実を知って感情が高ぶり、自制心を失っていた。

「兄上、われわれは去来穂別天皇（履中）の皇孫なのです。それなのに、こうして苦しみながら人に仕え、牛馬の世話をさせられている。あまりにも非道だと思いませんか。名を明らかにすることで、よしんば罠にはまって殺されたとしても、その方が今のみじめさと比べれば、余程ましではありませんか」

　と、泣きながら訴えた。億計王は、

「私たち王家の若者の務めは、どんな時代であっても、安逸には流されず、難き世は歯を喰いしばって耐え忍び、ひたすら生き抜くことにある。易き日も、いつ終わると知れない。難き日も、いずれ流れが変わる。その時、正すべき皇統を守り続けておかねばならないのだ」

　と諭したが、弟の激情はもはや抑えるすべがなかった。

二人は話しあい、弘計王が宴の舞に事よせて名乗り出ることにした。その当夜、億計王は「まさかのとき」に備え、履中天皇以来の正嫡の血筋を護るため、さらに奥地に逃れて身を隠した。

稲筵　川添柳　水ゆけば　なびき起き立ち　その根は失せず

宴は、屯倉（朝廷の直轄領）の籾蔵の新築祝いだった。播磨国の高官たちも出席したその席で、弘計王は舞い歌った。河辺に叢生する川楊は、水量が増せば流れにまかせて靡くが、引けば起ち上がる。たとえ身を隠していても、その根——貴い生まれという出自は変わらないのだ、と名乗り出たのである。

弘計王の発見は歓喜をもって迎えられた。兄の思慮より、弟の行動力が勝ったのである。むろん探索は正しかったのだから、億計王の言うごとく、いま暫く自重しても、遅かれ早かれ二人は発見されただろう。敢えて危険を冒す必要はなかった。しかし、人事は結果がすべてである。

果断な弘計王は播磨で発見されて都に迎えられると、少しして、姉の飯豊青女帝から位を譲られ登極した。億計王はそれを見届けてから、おもむろに都に上って来た。道中は何の名乗りもせず、供も連れず一人で歩いて、忍海の飯豊青上皇の御殿に現われたのである。

それは、いかにも億計王らしいやり方だった、と今でも上皇は弟を懐かしんだ。市辺押磐皇子の遺児が二人いて、一緒に縮見屯倉に隠れ棲んでいたことは、播磨国宰だった山部連小楯からの報告でも明らかになっていた。弟の弘計王は既に皇子の待遇を与えられている。

杳として行方の知れない兄の王子が見つかれば、皇太子（皇位を嗣ぐ予定の王子）となり、時を経ずして姉の天皇から位を譲られるであろう。

つまり億計王の発見とは次代の天皇の発見に外ならない。大騒ぎになるはずだった。だから、億計王は名乗り出なかったのである。

億計王にしてみれば、弟の果断を評価してやりたかった。弘計王の自制心のなさは、一身の栄耀栄華でなく皇統の維持という観点から考えれば短慮だったが、結果はそれが奏功して都に迎えられたのである。その意気、その志を壮として、相当の果実を与えてやるべきだと思った。それには、兄の自分がいまさら出ていっては、弟の「即位」の妨げにしかならない。

むろん億計王には、姉の気持ちも分かっていた。飯豊青女帝は、兄の億計王に期待するところが大きく、彼が続いて発見されるのを、一日千秋の思いで待ったのである。

だからこそ、億計王は名乗り出なかった。そして天皇があきらめて弘計王に位を譲った後に、一人で姉の上皇の御殿の前に立った。＊

億計王は弟（第二十三代顕宗天皇）の皇太子となった。本当はそれも辞退したかったのだが、上皇がどうしてもといって聞かなかったからである。

末子相続は初代神武天皇や第二代綏靖天皇、第九代開化天皇など大和の常例だった。兄弟相続も最近の河内王家には前例がある。しかし、兄が弟の皇太子となるのは例がない。飯豊青上皇の強い意志が、そこに反映されていると見るべきである。

顕宗天皇には皇子が生まれなかった。皇后には磐城王の女で允恭天皇の孫にあたる難波小野王が立っていた。もっとも『書紀』では小野王を磐城王の孫としているが、いずれにしても清寧天皇はむろんのこと雄略天皇とは血統がつながらない。

これは顕宗天皇みずからの意志による選択だった。天皇は、父の市辺押磐皇子を殺した雄略天皇を憎む気持ちが激しかったからである。

その顕宗天皇の人がらを示す有名な逸話がある。天皇の憤激は皇位に即いてもやむことがなく、ある日、復仇の方法を思い立った。河内の丹比高鷲原（羽曳野市島泉）の雄略天皇の御陵へ人を遣わし、その大規模な前方後円墳を破壊しようというのである。巨大な御陵に守られて静かに眠る雄略天皇の霊を辱しめてこそ、亡き父、押磐皇子の無念は晴らされる。

しかし、事は簡単ではない。日本史上でも、この時代を含む一世紀が、古墳の規模が最も大きかった。御陵は、天皇の生前から何千人もの仕丁や奴隷を動員して、人海戦術で巨石を積み上げ、表土を盛らなければ完成しない。同様に、これを破壊するとしても多くの人手を要する。

天皇が雄略御陵の破却を企てていると聞いて、兄の億計皇太子が拝謁を求めて来た。

「御陵を毀たれるとのこと、ぜひ私に、その務めをお命じくださいますよう」

と奏請した。天皇は驚き、そして喜んだ。兄の億計皇太子は、人がらが柔和で、温厚篤実であ

＊

飯豊青皇女は、『古事記』では清寧崩御後の即位を暗示する記述があり、その治世の間に億計王、弘計王兄弟が発見される。しかし『書紀』は、二王子発見は清寧在世中で、億計王が皇太子に立ったとする。清寧崩御後、二王子が皇位を譲り合ったので、飯豊青皇女が「臨朝秉政（みかどまつりごと）したまひ」という記述があるから、少なくとも「称制」をおこなったことは疑えない。二王子発見の事情は、『古事記』のように飯豊青天皇の治世下とするのが自然であり、皇統を嗣ぐ王子が発見されたので譲位したというのが著者の推理である。

なお、二王子発見に時間差があったとすれば、初の女帝が譲位する際に、より徳のある億計王を後継に指名したくても出来ないように即位後十ヵ月で崩御したとする不人情も免れる。

る。自分が雄略天皇を憎むようには父の仇を感じてないのではと疑っていたからである。

雄略天皇の霊を辱しめようという意志を表わすのに、他の誰でもなく、兄の皇太子がみずから出向いて名代を務めてくれるのが一番ふさわしい。天皇は喜んで皇太子をその役に任じた。

億計皇太子は、作業を監督する衛士の一隊を引き連れ、高鷲原の御陵に向かった。ところが、何ヵ月もかかると思われたのに、皇太子は数日で戻って来た。そして、

「われらが兄弟の御父に在ます市辺押磐さまの、積年の怨念を晴らして参りました」

と復命したのである。不審に思った顕宗天皇は、

「いかなる方法で、かくも速やかに御陵の破壊が可能になったのか」

と下問した。待っていたかのように、皇太子は答えた。

「御陵に参り、その土を少し掘り返して来ました」

「それだけ、か」

「それだけです」

「……」

天皇は怒りと憤りで声が震えて、言葉が継げなかった。皇太子は、それもこれも、すべてを予期していて、続けた。

「幼武天皇(雄略)は、我らにとっては父君の仇敵でありますが、日本にとっては天皇に御在します。東の方五十五国を征し、西の方六十六国を服し、海北九十五国を平らげた御方に御座います。その大帝の御陵は、国つ民の力と労をもって築き上げた公のものです。亡父の仇は私ごと。私ごとを以て公の御位を穢すようなことがあっては、祖霊に対する礼を失したとして天下万民の誇りを

受けるに相違ありませぬ。

とはいえ、私の仇を必ず晴らしたいとの孝の気持ちも黙止しがたいものがありました。そこで私は、御陵の土を掘り返して来ましたから、その意味するところを後世に伝えることは十分に出来ましょう」

天皇の怒りは収まらなかったが、兄の皇太子の言うことに道理があるので、それ以上はどうすることも出来ず、奥へ入ってしまった。そしてこの問答は、だれ語るともなく朝廷の内外に伝わり、億計皇太子の徳の高さに期待が集まる結果となったのである。

## 三

高木角刺宮は、葛城の忍海（北葛城郡新庄町が平成の大合併により葛城市）の地域にある。手白香皇女が訪ねた時、飯豊青上皇は徳治を実現した弟の仁賢天皇の忘れ形見の姿に、往時を思い起こしたようだった。

末弟の顕宗天皇の治世は、即位後わずか二年余りしか続かず、後を襲った仁賢天皇が実現した徳治は、前代の暗さを払拭したような明るさをもたらした。

一言でいえば、仁賢天皇は融和を重んじた。王家の中に恨みや憎しみが残っていては、国全体に悪影響を及ぼしてしまうからである。応神天皇で始まった河内王家は、履中天皇系の葛城王家と、允恭天皇系の忍坂王家が分立する形になってしまった。王族たちの憎しみ、そして戦いは、両統分立によって増進され、それがまた王家の分裂に拍車をかける悪循環になったのである。

しかし、雄略天皇の嫡子である清寧天皇は、嗣子を残さなかった。それが飯豊青女帝、顕宗天皇、仁賢天皇という葛城王家の系統へと皇位を復することになったのだが…、雄略天皇の武断政治が皇統に近い皇子たちを抹殺してしまったから、断絶の危機も醸成されていたのである。

仁賢天皇はまだ皇太子の時代に、雄略天皇の皇女である春日大娘（かすがのおおいらつめ）を正妃とした。両王家の融和を図るためである。即位後、春日大娘皇女は皇后に冊立（さくりつ）されたが、既に皇太子妃の時代に後の武烈天皇と手白香皇女を生（な）していた。

両王家の血を引く武烈天皇は十三歳で即位した少年天皇だったが、期待も空しく二十歳で崩御した。しかし、仁賢天皇が掌中（しょうちゅう）の珠（たま）のように可愛がっていた手白香媛は、美しく、しかも聡明に育ち、皇統をつなぐ役割を担える歳ごろになって、飯豊青上皇の前に立っていた。

「おかけなさい」

上皇は、手白香媛に床几（しょうぎ）を勧めた。

「伯母宮（おばみや）さま、御機嫌うるわしゅう」

手白香媛の眼に映った上皇は、初老の境（さかい）をこえて、子供の頃に知っていた凛（りん）とした鋭い視線が柔らいでいた。一族の長老という立場で重きをなす威厳はこの上もないが、手白香媛を見つめる眼差（まなざし）には、慈愛のこもった優しさが感じられた。

「迷っておられますね」

上皇は問いというよりも、肯定を当然のように求めていた。

「ええ」

「大いに迷うことです。迷いに迷って、その迷いの中から、媛が自分で考えた道を選べば、それでよいのです」

「でも」

手白香媛は、大伴金村（かなむら）が一日も早い答えを求めていることを思っていた。一日遅れれば、それだけ混乱が大きくなってしまう。

皇統の要にいる自分の立場は、手白香媛には分かりすぎるほどだったから、いたずらに決断を延ばすことは出来ないと思うのである。

「よいのです。あなたがそう思うこと自体が、王家の女性としての責任を感じているということなのです。なれど」

と、飯豊青上皇は留保を付けた。

「迷いを迷いのまま残してはなりませぬ。迷うのは大いに迷えばよいが、その中から必ず、自分自身の考えた道を見出さなくてはなりませぬ」

上皇は、みずからの意志を強く持つべきだと言っているのであった。大和王権の伝統の中に生きている自分たちには、先例は大事である。しかし、先例があるからといって、それに流されるだけではいけないのである。

「五十鈴媛さまは…」

と言葉を継いだ。

姫蹈鞴五十鈴（ひめたたらいすず）媛。

皇統の連綿ということを意識する者のみが共有できる、初代の皇后に対する尊敬の念が「五十鈴媛さま」という言葉のみで喚起された。手白香媛は、背筋を伸ばして上皇の言葉を待った。

「五十鈴媛さまは、遠く高千穂から入られた磐余彦さまに、大和の文化と伝統をお伝えする役割を担われておられました。しかしそれは、新しく大和の覇王となられた天つ神の御一族に捧げられた人身御供という意味ではありませぬ。五十鈴媛さまは、往時の大和がいささか沈滞の風に染まっていたことをお憂えになり、磐余彦さまこそ、諸制を一新して大和の伝統に革新の気をみなぎらせる御方であると見抜かれて、相ともに努めようと決心されたのです。

　天皇さまもお偉い御方であったと思いますが、多くの媛たちの中から五十鈴媛さまこそ大和をともに統べられる御后にふさわしいと見極められ、お選びになられたのです。御二方の結びつきによって大物主神と天照大御神は再び同族となり、今日に至るまで、発展を遂げることが出来ました。その故事がありますから、御真津媛さまも、仲媛さまも、伝統を伝えつつ変革を達成する役割を担われて来られたのです」

　上皇は、旧王家を代表して覇王に嫁いだ后たちの名前をあげた。

「しかし、そういう先例があるからといって、いつまでもその繰り返しでよいとは言えませぬ。時代は進んでゆくのです。時とともに事情は新しくなります。先例を墨守するだけでは、かえって事を妨げることにもなりかねませぬ」

　手白香媛は、上皇の言わんとすることが読めてきた。男大迹王は覇王ではない。神武天皇や応神天皇のように軍事的に大和を制圧したのでもなく、また崇神天皇のように豪族たちに一致して招請されたのでもない。大伴金村は努めて崇神天皇の例に習ったその形にもっていこうとしているが、まだ決め手に欠ける。だから、手白香媛に北河内の樟葉の男大迹王のもとへ下ってほしいと要請しているのである。

　それは大和王権の皇統を伝える役割を担った皇后たちの先例とは異なる。しかし手白香媛は、天皇家の女性として、新しい時代へ対応していく必要を感じていた。そしてたとえ自分が新しい例を開き、先例を破ることになっても、今、何を為さねばならないのかという問いに対する答えが心に固まりつつあった。

　しかし、飯豊青上皇は意外なことを言い出した。「王家の媛が、皇統を伝えるために嫁ぐ」先例は、既に破られているというのである。

「あなたの母上には、先例を踏んでいただきました」

　雄略天皇の皇女である春日大娘は、皇太子時代の仁賢天皇に正妃として迎えられた。そして後の武烈天皇と手白香皇女、皇后となってからも妹の橘仲皇女を生したことで、履中、允恭両系の皇統、すなわち葛城王家と忍坂王家を融合して伝えたのである。まさに大和王権の伝統に順った形である。

「でも、それは私があなたの父上こそ皇統を承ぎ、伝えていく御方だと考えたからなのです。そのために、私は先例を破り、女性でありましたが、高御座に即いたのです」

　忍海飯豊青天皇という御代があったことは、むろん手白香媛も知っていた。しかし、上皇が言おうとしていることには、そういう誰もが知っている事実を超えた重大な秘密があるのだと感じられた。

「白髪天皇（清寧）の御亡き後、御位は葛城の家に戻されることになりました。忍坂の家には皇統を嗣ぐべき男子はいなくなりましたから、それなら本来は御位に即かれる筈であった正嫡の市辺押磐皇子の系統に返していただき、私がそれを伝える役を担うことになったのです。

あなたは御存知ないでしょうが、私が婿を迎えて、その方に皇統をお伝えすることを、大臣の平群真鳥が取り決めたのです。そして一時、私はその方と暮らしていたことがあるのです」

手白香媛は初めて聞く話である。確かに『書紀』の清寧天皇三年の条には、

秋七月、飯豊皇女、角刺宮にて夫と初めて交はりたまひき。人に謂ひて曰く「一は女の道を知りぬ。また安んぞ異なるべし。終に男と交はるを願はず」と。

――原註　此に夫ありといふも、未だ詳らかにせず。


と記してある。この書き方を手白香皇女は知る由もないが、飯豊青皇女に伝はおろか系譜も名も不明の婿がいたことは明らかである。

この記事には不思議のにおいがある。前後の脈絡もなく唐突に出てくるが、『記紀』を読みなれた者の目には、背景に複雑な事情が潜んでいることが想像できる。

皇女、しかも後に即位ないし称制した女帝の夫が王族でない筈がない。仮に臣籍降嫁していたとしても、その相手は名族の子弟に限られる。したがって王族にせよ名門豪族にせよ、その名前や系譜が不詳ということはあり得ない。あってはならない。だから、『書紀』に未詳というのは、分からないのでなく、明かせない何かの事情があるのである。

それがいったい何かは、飯豊青上皇の本人の口を借りねば、とうてい誰にも分からない。上皇は続けた。

「私の婿は、足仲彦天皇（仲哀）の皇子、誉屋別皇子の孫にあたる方。そう、あの倭彦王の父と

いわれる方だったのです」

「や、倭彦様！」

あまりの衝撃に、手白香媛は思わず大きな声を出してしまった。一時は武烈天皇の後継に擬せられたにもかかわらず、なぜか伯耆へ逃亡した王族の名が、ここに出てくるとは思わなかったからである。荘重な宮居、威厳のある伯母の上皇の前で、不躾なおこないと恥じたが、それを上皇は叱らなかった。

「無理もありませぬ。これは今の朝廷では誰も――そう、金村（大伴）を除いては、もはや誰も知る人もありませぬから」

手白香皇女は混乱していた。

（――平群真鳥、飯豊青皇女に夫、倭彦王、大伴金村……）

上皇に夫がいた事実を聞いたのも衝撃だったが、話の中に思いもよらぬ名前が次々に出てきて、まだ十九歳の娘である手白香皇女にとっては歴史の知識が飽和状態を超えてしまった。

平群真鳥は、大和の名門豪族の平群氏の氏上で、雄略天皇以後、仁賢天皇に至るまで大臣を務めた実力者だった。しかし仁賢天皇崩御後、武烈天皇が即位するにあたっては、国政を壟断し、また天皇を軽んじる所業が多くなったため、大伴金村によって討たれている。

それには飯豊青上皇の示唆があったとも囁かれているが、上皇の金村への信頼、そして真鳥を苦々しく思う気持ちは、その婿取りの経緯にまで遡ることを示すように思われる。

「私たちの結婚がなぜ破れたかの理由を、媛は知りたいでしょう」

上皇は手白香媛に問うた。

（――もちろん、知りたい）

というのが本音だったが、媛は慎しやかに、

「いいえ」

と答えた。知りたいのは山々でも、それをあからさまに言うのは端下ない所作に思えたからである。上皇には、手白香媛の真の気持ちが分かっていた。そして微笑ましく感じ、その気持ちを否定しないで言った。

「媛は知りたくなくても聞かねばなりませぬ。天皇家の嫡流を次の世代につなぐ責務を負った立場の皇女として、また、葛城、息長の二つの王家の絆を結び直す使命を持った者としての媛に、私は皇統にまつわるこの話をぜひとも伝えなければならないのです」

手白香媛は、この時ほど、みずからの立場を強く意識したことはなかった。飯豊青上皇は伯母と姪としてではなく、神代から後の平成まで連綿として続いていく皇統の最も中枢の部分を、その手から手へと、まるで松明を手渡すかのように、大和の「伝統」そのものの後継者として見ているのであった。

「私がその方と媾合って、皇子が生まれれば新しい王家を興すことになったのです」

はっと、手白香媛は思い当たった。

（――倭彦様は、伯母宮さまの？）

大きな思い違いをしていたのかも知れない。手白香媛は、大伴金村に勧められて、今、北河内の樟葉にいる男大迹王に嫁ぐことを思案していたところである。上皇は、その決心を固めるようにという意味で、高木角刺宮に自分を招いたのだと思っていた。

しかし、こうして会って話を聞いてみると、思いがけないことの連続だった。

（――男大迹王でなく、倭彦様をお勧めになろうということだったのかしら）

手白香媛の思いがあらぬ方向に飛んでいきそうになるのに気づいて、上皇はかぶりを振った。

「お歳を考えてご覧なさい。三十路を超える倭彦王が、私の生した子である筈がありませぬ」

飯豊青上皇が結婚したとされる清寧天皇三年秋七月は、西暦では四八二年である。五〇七年の今年は二十五年後になる。上皇が倭彦王の母である筈はなかった。

「倭彦王は、その方の前の妃の御子とされています。それは仕方ありませぬ。男大迹王にも二人の王子がおられると聞いています」

（――あら）

手白香媛は話が男大迹王に向かってしまったので慌てたが、二十三歳の男大迹王に、既に王子がいることは知らなかった。大伴金村は何も言わなかったからである。＊

「御存知ではなかったのですね。でも媛、それは仕方のないことなのですよ」

手白香媛は、これから嫁ごうとする男大迹王に王子が二人もいることを話してくれなかった金村を、多少は恨めしく思う気持ちが過った。さすがに、将来の夫には自分ただ一人を思ってほしいという娘心もあって、切ない思いを感じたからである。しかし、上皇に諭されてみれば、それが「仕方のないこと」であるのも当然だった。

一夫一妻という習慣は、遠い神代に続く高千穂の時代にはあったというが、生産力の進んだ大

＊『古事記』は継体が丁未年（五二七）に四十三歳で崩御したとするから、丁亥年（五〇七）のこの年は二十三歳である。もっとも、『書紀』による即位年齢は五十八歳。

和の伝統には、当初から含まれていなかったのである。

「倭彦王がおられるのは仕方のないことと思いました。私の役割は、皇子に皇統を引き継いでいくことなのですから。五十鈴媛さまも、継子（ままこ）の手研耳命（たぎしみみ）からご実子の神渟名川（かむぬなかわ）さまへ、御位をお渡しになるのに、ずいぶんとご努力をされています」

　手白香媛は、重い重い上皇の言葉を、今は黙ってうなずいて聞いていた。

「ところがその方は、御子（おこ）が出来るお体ではなかったのです。媛は、もう娘ではないのですから、媾合のこともご承知でしょう。私は、皇統を伝えるために、王家に列（つら）なる女性としての役割を果たそうと考えていました。ちょうど、今の媛のように。しかし、その方に御子が出来ないのならば、私が皇后になることはかえって混乱のもとになります。

　ですから、私はその方とも、また他のどの方とも交わりを願うことをやめ、みずから高御座（たかみくら）に即こうと思ったのです。弟の億計（おけ）王、弘計（をけ）王がどこかに生きていると信じていましたし、御位に即いて捜せば、必ず見つけられると思ったからです」

　手白香媛は『書紀』の清寧天皇三年七月の記事を知る由もなかったが、知っていたとしたら謎が解けた思いだったに違いない。『書紀』のいう「一応は女の道を知った。それは、どれほど特別というものでもなかった」と述懐して、以後、男性を近づけることがなかったというのは、夫と定められた王子が性的に支障があったことを知った女性の、何とも悲しい虚勢であった。

（――それにしても、何かおかしくない？）

　手白香媛の心に浮かんだ疑問を、上皇は既に見通していた。

「御子が出来ないはずなのに、倭彦王がおられるのはおかしいと、私も思いました」

（――なるほど、私の疑問はそういうことだったんだわ）

　上皇が先回りして教えてくれるので、手白香媛は、その思考に順っていればよかった。

「前の妃は、平群大臣の女でした。倭彦王は、実は妃の弟の鮪の子のようです。妃は鮪と奸けて、鮪の子を宿したのが倭彦王らしいのです。新しい王家を興すことになったら、私は王子を生すことなく、結果として倭彦王を偽りの皇太子にしてしまったかも分かりませぬ。播磨で弘計王が見つかり、次いで億計王に御位に即いていただけたのは、何よりの幸いでした。私が先例を破り女性ながらに高御座に即く心を決めたのには、そういう事情があったのです」

　秘密を知った手白香媛の衝撃は、ここで形容するのが困難なほどであった。しかし、上皇が媛のことを、皇統を万世に伝えていく気概を持ち、その責務を見事に果たすであろうと信ずればこその話であることは、もはや疑う余地はなかった。

　石上広高へ帰る道すがら、手白香媛は神奈備の三諸の山容を敬々しく見上げ、そして両方の肩にかけられた使命に奮い立つ思いがするのであった。

## 四

　手白香皇女は、大伴金村を広高の邸へ呼んだ。二月の朔日になっていた。

「ご足労でした、金村どの。私は、樟葉へ参ろうと思います。その積もりで段取りをお願い致しましょう」

「皇女さま、ご決心、忝のう御座います。男大迹王殿下は、必ずや大和に新しい発展をもたらして下さる御方に御座います。皇女さまのご英断は、長く讃えられるところとなりましょう」

手白香媛は型にはまった美辞を言われるのが好きではなかった。樟葉行きを決断するには、相応の覚悟と、ある種の賭けに身を投げ出す思いが必要だったからである。

もし仮に、男大迹王が大和の豪族たちからの支持が得られずに御位を失うようになったら、皇統を伝える役割を担うはずの手白香皇女が叛逆者の妻となる怖れすらある。飯豊青上皇が信頼した金村には、だからこそ、その真意を理解し共有してほしいと思った。

「金村どの、幾つか伺いたいことがあります」

金村には手白香媛が、十九歳のうら若き皇女とはとても思えなかった。その威厳はどこから来るのか。媛の中の内面に兆した変化は、それほど大きな変貌をもたらしていた。

「男大迹王には、御子がおられるそうですね」

「ははーっ」

金村は隠しておいた悪事が露見した時のように、身の置きどころのない思いを味わった。若い皇女に結婚を勧めるのに、継子となる王子が二人もいることを言いそびれたのは事実だからである。しかし、手白香媛の反応は思った通りではなかった。

「よいのです。言いにくかった事情は分かります。しかし、私が心を決めた以上は、何もかも話していただかなくてはなりませぬ」

金村は、今、自分の前にいるのが、もはや一人の皇女ではなく、皇統を伝える使命をもった皇后なのだということを実感し、その感激の快さに浸っていた。

「いまさら包み隠さねばならぬことなど御座いませぬ。男大迹王殿下には、勾大兄王と桧隈高田王、御二方の王子がおられます。母君は尾張連草香の娘、目子媛様に御座ります」

「御歳はお幾つになられます？」

「勾大兄王は七歳、高田王は五歳と伺っております」

「金村どの、勾大兄王には許嫁がおられましょうか」

一瞬、金村は手白香媛が何を言い出すのか不審だった。が、すぐに深い思慮から出たことに違いないと思い直し、想像を口にした。

「皇女さま、橘仲媛さまを？」

手白香媛は金村の頭の回転が早いことを認めたが、図星とは言いかねた。

「春日山田媛が御歳十になられると思います。いずれ勾大兄王がお似合いとなられるはず。金村どのから、上皇さまにお願いしておかれるとよいでしょう」

春日山田媛は仁賢天皇の皇女だが、母は異なっていた。手白香媛から直接に指図するよりも、やはり飯豊青上皇を通して話を持っていくべきだと思ったのである。

大伴金村が早とちりした八歳の橘仲媛は、手白香媛と同じく雄略天皇の皇女である春日大娘皇后の所生である。手白香媛には別の思惑があった。

（――もし、男大迹王の御位に問題が起きたら、その時は橘仲媛に働いて貰わねばなりますまい。葛城の王家と忍坂の王家の嫡流をともに伝えられるのは、皇女でも私と橘仲媛の二人しかいないのですから）

手白香媛は、権力基盤の固まった覇王に嫁ぐのではなく、先例とは異なるかも知れないが、敢えて男大迹王の将来性に賭けようとしている。

歴史というものは、この時、この場で起きている事象を、その渦の中に巻き込まれるのでなく、俯瞰的に眺めてみて初めて理解できる。「大和王権」と一口に言うが、神武創業の時代は確かに大和のみの攻防でこと足りた。しかし、それから幾百年と経過した崇神天皇の頃には、河内や山背や近江、さらには丹波や吉備（岡山県と広島県東部）の動向を無視しては語れなくなったのである。まして、その後に百年以上も経っている今は、尾張や筑紫、のみならず朝鮮半島の情勢すら視野に入れなければ、「大和王権」も成り立たない。

大和の豪族たちは概して保守派である。が、その豪族たちですらも、領邑を地方に展開している。天皇家の後継者選びが、狭い大和盆地の中の論理で決められてよい時代ではないのである。手白香媛は、男大迹王ただ一人の個性に注目したのではない。もちろん、その英邁な指導者ぶりは話に聞いている。しかし今の時代に、息長王家――それは広い意味では忍坂王家に連なる系統である――にその英雄が生まれたことの意味を理解しているのである。

息長王家の存在は、農業生産力の向上を背景に、大和の殻を破って近江に進出し、琵琶湖と瀬戸内海を淀川水系で結ぶ水運の輸送力を活用して経済的に発展している新興勢力の象徴である。大陸からの先進的な工業生産物が到来しだしたのは応神天皇以降になるが、その状況にも、この王家はいち早く対応している。忍坂王家から引き継いだ姉川流域は伊吹山系の鉄鉱石や琵琶湖の湖成鉄などの鉄資源に恵まれ、鉄器の製造、すなわち鍛冶を発達させた。

後に、そこは国友村と呼ばれ、刀鍛冶の伝統が鉄砲の生産を世界一に押し上げて有名になった。羽柴秀吉が織田信長から預かった長浜領の一部である。

手白香媛は、大和の伝統を新しい時代に対応させて変革していくこと、それこそが皇統を嗣ぐ者に与えられた使命であると確信していたのである。

しかし、その変革には危険が伴う。皇統を嗣ぐ立場にあると主張するだけでは、権力基盤を固められないことも手白香媛には見えていた。自分の判断では、男大迹王とともに新しい変革の流れを創り出せると信じている。しかし、自信だけに頼ってすべてを失う結果になるのを怖れるのも、皇統を嗣ぐ者の責任である。

だから手白香媛は、橘仲媛を飯豊青上皇のもとに預けることにした。長女と次女の違いはあるが、橘仲媛もまた葛城王家の仁賢天皇と、忍坂王家の雄略天皇の血を引いている。その融合が他の誰よりも尊い皇統の中枢を成していることを、手白香媛のように、いずれ橘仲媛も自覚するだろう。もしもの際には、飯豊青上皇の指導で新しい覇王の候補者に、橘仲皇女によって皇統が伝えられる。その時、姉と妹が争うことになってもよい。それだけの覚悟を固めて、手白香媛は樟葉行啓を決断したのであった。


手白香皇女が勇気ある決断をした後の果敢な行動は、熟練した政治家である大伴金村も舌を巻くほどのものだった。

二月四日、手白香媛は金村に命じて、河内の樟葉に剣、勾玉（まがたま）、鏡からなる「三種の神器」を移動させた。これは異例である。覇王が旧王家の皇女を娶るときは、三種の神器が奉安されている宮居に皇女を訪ねて来ることになっていたからである。

今回は男大迹王が大和に入ることがまだ難しい状況にあったから、先例の通りには出来ない。

しかし伝統的な考え方からすると、手白香媛が三種の神器をたずさえ、樟葉にもたらすという形式が考えられた。

手白香媛はそこを敢えて、事前に金村に命じて男大迹王のもとに奉じさせ、さらに詔勅の発宣に用いる璽（印章）を加えて、「剣璽渡御の儀」をおこなったのである。

男大迹王はその手白香皇女の心づかいに感激した。旧王家の、いわば「家付きの娘」が婿取りをする儀式を演じられては、いかにも男の誇りが傷つけられるように想像していたのだが、実際には三種の神器を受けて即位した天皇が、皇女を召して皇后に冊立する詔を発する形でいいことになったのである。

（――この結婚はうまくいきそうだ）

男大迹王あらため第二十六代継体天皇は、まだ見ぬ手白香皇女に対して、まず好意をもつことから二人の関係が始められたのである。

三月五日、一ヵ月の入念な準備を経て、皇后冊立の式がおこなわれた。天皇は、

「男がよく耕作しなければ天下は為に飢え、女がよく紡がなければ天下は為に凍える」

という『淮南子』（前漢の淮南王劉安が著わした思想書）ばりの大詔を発し、天皇がみずから米を作り、皇后は蚕の飼育に精を出す仕来りを制定した。これは単なる勧農や養蚕の奨励の意味でなく、百寮萬族（官吏と民草）に勤労の倫理を説くために範を垂れたものである。

豪族による土地と人民の所有、すなわち生産はもっぱら奴隷労働によるといった旧来の思想の変更を求めることになる。いかにも新興勢力らしい価値観を体現するような進歩的な発想が、官撰の『書紀』にも詔の形で引用されているのは一驚に値しよう。

皇室は平成の現在も、天皇が吉日にお手ずから田植えや稲刈りをし、皇后は蚕を飼い糸を紡が

れる。これは継体天皇と手白香皇后が、諸王家を融合した統一王家の始まりにあたって相たずさえて努力した姿を、現代に甦（よみが）えらせる儀式なのである。

## 五

手白香皇女を皇后に迎えることが出来た継体天皇は、その進歩的な施政にもかかわらず次第に諸族の支持を拡げ、あからさまに反対する勢力はなくなっていた。

即位五年（五一一）の十月には山背の筒城宮（つつきのみや）（旧綴喜（つづき）郡の京田辺市）、十二年（五一八）三月には弟国宮（おとくに）（向日市（むこう））に都を移したが、これらは河内の樟葉宮も含めて、いずれも淀川、木津川水系の近くにあり、瀬戸内と琵琶湖を往還する交通の要衝を押さえたものであった。

朝鮮半島の動向に常に意を用い、商工業の発展を国富の基礎におく継体政権にとっては当然の選択だった。大和王権は、応神天皇以降、河内に拠点を置いた天皇が多かったように、もはや大和盆地の枠の中にとどまることは出来なかったし、その必要もなくなっていたのである。

その間、七年九月には勾大兄皇太子が春日山田皇女を正妃に迎え、また次いで橘仲皇女も桧隈高田皇子の正妃となったから、権力基盤が大いに安定していたことを疑うものはない。手白香皇女の賭けは、見事に勝ちを収めたのである。

継体天皇が即位して二十年、三十八歳になった手白香皇后は天皇に勧めて、大和の磐余（いわれ）に離宮を設けることにした。

帰りなん、いざ大和へ。

大和に生まれた者として、やはり最後は大和に戻りたいという気持ちが、その行動を推進させたのであろう。

離宮が完成すると、天皇皇后は揃って弟国宮から磐余へと旅した。離宮に着いた天皇は、そこを磐余玉穂宮として都を移す詔を発した。実際には形式だけで、都の機能は山背に残したままにしておく筈だったが、翌年、筑紫国造磐井の反乱が起きた。新羅に占領された任那の官家（韓国慶尚南道の現在の金海市付近にあったとされる日本の領地）を復興するため、近江毛野が大軍を率いて渡海する計画だったが、それを恐れた新羅が磐井に反乱を唆かしたともいう。

朝廷は物部麁鹿火に命じて征討軍を指揮させ、ようやく一年半後に終息する。この大規模な反乱の処理に追われているうちに、離宮がそのまま都として定着してしまった。

結局、この反乱を機に、筑紫はじめ九州の国々は朝廷の直轄支配が進み、王権はさらに盤石なものとなったが、反乱勢力からの便りに、かの倭彦王が磐井に担がれて、僭主として最後の一旗を上げようとしていたことが報じられた。しかしそれも、もはや手白香皇后には小さな逸話を思い出させた程度の関心を呼んだに過ぎなかった。

皇后は大伴金村を玉穂宮の后御殿に召した。

「磐井に、倭彦王が担がれていたのだそうですね」

「しばらくは名前も忘れておりましたが、妄執としか言いようが御座いませぬ。かしこくも王家の一角に座を忝のういたします者が、浅慮きわまりなき…」

皇后は金村に最後まで語らせなかった。

「金村、かの人は王家の者ではないではありませぬか」

老いにくぼんだ金村の眼が、奥で光って見えた。

「陛下は、陛下は御存知で御座いましたか」

　皇后はうなずいた。

「上皇さまに、伺いました。皇統というものの意味を、はっきりと教えて下さいました時に。私が心を決めたのは、その後のことです」

「上皇さまは、私だけにお話になられたのです。うかつには他言できない秘密でした。御父上の億計天皇（仁賢）が崩御されました折に、平群大臣があのように皇太子さまをないがしろにする振舞いをし、そして御位をも奪おうとした謀りごとを企んだのも、事情を知らない者には不思議で御座いましたでしょう」

「当今（当代の天皇）を推戴される前に、かの人の名を挙げたのは、そなたでしたね」

「はい」

「名を挙げておいて、みずから辞退させた手並みには皆も、関心する者、不思議がる者それぞれでしたが、そのことを言ってやったのですね」

「皇統につながらない者が御位を窺うなど、あってはなりませぬ。もし許してしまえば私一代の失策にとどまらず、千年、万年の後まで、悔いが残ります。およそ政にたずさわる者は、皇統を絶やさず、正しく伝えていくことに、もっともっと心を砕かねばならぬのです」

「金村。上皇さまのそなたに対するご信頼を、私が一番、知っていた積もりです」

　金村は突然、大きな声で泣き出した。皇后は金村が気の済むまで、泣くにまかせていた。

「皇后さま。陛下はそれで、それで私をお庇い下さったのですね」

皇后は何も言わなかったが、否定を意味しないのは明らかだった。継体六年（五一二）の冬十二月、朝廷は任那の西四県を百済に割譲した。その歴史的意味と評価は別の機会に譲るが、この外交戦略を批判する立場の者は、金村が百済から賄賂をとった、と噂した。金村は窮地に陥ったが、手白香皇后が金村への信任を変えず、微動だにしなかったので、乗り切ることが出来た。

皇統を護り、伝えることに意を用いてきた大連が、賄賂をとって国を売るなど考えられないと思うがゆえに、皇后の信念は動かなかったのである。

二十一年（五二七）の春二月、継体天皇は崩御し、勾大兄皇子が践祚した。第二十七代安閑天皇である。

安閑天皇の在位は二年で終わり、桧隈高田皇子の宣化天皇が後を嗣いだ。その四年（五三三）の冬十月に天皇は崩御。男大迹王と手白香皇女の嫡出の皇子である天国排開広庭尊が即位し、第二十九代欽明天皇となって真の意味で葛城王家と息長王家の皇統の融合が実現したのは、その年の十二月五日であった。

# 第九章　和銅四年十二月の事

男は耕し女は紡ぐ

藤原京の稗田阿礼の官舎で、太安万侶は常になく緊張した面持ちで対面していた。先回、阿礼が朗唱した第二十六代継体天皇の皇位継承は、まさに現世の当今（この時は第四十三代元明天皇）に直接につながる王家の創始を意味していた。一つ一つの出来事や言い伝えが、神話の時代とは比較にならない重さで二人に迫ってくるように思えたからである。

「男大迹御門は近つ淡海の国からお迎えして御登極になられたと言うたが、淡海御門と何か格別の御縁が？」

安万侶の質問は、今の滋賀県大津市に近江京を開いた第三十八代天智天皇（淡海御門）との関わりを想像したのである。

「いえ、そうでは御座いませぬ。別の伝えによれば、男大迹御門は越前三国評の高向からお迎え申し上げました。父君の領邑は近江で御座いますが、そこは安曇川流域の三尾。御一族は息長川の流域に勢力をもたれた息長王家で、志賀の京とは遠くに隔たっております」

高向は越前の旧坂井郡丸岡町にあり、現在は福井県坂井市である。母の振姫は第十一代垂仁天皇の皇子磐衝別命を祖とする七世の孫で、その一族が領邑を展開していた地である。三尾（現在は高島市）は湖西、息長川は湖北の米原市を流れる天野川の旧称で、近江京の志賀とはまったく離れた地域である。

「男大迹御門は息長の御一族だったのか」

「さように御座います」

「なるほど。息長足姫御門（神功皇后）のご幼少の頃、御一族は山背の筒城や蟹幡など木津川流域を領しておられたが、それで男大迹御門は御登極後、樟葉に最初の宮居を置かれたのであろうな」

即位後二十年になって大和に磐余玉穂宮を設けるまで、継体天皇は北河内の樟葉から山背の筒城宮（綴喜郡、現在の京田辺市）、弟国宮（乙訓郡、現在の向日市）へと遷都を繰り返した。

御陵も、摂津の三島藍野陵（大阪府茨木市の太田茶臼山古墳でなく、同高槻市の今城塚古墳が有力）に葬られているのは、出身の息長王家が淀川、木津川水系を中心に発展し、さらに琵琶湖沿岸へと展開していったことが関わっている。

「それにしても阿礼どの。先に聞かせて貰った朗唱は短くて、物足りぬほどであった。〈別の伝え〉もあるのが分かってみると、なぜなのかを考えてみなければと思うようになった」

それを聞いた阿礼は、得たりというようにうなずく。『古事記』の〈継体記〉は印刷本では一頁に収まってしまう程しかないのである。古代史に重要な位置づけがされる継体天皇だから、その事績は『書紀』には十倍もの長さで述べられている。

「言い伝えがあるのに、敢えて断ち切る理由は何か。それを考えることが今の私に課せられた役目だと、この数ヵ月で知ることができたのだ」

「ぜひ、お考えくださいませ。男大迹御門には不思議がたくさん御座います。〈別の伝え〉も含め、私も出来るかぎり努めさせていただきますので、どうか不思議の一つ一つを解き明かしてくださいませ」

「男大迹御門の不思議か。ご出身も不思議の一つだが」

「ご系譜は更に不思議で御座います」

「そなたは先に、『誉田天皇の五世の御孫』と誦んだが」＊

「はい。しかし、皇御孫御門（天武天皇）の御勅訂によりましては、御父、御母の御名を含めて何も、伝えませぬ」
「先程は、彦主人王、振姫と言われたではないか」
「それは〈別の伝え〉に御座います。彦主人王殿下は越前三国の振姫様を近江高島の三尾にお迎え遊ばしたと伝えますが、その先の代のことは分かりませぬ。ただ、古志の余奴臣に伝わりました〈更なる別の伝え〉によりますと、振姫様は五十狭茅御門（垂仁天皇）の七世の御孫、美濃の牟義都国造が伝えます〈又々別の伝え〉によりますと、凡牟都和希王から彦主人王まで五代の御名がすべて分かります」

阿礼が〈別の伝え〉と言うのは、『書紀』の〈継体紀〉に採られた伝承である。余奴臣すなわち後代の加賀江沼氏に伝わる〈更なる別の伝え〉と牟義都国造家に伝わる〈又々別の伝え〉は、現代の知識によれば〈上宮記一云〉という史料である。

この〈上宮記一云〉とは、十三世紀、鎌倉時代末期の卜部兼方による『書紀』の注釈書である『釈日本紀』の中に、「上宮記に曰く、一云」として記述された系譜の引用をいう。

推古朝の頃に成立した史料に基づくと考えられるが、それによれば、継体天皇の父系は「凡牟都和希王、若野毛二俣王、大郎子（一名、意富々等王）、乎非王、汙斯王、乎富等大公王」であり、母系は「伊久牟尼利比古大王、伊波都久和希、伊波智和希、伊波己里和気、麻和加介、阿加波智君、乎波智君、布利比弥命」となっている。

＊ホムダワケの応神天皇は、『書紀』には誉田別、『古事記』の〈仲哀記〉〈応神記〉は品陀和気命、〈武烈記〉〈継体記〉は品太天皇、品太王と表記されているが、本章では「誉田」に統一する。

この父系は息長氏が縁を結んだ牟義都国造が伝えた系譜とされるが、武儀郡すなわち今の岐阜県関市の武儀川（長良川上流の支流）の流域あたりに展開した豪族だった。

息長氏の遠祖は第九代開化天皇の皇子である彦坐王で、最初は山背の筒城や蟹幡などに領邑を設けたが、その後、近江の湖北に展開を果たした。一つ隣の川筋を領した忍坂王家と縁戚であることに加え、牟義都国造とも結び、更には尾張連とも組むなど大きな勢力になっていた。

「たしか、誉田御門（応神）の御子様に若沼毛二俣王とありましたな」

「ええ。それは最初の段で御座いますが、最後の段にも若野毛二俣王の御子様として大郎子、亦の名は意富々杼王と御座います」

同じ段に、大郎子の妹として忍坂大中媛が出てくる。第十九代允恭天皇の皇后で、安康天皇、雄略天皇の国母である。また、別名の意富々杼王は継体天皇となる袁本杼命と対をなす名前であり、息長の坂君や越前の三国君などの祖ともされている。

「なれば、いかにも男大迹御門は誉田御門の五世の御孫に御座るな」

「安万侶さま。まことに、そう思われまするか」

阿礼がこのような言い方をするとき、それを安易に信じてはならぬとの警告であることは経験で分かっていた。

「そなた、何が気になる？」

「分かりませぬ。ただ…」

阿礼は言い淀んだが、既に答えを用意していたようだ。

「たしかなことは、皇御孫御門が〈別の伝え〉をお採りにならなかったことで御座います。その意味を、あなた様にお考えいただきとう存じます」

「御門は、この伝えが正しくないとご存知だったからであろうか」

「さて、私には分かりかねまするが」

　阿礼の答えを聞くとも聞かぬともいえない仕種で、安万侶は深く考え込んだ。が、やがて何かに思いあたったようにつぶやいた。

「いや、違う」

　安万侶は阿礼を見た。

「阿礼どの、逆だ。別伝の系譜を明らかにして伝えると、」

　安万侶の閃きを早く知りたくて、阿礼は凝視した。

「その系譜は、男大迹御門が誉田御門の五世の御孫でないことを認めてしまうからだ」

「誉田御門の御子孫でないと？」

「そうだ。〈又々別の伝え〉は男大迹御門の御祖を凡牟都和希王とするが、このホムツワケとは五十狭茅御門（垂仁）の皇子、誉津別様ではないのか。五十狭茅御門と狭穂媛皇后様の皇子…」

「そうで御座いました。そうでは御座いましたが、…若野毛二俣王は誉田御門の皇子という伝えが御座いますので」

「若野毛二俣王の御父がホムツワケという伝えと、御父は誉田御門という伝え」

　継体天皇が「応神天皇五世の孫」とするのは『記紀』に共通している。『書紀』は継体の父を彦主人王（四世王）、母を振姫とするが、その上の世代には言及していない。

　これに対して『古事記』は、〈応神記〉の最後の段で応神天皇の子孫を記し、皇子が若野毛二俣王（一世王）、その子が大郎子（亦の名を意富々杼王、二世王）としている。ところが〈上宮記一云〉は大郎子、乎非王、汙斯王という系譜を載せているから、三世王が乎非王でつながり、欠落がなくなる。

　しかし、安万侶が気づいたように、凡牟都和希はホムツワケであって、垂仁天皇の皇子、誉津別命とするのが自然であり、ホムダワケの応神天皇とするのは無理がある。

　それでも多くの古代史学者や研究者がホムツからホムダへの音韻変化を容認して附会するのは〈応神記〉が若野毛二俣王を応神天皇の皇子としているからに他ならない。

「もともとは誉津別命の御子である若野毛二俣王を、敢えて誉田御門の皇子と付け替えたのだとしたら、この不思議は解ける」

「さようで御座いますね。でも、なぜに」

「五十狭茅御門の六世の御孫より、誉田御門の五世の御孫の方が皇嗣に相応しいと思し召したのかも知れぬが」

　五世王までを皇親とする王家の伝統があり、それに順って継体天皇を応神天皇五世の孫とする系譜を創作したと唱える説もある。しかし、どうせ創作するならもっと近い系図を用意するのはいとも容易なことだったに違いない。

「やはり憚りがあったのであろう」

　安万侶は真相に行き着いた。

図9　彦坐王八代系図

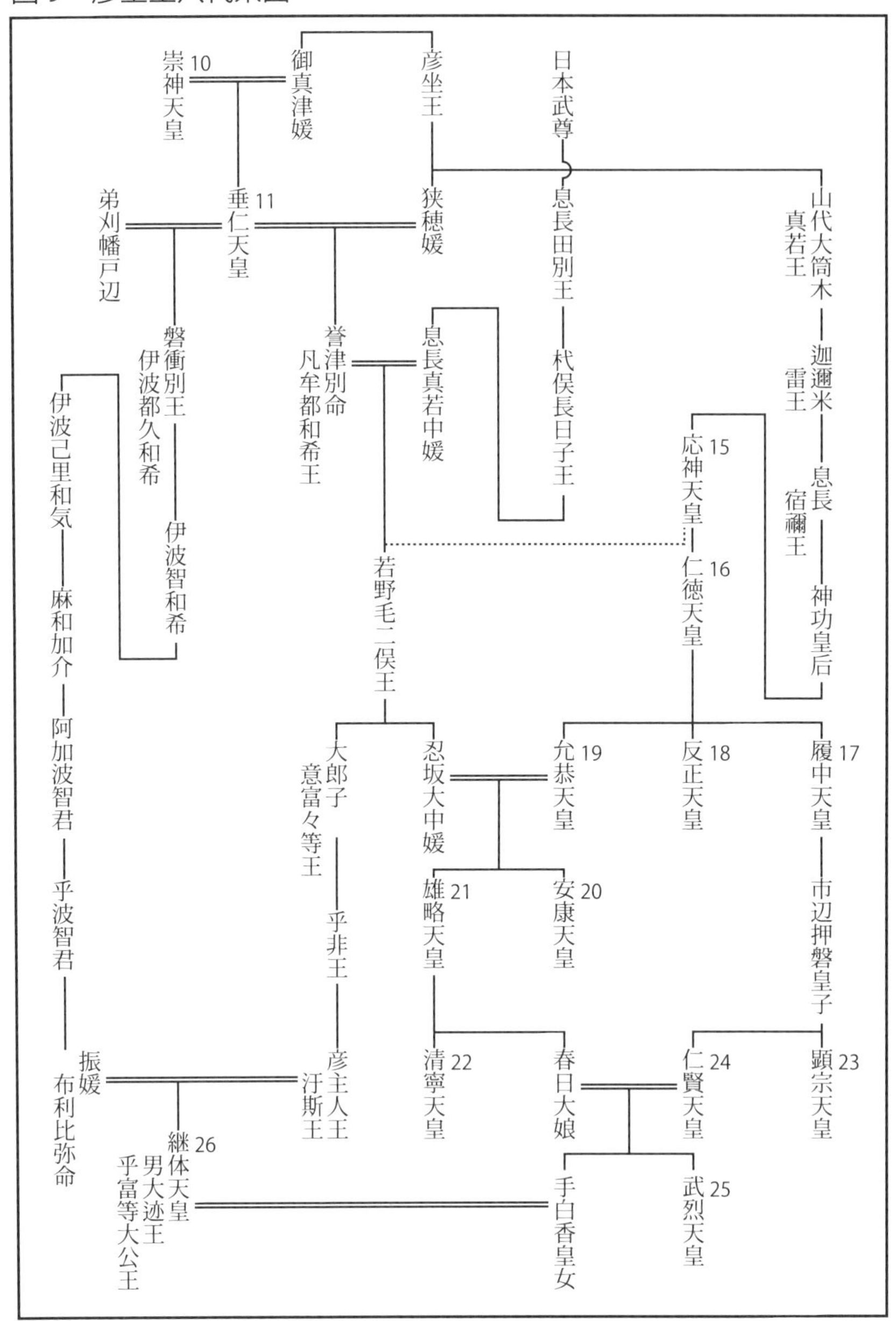

彦坐王
御真津媛
崇神天皇 10
日本武尊
狭穂媛
垂仁天皇 11
弟刈幡戸辺
息長田別王
山代大筒木真若王
磐衝別王
伊波都久和希
誉津別命
凡牟都和希王
息長真若中媛
杙俣長日子王
迦邇米雷王
伊波己里和気
応神天皇 15
息長宿禰王
伊波智和希
若野毛二俣王
仁徳天皇 16
神功皇后
麻和加介
阿加波智君
大郎子
意富々等王
忍坂大中媛
允恭天皇 19
反正天皇 18
履中天皇 17
雄略天皇 21
安康天皇 20
乎波智君
乎非王
市辺押磐皇子
振媛
布利比弥命
彦主人王
汙斯王
清寧天皇 22
春日大娘
仁賢天皇 24
顕宗天皇 23
継体天皇 26
男大迹王
乎富等大公王
手白香皇女
武烈天皇 25

「憚り？」

「さよう。五十狭茅御門の皇子、誉津別命が男大迹御門の御祖なら、狭穂媛様の…」

阿礼は目を見開き、そして安万侶が続けるのを制するように立ち上がった。

「分かりました。無理も御座いませぬ。もう何も、何も申し上げるのはよしましょう」

阿礼も真相にたどり着いたのである。その憚りは、口に出して言ってしまえば、言霊となってどんな災いが起きるかも知れない。

安万侶が言いかけたのは、狭穂媛の兄、狭穂彦の犯した大逆のことである。垂仁天皇に叛逆した出来事を、二人は『古ことぶみ』の作業を続けていたからよく知っていた。

そのとき、炎に燃える稲城の中で狭穂媛が出産し、垂仁天皇に引き取られて育ったのが誉津別命である。

兄の使嗾によるとはいえ、大逆に与してしまった狭穂媛の血が誉津別から男大迹王へと流れている。

「男大迹御門は皇御孫御門（天武）の直接の御祖に御座います。深く御配慮あらせられたのは故なきこととは思えませぬ」

「五十狭茅御門六世の御孫でなく、誉田御門五世の御孫へ。代々を詳しく語り残すより、ただそれだけを伝える方がよいと」

「さように御座います。皇御孫御門は、それはそれは遠い慮りのあらせられる御方で御座いましたから」

安万侶は阿礼の言い方が気になった。「垂仁天皇六世の孫」を「応神天皇五世の孫」に付け替えた事実に気づいて指摘したことが、阿礼の中に何かを呼び覚ましたように思えたのである。

阿礼はもう何も言わなかった。安万侶はこの場を辞去し、平城京へ戻る刻限が近づいていた。冬は日が短いから、遅くなると暗くなるまでに帰りつかない。

それでも安万侶は気になって頭から離れないことがあった。四ヵ月前、この作業を始めた最初の頃に気づいた不思議である。それは阿礼が、

『天国押波流岐広庭命は、天の下治らしめしき。次に広国押建金日命、天の下治らしめしき。次に建小広国押楯命、天の下治らしめしき』

と朗唱するに及んだとき、どうしても自制が効かず、思わず、

「あっ、そこ。ちょっと待って下され」

と叫んでしまったことである。安万侶の疑問は、

「いずれも男大迹御門（第二十六代継体）の皇子様方だが、まず金日御門（第二十七代安閑）、次に楯御門（第二十八代宣化）と続き、最後に広庭御門（第二十九代欽明）が即位されたはずではないか。広庭、金日、楯というのでは順序が逆だ」

というものだった。それに対し、

「お直しになられますか」

と言う阿礼に向かい、安万侶は、

「取り敢えず今はこのままに。辻褄が合わぬといって形を整えるのはたやすいが、それでは

何かを失ってしまうやも知れぬ。それが何か、今の私には確(しか)とは分からぬが、分からぬ者の浅知恵で、古くから伝えられて来たものを改めてしまうのは誤りであろう」

と言って、この作業を続けてきたのである。今こそ、この謎を解かねばならない秋(とき)がきたと考えながら、平城京への道を急いだ。

☆

太安万侶の住まいは、左京の四条四坊(しじょうしぼう)にある。大安寺(だいあんじ)の大伽藍(がらん)の北に位置するところで、現在の地図では関西本線を越えて、奈良駅の西裏に当たる。

その一室で、安万侶は根気よく作業を続けていた。暮も迫っている。新年になれば儀式が立て込んで何かと気ぜわしくなる。今のうちに一気に捗(はかど)らせておきたいからである。

安万侶の緻密(ちみつ)な進め方は大いなる創造力につながっている。一つ一つ、阿礼が語った壮大な建国の叙事詩の意味するものを、根源に立ち帰って本質で捉(とら)えようとしていた。記述が不自然な箇所、矛盾している説話は、多くの場合、貴重な鍵を提供してくれる。そうして分かった事実を並べてみると、その背後に潜(ひそ)む構想が浮かびあがってくる。

この日も、安万侶は阿礼の朗唱の筆録を丹念に繰(く)って調べていた。そして時には朱(しゅ)を入れながら瞑想(めいそう)にふけり、また筆録を繰るということを続けた。

冬の陽(ひ)は、またたく間に落ちる。燭(しょく)を点(とも)さずには書いた字も読めなくなる頃合(ころあい)になって、安万侶はようやく筆を措(お)いた。同時に、おのずと深いため息が出た。

翌日、安万侶は藤原京の阿礼の官舎にいた。いつになく顔が紅潮しているのが安万侶の緊張を伝えていた。

「阿礼どの、驚くべきことが分かった」

　出てきた阿礼に、安万侶は勢い込んで伝えた。

「落ち着いてくださいませ。まずはお話を聞かせていただきとう存じます」

「男大迹御門の不思議は、ご出身にもありご系譜にもあるが、お崩れになられた後もまことに不思議だ」

「あなた様が最初に持たれた疑問が御座いました。男大迹御門の後にお立ちになられた順が私の誦みました広庭御門（欽明）、金日御門（安閑）、楯御門（宣化）でよいのか、と」

「そうだ。謎であった。しかし、阿礼どの。まずは広庭御門の御子様方の段を誦んでみてくれぬか」

　安万侶が阿礼に請うたのは、『古事記』としてまとめつつある欽明天皇の系譜の最後の段であった。

『この中に、沼名倉太玉敷命は、天の下治らしめしき。次に橘之豊日命、天の下治らしめしき。次に豊御気炊屋比売命、天の下治らしめしき。次に長谷部之若雀命、天の下治らしめしき』

　安万侶は朗唱を確認して、あらためて深くうなずいた。

「お分かりか、阿礼どの」

　阿礼にも意味が分かって、同意せずにはいられない。太珠敷天皇（第三十代敏達）、橘豊日天皇（第三十一代用明）、炊屋姫天皇（第三十三代推古）、泊瀬部天皇（第三十二代崇峻）という朗唱の順は、実際の敏達、用明、崇峻、推古という歴代とは異なって、推古と崇峻が逆転している。

「明らかになったのは、『次に天の下治(し)らしめしき』という時の『次に』は、御位に即かれた順を意味していないということだ。広庭命、次に金日命、次に楯命といっても、この順で天つ日嗣(ひつぎ)を踏まれたわけではないのだ」

おそらくは石姫皇后の所生の敏達、堅塩媛(きたしひめ)所生の用明と推古、そして小姉君(おあねぎみ)所生の崇峻のように母の位の順が「次」の意味であり、したがって手白香皇后所生の欽明、尾張目子(めのこ)媛(ひめ)所生の安閑、宣化の順になったのだろう。

「ご推察の通りだと存じます。さすがは安万侶さまで御座います」

阿礼には更に気づいたことがあった。天武天皇の勅訂による『帝紀本辞(ていきほんじ)』では、継体天皇の崩御を即位二十一年の丁未年(ひのとひつじ)（西暦五二七）としていたが、〈別の伝え〉（その後に『書紀』の〈或本(あるほん)〉として採用されている）には二十八年の甲寅年(きのえとら)（五三四）とされているのである。実に七年もの開きが生じている。

また、三十年前の修史の際に川嶋皇子が訝(いぶか)しげに話しているのを思い出したが、百済滅亡（六六〇）の際に亡命貴族がもたらした書籍によると、継体天皇の崩御は辛亥年(かのとい)（五三一）で、同日に安閑天皇が即位したという。そして伝聞と断って（又聞(またきく)）、「日本天皇及太子皇子倶崩薨(ともにほうこう)」したと記してあるのだそうだ。

「阿礼どの。私もその話は聞いているが、あまり重く受けとめぬ方がよろしかろう。外(と)つ国に伝わった噂話に過ぎぬ。百済の史官もそこは弁(わきま)えているのだから」

「もちろん、私があれこれ申し上げるお役目では御座いませぬのは承知しております」

「そなた自身が神代より伝えてきたこと、そしてそなた自身が現世で見たこと、聴いたことを確と書き留めるのが我らの使命だ」

「心得ております。ただ、気になりましたものですから」

　継体天皇の崩年に諸説があることが天皇や太子皇子の崩薨説と一緒になると、皇位継承に関して争いのあったこと、すなわち手白香皇后嫡出の欽明天皇方と、尾張目子媛所生の安閑、宣化天皇方で二朝が対立していたとの説が導き出されかねない。

　しかし、欽明、安閑、宣化の順が敏達、用明、推古、崇峻のように、母なる后妃の位を反映しているに過ぎないとしたら、「二朝対立」の根拠となる前提は崩れる。＊

「それでは、男大迹御門（継体）がお崩れになりましたのは丁未の年（五二七）のままとし、泊瀬部御門と炊屋姫御門の御即位の順は正しく直すということにいたしますのですね」

「いや、それは炊屋姫命、泊瀬部若雀命のままにしておこう」

「なぜに御座りまするか」

「古えより伝えて参ったものには人知を超えた意味があるやも、と思うのだ。それを小賢しく変えては失うものがあるのかも知れぬ。

　たとえば、若雀命（崇峻）を炊屋姫命の後にするのは、先程の推し測りとは違って、若雀

＊　欽明天皇の在位年数を四十一年と明記することで辛亥年即位説を裏づけるかのような『上宮聖徳法王帝説』や『元興寺伽藍縁起并流記資財帳』などの記載は、むしろ逆に『百済本記』の辛亥年説から導き出されているように思える。

様が弑逆（しいぎゃく）された御門だからかも知れぬではないか。なれば金日命（安閑）を広庭命（欽明）の後にするのは、案外、金日命が弑されたことを示しているのかも知れぬ」

「安万侶さま。それでは先ほどの…」

「分からぬ。不思議は不思議のままに、元の形をとどめておくのがよいのではないのかと思うただけだ」

　不思議を解く鍵を後世に遺（のこ）すこと、それが歴史に対する姿勢として当然のことだということを、安万侶は言いたげであった。

# 第十章　ここに歴史はじまる

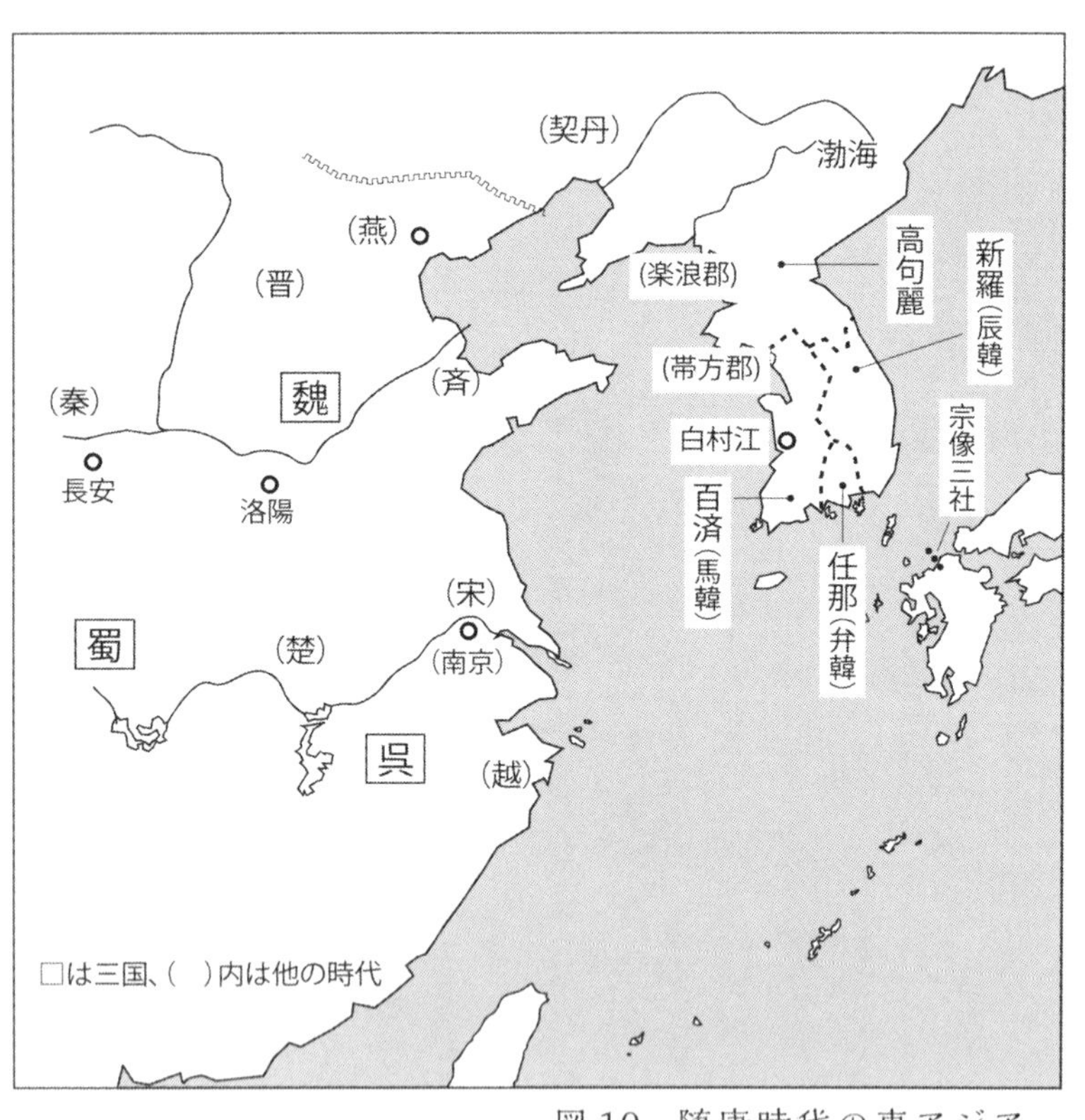


図10　随唐時代の東アジア

## 一

斑鳩は聖徳太子が開発を指揮した地域である。矢田丘陵の東南の麓に肥沃な耕地が広がる。斑鳩宮を中心に法隆寺など幾つもの寺が造営され、集落ができた。東に富の小川（富雄川）、西は竜田川に挟まれ、南には東から西へゆったりと流れる初瀬川に、飛鳥川、曽我川、葛城川、高田川などが合流してくる。その合流地点の川合に水を祀る広瀬神社があり、その下は大和川となって河内に流れていく。

往古は大和盆地の三分の一が広瀬ヶ池の湖面で、斑鳩はその北岸にあって鵤（燕雀目アトリ科の小さな鳥）が多く生息していた湿地だった。が、この頃には水位が下がり、農耕適地として開墾が進められている。その後の奈良時代には広瀬ヶ池は消滅し、広瀬神社にその名が残るのみとなった。

第三十五代皇極天皇即位の翌年（六四三）、冬十一月一日。巨勢臣徳太、土師娑婆連らの一隊が斑鳩宮を急襲した。命令を下したのは蘇我入鹿である。前月、父の蝦夷から大臣の位を、私に譲られたばかりだった。「私に」というのは、本来は朝廷で天皇が授けるべき「公」の地位を、入鹿は甘樫丘にある私邸で、蝦夷の紫の冠を直接に受けたからである。皇極天皇は、この大臣交代を追認するしかなかった。

新しい入鹿大臣の最初の仕事が斑鳩宮襲撃だった。ここには山背大兄王を当主とする上宮王家の人びと百余名が起居を共にしていた。大兄王は聖徳太子の嫡子で、第三十三代推古天皇の崩御後も第三十四代舒明天皇の崩御後も、後継天皇の有力候補だった。しかし、蘇我の本宗家である蝦夷と折合いが悪く、忌避されたという。

舒明天皇崩御の際に、蝦夷と入鹿の父子が即位を望んだのは年長の古人大兄皇子だった。馬子の女法提郎媛の所生だからである。しかし、皇后の宝皇女は、みずからの子で当時十七歳の中大兄皇子への期待を込めて、中継ぎの意味で皇位に即き皇極天皇となった。

蘇我氏が古人大兄皇子の即位にこだわったのは、外戚だからである。しかし、聖徳太子に始まる上宮王家も、蘇我氏とは浅からぬ縁で結ばれていた。その血は古人大兄皇子よりも、はるかに濃かったのである。

聖徳太子の父の第三十一代用明天皇は稲目の二女堅塩媛の所生であり、山背大兄王は馬子の長女、すなわち法提郎媛の姉である刀自古郎女が母だった。

しかし、山背大兄王は聖徳太子が理想政治の追求に挫折した以後の憂愁の日々を間近に見ていただけに、現実との妥協を拒む姿勢が強くなりすぎていると懸念された。それが蝦夷の忌避の理由であった。

巨勢臣徳太は兵五百、土師娑婆連は倭馬飼首の兵を加えて三百の勢力で斑鳩へ向かい、山背大兄王の宮殿を囲んだ。天皇の弟である軽王も加わっていたのが目撃されている。

急襲に気づいた上宮王家方は、王家の衛士長三成が指揮して数十人の手勢で防戦した。数の差は明らかだったが、王自身や妃、そして年若の一族の子女たちが逃れる時間を確保するために、力の限りの奮戦だった。前線で襲撃を指揮していた土師娑婆連は額を矢に射られ、斃れた。

攻め手がひるんだ隙に、三輪文屋君、田目連、阿倍堅経らが王家の一族を警護して脱出に成功した。直後に火の手が上がる。倭馬飼首が放った火矢が、宮殿を紅蓮の炎に包んだのである。

最初、入鹿は王が斑鳩宮で焼死したとの報告を受けたが、山中をさまよう者たちのことを聞いて生存の疑いをもち、探索を命じた。

山背大兄王の一行は生駒山中を彷徨した。冬である。食もなく、暖をとる火もつけられず、凍えた身を寄せあって仮眠をとって数日が過ぎた。

山狩りの兵が近づいてくることを、物見に出した菟田諸石が帰って、山背大兄王に告げた。三輪文屋君が進言する。

「深草の屯倉に参りましょう。そこで馬を用意させて東国へ向かい、伊賀、伊勢、美濃などで乳部の民から兵を募って戦を起こせば、必ず勝利はわが方に」＊

深草（京都市伏見区）の屯倉は、上宮王家の管理下にある。蘇我氏にも聖徳太子にも近かった秦氏の勢力範囲で、河勝なき後も上宮王家との関係は深いから、山背大兄王が赴いて事情を話せば、人馬の供給は問題ない。そして東国には王の領有する乳部が多くあるから、味方は多い。たとえば阿倍堅経は伊勢から大和に出てきているのである。

「王さま。是非そのようになさって下さいませ」

堅経が力強くうなずいた。しかし山背大兄王は、よく見せる憂いに満ちた目差しをして、力なく頭を振った。

「そちの軍略どおりにいけば、戦には勝てるのだろう。が、深草までの道のりは女、子どもらに

＊乳部とは王子たちの養育のために設置された農業生産拠点で、屯倉（みやけ）が朝廷の直轄地であるのに対し、皇后のための私部（きさいべ）のように特定の官職に対して設けられるので、後代の荘園のようなもの。壬生部とも書く。

は容易でないぞ」

「王さま…」

　文屋君には王の考えていることが分かった。生駒山中の茨だらけの道を歩き、崖を登り、また降りて、深草まで急がねばならない。足手まといになる妃や女官たちの身を慮る優しさが、決断を鈍らせているのである。王らしい、と思えた。

「討手も、お妃様やお子様方に害をなすことはありますまい。暫しのことで御座います。ここでお別れ遊ばして」

「なに？　別れよと申すのか」

「恐れながら。ここは王さまのご無事が肝要に御座いますれば」

「ならぬ。荒くれ者どもの前に、妃や女官たちは晒せない。おのれ一人の命が助かるために、大切な人びとに危難を味わせるわけにはいかない。私のための戦で父や母を、また子らを亡くしたと、後の世の人に謗られたくはない。むしろおのが身を捨てても、山背大兄は大義のために死したと言われる方がいいのだ」

「王さま」

　文屋君は諦めた。よくも悪しくも、こう考えるのが山背大兄王なのである。

「さあ、みんな斑鳩へ戻ろう」

　山背大兄王は古里へ帰ることを望んだ。生まれ、育っただけでなく、生涯のすべてといってよい時間を過ごしてきた地である。死するも、葬られるのも斑鳩だという思いに、われながら感傷的になっていたのである。

よろよろと、上宮王家の人たちが立ち上がり、そして王に順(したが)って生駒の嶺を下りはじめた。その数は三十余りに減っていたが、王家に連なる人もそうでない人も、この時は山背大兄王に対してというよりも、崇敬する偉大な聖徳太子の思い出に殉じる気持ちで、終焉(しゅうえん)の地へと歩みを進めたのであった。

☆

「私は死なない」

山を下りていく人びとを見ながら、漢皇子(あやのみこ)は言った。

「ここは文屋君が言う通り、東国で兵を募る策が一番だった。子女と共に死ぬために山を下りるなんて、何の為にもならない」

「皇子さま。筑紫(つくし)へ参りましょう。あたくしがお供をして、ご案内申し上げます」

凛(りん)とした女の声に、漢皇子が振り返る。傍(かたわ)らには、筑紫から来て上宮王家に女官として仕える尼子娘(あまこのいらつめ)と、警護の衛士の十数人が控えていた。

「筑紫へ?」

「ええ。父のところにお出で下さいませ。この衛士たちも筑紫から来ております。道中、しっかりとお護りいたします」

衛士たちは同意を示して拝跪(はいき)した。

「そちは宗像(むなかた)の社(やしろ)の娘だったな」

「はい」

「幾つになる」

「十と六つでございます」

「気丈だな。気に入った」

尼子娘の父は胸形君徳善という。九州筑紫の宗像地方で、海神を祀る宗像大社を拠りどころに結束している豪族である。もとは船を操り、漁撈を業とする海人族だったが、六世紀の磐井の乱の鎮定に功があり、以後、朝廷に子女を送る習いとなった。尼子娘は二年前に筑紫から上がってきて、上宮王家に仕えている。

漢皇子は山背大兄王の庶弟高向王の子で、推古天皇三十一年(六二三)に生まれた。聖徳太子薨去の翌年である。生まれ変わりのような聡明さを讃えられたという説もあるが、これは疑わしい。現実の漢皇子は、皇族の中でも上宮王家としても、それほど大切に育てられてはいない。というのは、二歳の時に父が亡くなり、母は翌年、別の皇族と再婚して家を出たからである。

生まれながらの聡明は事実だが、二十一歳になった今も、王家の中で取り立てて役割があるわけでもなく、目立たぬ存在といってよかった。

一族の末席に聡明な人物が連なると、周囲の期待以上の大業を為すことがあるものだ。漢皇子は祖父にあたる聖徳太子を尊崇する念を心に深く刻みながら育ったが、それゆえに現当主の山背大兄王のやり方には批判的にならざるを得ない。だから、上宮王家の滅亡に殉じて、みずから命を断つという選択をしようとは思わなかった。

「東国で兵を募るのが上策だが、私ひとりで出来ることではない。ならば次善の策は…」

漢皇子は尼子娘の手をとって握った。

「筑紫へ行こう。案内をいたせ」

　尼子娘は皇子の手のぬくもりに顔を赤らめながら、うなずいた。

「かしこまりました」

　そして衛士たちに対しては、女主人の威厳を示すように力強く命令を発した。

「漢皇子さまを宗像の社にお預かりします。皆々、くれぐれもよろしく頼みます」

「おう！」

　衛士たちは時々の主人に忠節を尽くすのが本分である。しかし、人の子であるからには当然、感情をもっている。山背大兄王に従って不毛な自死を強いられるよりは、漢皇子を護衛して故郷に帰る方が百倍も望ましい。斑鳩宮での自死から逃れるためには逃亡するしかないが、敗残兵が流浪して筑紫にたどりつける可能性は、この時代、ほとんど無いに等しい。

　だから、漢皇子を護衛して筑紫に帰れる任務を創出して与えてくれた尼子娘に対する感謝の気持ちを強く抱くことになった。そして彼らの女主人の機転と勇気を認めて筑紫に下る決断をした漢皇子に対しても、忠誠心を感じるようになったのである。


　入鹿の手の者が斑鳩宮を襲撃し、上宮王家を滅亡させたとの報は筑紫にいる尼子娘の父、胸形君徳善のもとにもすぐ伝わってきた。衛士たちの一人ふたりは流亡化した後に戻ってくるかも知れないが、尼子娘の生存は絶望と考えなくてはならない。宗像一族を悲しみがおおったが、それでも無事の祈願をした沖津宮からもたらされた神託は意外な内容だった。

「宗像の社の娘は生きている。生きてはいるが長生きしない。長生きしないが子を生して、その子も孫も、大宰相となり日本を統べる」

宗像大社は、玄海町田島（平成の大合併により宗像市）の辺津宮、海上十二キロの中津宮、さらに四十キロ離れた孤島沖ノ島にある沖津宮の三社で構成され、三女神が祭られている。宗像氏が海人族であったことを示すように、海の神、水の神の社であった。

徳善が神託の意味を測りかねているうちに、尼子娘の一行が関門海峡を越えて玄界灘を宗像に向かっているという速報があった。

「なに、媛が無事だったのか。衛士たちもみな？」

漢皇子も同乗しているという報せに、徳善は漢皇子が不可解な神託と関わっていることを直観した。そして、その真意を解そうと辺津宮の惣社に額ずいた。一族の長である徳善は、神と人との間を取りもつ霊性を備えていたのである。

祈り続けるうちに、新たな神託が下りた。

「宗像の、婿は日本の王となる。兄弟争い、婿が勝つ。宗像の、孫は兄にかわりて大宰相になる。宗像の、娘が生みし大宰相の、その子の大宰相は殺される」

漢皇子は宗像一族にとって幸をもたらすのか不幸の原因となるのか。徳善は途方もない凶事が起こることを怖れた。尼子娘が命を落とさずに帰ってきたのは嬉しいが、漢皇子と関わることは、媛にも一族にも災いする不吉な予兆が示されたのだと思わざるを得なかった。

神湊に着いた漢皇子を出迎えた時には、徳善の胸のうちは決まっていた。もちろん、表に出してあからさまに言うことではない。老練な政治家らしく慇懃に、婉曲に、しかし尼子娘には予想外の提案をして驚かせた。

「遠瀛に坐す田心姫命の神託が下り、皇子様をお待ちしておりました。皇子様は、いずれは日本を統べられる大事な御身柄…」

「なにを申す。私は流亡の民だ。お尋ね者になるかも知れない。厄介をかけて恐縮だが、暫しの間、宗像の社にこの身を隠させてもらえぬか」

漢皇子は尼子娘と打ち合わせていた通り、宗像大社の一隅に身を潜めて時を過ごし、世の流れが変わるのを待とうと考えていた。入鹿の専横がいつまでも続くとは限らない。上宮王家を一族の子女もろともに滅亡に追い込んだことは、権力を長く握った者の傲りによるやり過ぎとの声なき評が上がりはじめている。

徳善は善意に満ち満ちた物腰で、既に考え抜いた末の結論を示した。

「皇子様。時を待つだけでは皇子様の為にも、日本の為にもなりませぬ。大唐へ往かれませ。長安の都を御みずからご覧あそばしませ」

「大唐へ？　それは何と奇抜な」

漢皇子には思いもつかない提案だったが、海人一族には造作もないことだった。

「そうです。今、大唐では第二代の皇帝が盛んに国づくりの新制を建てておられます。皇子様が日本を統べられます折に、いずれ必ずお役に立つと存じます」

太宗李世民が玄武門の変で、兄で皇太子の李建成を討ち取り、高祖李淵の後継者となったのが六二六年だった。その後の十余年で、唐は帝国の基礎固めに成功し、長い乱世に終止符を打とうとしている。

六三七年に貞観律令が制定され、試行していた均田制や租庸調の税制（六二三年施行）を成文法として体系化し、全土に及ぼすことになった。聖徳太子が模範にして、そのあっけない滅亡に驚愕した「隋(ずい)」以上の世界帝国が出現しようとしている。その現場に立てることなど、漢皇子にとって夢以上の夢であった。＊

「往(ゆ)けるのか、唐へ?」

徳善は策が成功したことを確信した。

「宗像の一族が責任をもってお送り申し上げます。わたくしどもは海の民で御座います。海に乗り出し、万里の波濤(はとう)を越えてゆくのが毎日の生活で御座います」

「そうか。往きたい。長安へ、是非とも連れていってくれ」

漢皇子は自分の将来に活路が開けた思いだったのである。斑鳩宮での上宮王家滅亡から逃れたのは、窮余の選択だった。最悪の状態から脱出しなければすべてが終わってしまう。しかし、遠い筑紫の社の杜(もり)に隠れても、いささかの望みを抱ける状況ではなかった。それが思わぬ僥倖(ぎょうこう)が舞い込んだと思った時、傍(かたわ)らで成りゆきを聞いていた少女の瞳に気がついた。

「尼子娘」

悲しみに小さな胸が塞(ふさ)がれそうになるのを、健気(けなげ)にこらえる微笑があった。大和から筑紫までの二十日の道中、漢皇子の傷心を救ってきた微笑が、今日は寂しげだった。

「お帰りを、お待ちしています。あたくし、皇子さまのお帰りを、いつまでも、いつまでもお待ちしています」

「ああ、待っていてくれよ。大唐から帰ってきたら、そちと媾合(まぐわい)しよう。その日まで、必ず、私を待っているのだぞ」

去ってゆく男の心を、世の女性のどれほどが信じ続けていられるだろうか。この年、まだ十六歳だった尼子娘の悲しみを、官撰の『日本書紀』が記すことはない。

## 二

藤原京の稗田阿礼の官舎で、太安万侶は吐息をついた。

「筑紫から漢の国（中国）に行かれたから漢皇子と申し上げたのだろうが、この皇子のその後の消息は杳として知れない」

「十年の後、帰朝されたので御座いますが…」

阿礼は事情をすべて承知しているが、まだ明かさなかった。いつもと同じように、安万侶が自分で真実を見つけ出すのを待ったのである。

「漢皇子様が長安に赴かれたのは大唐の貞観十八年（六四四）のこと。太宗治世の最後の時期で、大唐が三韓の争いに大きく関わっていたと伺っております」

「長安に往かれたのなら、三韓すなわち百済、新羅、高麗（高句麗）の激しい抗争について、彼の地で深く見聞きされたはずだが」＊＊

＊　太宗の第九子、高宗李治の即位が大化改新直後の六四九年であり、『記紀』の編纂時期は、高宗の皇后だった則天武后による帝位簒奪（六九〇～七〇五）や、その子の中宗が皇后韋氏に毒殺された事件（七一〇）と同時代である。

＊＊　三韓とは、馬韓（百済）、辰韓（新羅）、弁韓（任那）を言ったが、任那滅亡の後は替わって高句麗を含めていうことがあった。

安万侶は七世紀の北東アジアの激動をよく知っていた。安万侶の一族が、心ならずも巻き込まれて犠牲になった天智朝の対外積極政策への苦い思いもあった。

欽明朝に日本が任那から撤退した後、すなわち七世紀の朝鮮半島は、北の高句麗、東の新羅、そして西の百済が鼎立して覇を争っていた。これに隋が世界帝国たるべく干渉する。煬帝は三次にわたって高句麗に遠征するが（六一一、六一三、六一四）、その失敗は国を失う元凶となった。後継王朝を樹立した唐は内治を優先したが、覇権不在の六四二年に百済が新羅を攻め、高句麗で政変が起きると、太宗李世民は三国への干渉に動き出す。

漢皇子が長安に入る途次、副都の洛陽に着いたのは、ちょうどその頃であった。

貞観十九年（六四五）の二月、太宗は洛陽から高句麗征討に進発する。五月には遼河を渡り、六月には安市城（現在の遼寧省鞍山市付近）に至った。ここで戦線は膠着し、秋になり、冬になって退却を余儀なくされた。征討は成果を上げなかった。

入れ違いに長安に入った漢皇子は、その殷賑に驚愕した。首都の人びとにとっては、遠征の失敗も他人事だった。当時の人口三十万人といわれる長安には、南方や西域の国々、さらにはインド（天竺）からも朝貢使節や通商を求める人たちが集まり、世界都市の様相を示していた。

皇帝は大軍を率いて遠征中だったが、律、令、格、式によって整備された統治の機構があった。中書（官房）、門下（審議）、尚書（行政）の三省、尚書省の下に置かれた吏部（人事）、戸部（民政、財政、税務）、礼部（文教）、兵部（軍事）、刑部（司法）、工部（土木営繕）の六部、さらに御史台、九寺、五監などが確立することによって、個人の偉業に頼らない「国家」の姿が漢皇子にも見えたのである。

もちろん光と影がある。機関が多くなれば機能の重複も生じ、官吏の縄張り意識の弊も出る。皇后の兄にあたる長孫無忌は機構を超越した権勢家だったし、貴族や豪族の勢力もあなどりがたかった。しかし、選挙（後の科挙）によって官吏任用を図ろうとした隋の制度を承ぎ、その準備と教育のための国子監（大学）が設立され、郷学（地方の学校）を統括するなどを見て、若き漢皇子には未だ部族連合の域を出ない日本の改革、すなわち祖父聖徳太子が目ざした新しい国づくりへの意欲が沸々とたぎるのであった。

これらの新知識は漢皇子だけのものではない。先立つこと数十年、推古十六年（六〇八）に太子が発した遣隋使に従って留学生となり、唐王朝の建国を経て舒明十二年（六四〇）に帰朝した高向玄理や南淵請安は、当然、同じ問題意識をもった。そして彼らが摂取したものを活かす形の重要な政治改革が故国で始まろうとしていた。

皇極四年（六四五）の六月十二日、蘇我入鹿が飛鳥板蓋宮における外交儀式の最中に暗殺された。翌日、父の蝦夷の邸宅がある甘樫丘を巨勢臣徳太の軍勢が取り囲む。徳太は先年、入鹿の命で山背大兄王の斑鳩宮を襲撃した将軍である。その徳太まで敵方についたことを知り、蝦夷はみずからの運命を悟った。「乙巳の変」である。蝦夷の屍は入鹿とともに葬られた。

中国に習って大化の元号を立てたので、大化改新と称されることになった政変後の改革を、長安の漢皇子は複雑な思いで聞いた。立役者となったのが中大兄皇子だったからである。

改革が必要という主張が先を越されて、嫉みとも、羨みともつかぬ感情として凝集していた。敏達天皇系と用明天皇系という異なる王家、すなわち息長王家の嫡流と上宮王家の対立に加えて、中大兄皇子に対しては個人的な、微妙な想いもある。よりにもよって、その中兄大皇子が首謀者の一人とは。さらに政変の結果、天皇となったのは自分を襲撃した一味の軽王（第三十六代孝徳天皇）で、中兄大皇子はその皇太子に収まっている。

引き比べる自分は、異郷の地で埋もれてしまうかも知れないのである。


「異邦人という思い。自分が何者かという問い。様々な思いに苦しまれた漢皇子の御心の彷徨に転機をもたらしたのは、長安を訪れた新羅の王子との出会いでした」

「新羅というと、金春秋か。後の武烈王…」

「そうです。金春秋あるいは春秋智、春秋王子ともいわれましたが、この方が長安に赴いたのは貞観二十二年（六四八）。その前年には難波京や飛鳥も訪れて」

新羅は北の国境を高句麗に、西の国境を百済に攻められていた。唐の太宗は前年、高句麗再征を企てて難儀したところだから、春秋は唐に協力して高句麗を挟撃したいと申し入れた。日本に来た理由は、新羅と百済の中間地帯にある伽耶（旧任那も含まれる）の帰属をめぐって、孝徳政権が百済の領有権を認めたことに対する抗議、そして牽制だった。

「漢皇子様は金春秋と話される機会を得られて、その人物であることをご理解あそばしました。大唐から見れば、新羅に勢いがあるのは明らかなのです。あの隋ですら滅んだ三韓の争いに日本が巻き込まれては国を危うくする元だとお考えになられました。そしてご帰朝を決意されます」

「大唐の文物と制度を学び、機を捉えて帰朝するのは当時の留学生に共通の責務だが」

「いいえ。日本に伝えるべきは生きた政(まつりごと)そのものなのだと思(おぼ)し召(め)されたのです」

漢皇子は唐の政治、さらには中国の歴代王朝の故事から多くを学んだ。そして、律令や書籍など形になったものだけでなく、その形あるものを動かす政治の原動力を理解しなければ、新知識を活(い)かせないと看破したのである。唐の真似事(まねごと)の中小国家を再現するのでなく、日本の国家と国民を善導する政治と外交の哲学を学び、そして持ち帰ることこそ自分の使命だと悟ったのである。

「漢皇子様が取りわけ熱心に学ばれたのが太宗陛下と良臣たちの政についてのお考えの問答で御座いました」

後世、孔孟などとともに帝王学の基本となった『貞観政要(じょうがんせいよう)』のことを阿礼は言った。唐の史官だった呉競(ごきょう)の編纂になる『貞観政要』十巻は、太宗と、房玄齢(ぼうげんれい)、杜如晦(とじょかい)、魏徴(ぎちょう)など重臣たちの対話をまとめたものである。時代を共にした漢皇子が書物の形で見たはずはないが、問答の主なものは既に人口に膾炙(かいしゃ)しはじめていた。

大唐の首都長安にいる漢皇子は、太宗が重臣たちに問うた「創業と守成(しゅせい)、孰(いず)れか難(かた)き」という章句に、統治の根本を教えられた思いがあった。

創業も守成も、その困難さに変わりがない。しかし、創業なくしては守成を図ることは出来ないし、守成がなければ創業の意義も薄れてしまう。南北朝の混乱を終わらすべく中国を統一した隋の偉業も、建国から三十年で倒れてしまった後は色褪(あ)せたものになった。

創業の努力、そして守成の努力は、それぞれ異なる人材が異なる能力を発揮し尽くさなければ成就しない。その原理を知った上で漢皇子が中国の王朝の歴史をわが日本に投影して得られたのは、後に『不改常典』といわれるようになった皇位継承の法である。

創業期、王位は力あるものが継承して基礎を固めなければ、内外の叛徒に脅かされる。北周は武帝、宣帝、静帝と直系で相続したが、幼少の皇帝だった静帝は外戚の楊堅に取って替わられるしかなかった。その楊堅が樹立した隋は、専制君主だった煬帝の後を孫の恭帝に嗣がせたが、それでは実力派の唐王李淵に勝てるはずがない。

漢の創業期には、高祖劉邦の後を二代恵帝、三代少帝と直系相続を優先させたが、幼帝を擁しては対外的にも武威が示せない。結局、少帝の叔父にあたる文帝が即位して長期の安定政権を回復することが可能になった。必要な要件は「実力」である。

しかし、守成期の王位継承は異なる。直系の後継者（太子）が早くに決まり、重臣たちに支えられてこそ安定するからである。必要な要件は「正統性」である。

この直系相続が保たれている限り、王朝の混乱は起きにくい。ところが東西古今のどの王朝も、衰亡期には必ず直系相続が乱れるのである。前漢の末、王莽の簒奪を許したのはそういう時期であった。後漢の時代も、光武帝劉秀から五代が続いた直系相続が乱れて、六代以降は帝位が五家の系統にめまぐるしく転々とする。

漢皇子が心に刻みつけたのは、王家の継承は王家に属する者が、自覚と責任をもって守り続けなければならないということである。

いかに権力者であっても、他国あるいは他家の者に容喙を許しては必ず滅びる。王家の者が王家の系統（日本の場合は皇統）を守らなくては、誰も守ってくれない。他家の血筋の権力者には、王家の継承にどれほど深い知識と責任感があるのか分からず、さらには何か夾雑した邪心があるかも知れないからである。

新羅の金春秋と話した時、漢皇子とは国は違えど相似た立場にあることから、胸襟を開いた物語りができた。

その際に教えられたのだが、貞観十六年（六四二）に百済に大耶城を攻められ、春秋の娘が殺された。唐に救援を要請したが拒否され、かえって唐の王族を新羅王とする条件を出されたのだという。

春秋が悲しげに語った言葉を、漢皇子は忘れない。

「亡国の危機に、新羅の貴族の中には、唐に諂い、その王を認めようとする者が出てきたよ。国が滅ぶ時は内から滅ぶと言うがね、倭国の友よ。王家に、王家を守ろう、後世に伝えようという気概をもつ者がいなければ、そんな王家では国を守ることは出来やしない」

春秋は唐の強要を断固として拒否し、貴族の叛乱を未然に鎮圧して事なきを得たのだという。今度の長安滞在では、長期的視野で唐と新羅の提携を入説し、重臣たちに賛同する空気を醸し出す成果を上げたとも話してくれた。

漢皇子の大唐亡命は終わりを迎えようとしている。金春秋が新羅へ帰った翌年、太宗が崩御した。高句麗征討は中止になったが、三代皇帝に即位した高宗李治と、春秋は肝胆相照らす契りを結んでいたといわれる。

同年、春秋は高宗即位を祝すかのように、新羅が唐の衣冠の制を採用すると発表した。そして翌六五九年を永徽（えいき）元年、すなわち高宗の定めた唐の元号を用いることにしたのである。唐と新羅の同盟成立であった。

## 三

白雉（はくち）二年（六五一）十二月。孝徳天皇は造営中の長柄豊碕宮（ながらのとよさきのみや）に移徙（わたまし）になった。現在の中央区法円坂町で、大阪城の南に遺構がある。

蝦夷（えみし）、入鹿（いるか）父子誅滅（ちゅうめつ）の年（六四五）の暮、飛鳥から難波（なにわ）へと都を遷（うつ）した時に宮居としたのが豊碕宮だが、何といっても急造なので、一時、近くの小郡（おごおり）に仮宮を建てていた。それから五年、ようやく造営も終わりに近づいたが、天皇は落成を待ちきれずに渡御（とぎょ）の儀をおこなった。

工事が完了したのは翌三年九月で、その規模といい装飾といい、従来の宮とは全く発想の異なるものといえた。一代ごとに場所が変わり、あるいは建て替えられるのでなく、恒久的な難波京と称すべきものだったのである。そうしなければ、五年もかけて造営する意味がない。

難波京は豊碕に宮居を造り、長安に習って大極殿を設けた。そこから南へ向かう大路を整備して、聖徳太子の建立（こんりゅう）した四天王寺（してんのうじ）とを結んだ。三韓からの使者が頻繁に訪れていたから、外交上の効果を考えても、この壮麗な都は日本の国威を大いに発揚するはずだった。

白雉四年（六五三）の六月のことである。

「な、なぜなのだ」

豊碕宮大極殿の高御座（たかみくら）で、孝徳天皇は皇太子の突然の提案に当惑していた。中兄大皇子は納得できるだけの理由を示さないのである。

「上皇様（皇極）も、皇后宮様も、然るべくと仰せで御座います」

「然るべくと申しても、なぜ今、新しい都を捨てて大和に戻らなければならないのだ。その理由を話してもらわなければ、詔を発するわけにはいかないではないか」

「卿大夫たちも、みな同意いたしております」

　皇太子は、理由が分からないのは天皇だけだとでも言わんばかりの態度で、押し切ろうとしている。この時の廟堂は左大臣が巨勢臣徳太、右大臣が大伴長徳連である。徳太は斑鳩宮襲撃も、蝦夷の甘樫邸を取り囲んだ際にも、終始、天皇と行動を共にしてきたはずである。間人皇后は中兄大皇子の実妹で、仲がよすぎることが禁断の関係を噂されているほどだから、皇太子の意のままとなって不思議もない。しかし、股肱と頼んだ徳太までもが自分を見放そうとしていることに、天皇の愁いは深かった。

　折から、百済と新羅の使いが相次いで難波京にやって来た。その新羅の船に、漢皇子が同乗して帰ってきた。死んだはずの、というより存在すら忘れられていた皇子の出現は、宮廷に少なからぬ波紋を投げかけた。

　天皇は新帰朝の皇子に期待するところがあった。実子の有間皇子は十四歳である。後ろ盾となるべき外祖父の左大臣阿倍倉梯麻呂は既に鬼籍に入ってしまった。唐の新知識が備わった係累が身近にいてくれることは、何より心強い思いがしたからである。朝廷の中で孤独な疎外感を味わっていた時だけに、頼もしい味方になってくれそうな気がしたのである。

　しかし、それは無理な期待だった。攻めた方は忘れても、命を落とす恐怖を、攻められた側が忘れるはずはない。斑鳩宮襲撃の軍勢に天皇自身、当時の軽王が加わっていたことを、漢皇子はしっかりと見届けていたのである。

漢皇子は長安で兵法を身につけ、戦略を磨き、統治思想の実現を期して帰朝した。最初の拝謁の儀こそ事情が分からないままに済ませたが、すぐに取り巻く空気が読めてしまった。皇極上皇と中大兄皇子が実権を握る朝廷で、天皇の置かれている微妙な立場を知った以上、自分がどう振舞わねばならないかは自明であった。

その年の晦日（みそか）、漢皇子は上皇、皇后、皇太子とともに豊碕宮を出て、飛鳥の河辺行宮（かわらのかりみや）を目ざして出発した。詔は下されず、天皇は難波京に残った。翌一月一日の夜、鼠の大群が大和に向かって走ってやまなかったという。


河辺行宮は甘樫丘の南、飛鳥川を半里ほど（約二キロ）上流に行ったところにあった。漢皇子は上皇と皇太子に従って行宮に入ってみたものの、政府の役職があるわけでもなく、数日で無聊（ぶりょう）をかこつようになった。そこに、難波から高向玄理（たかむくのくろまろ）が訪ねて来た。

「大唐に押使（すべつかい）として遣わされることになりました」

押使とは大使、副使の上に置かれる高官である。玄理は第一次の遣隋船に乗って留学し、長安に三十二年も滞在した最高の知識人である。その後も新羅に使いし、改新政府では僧旻（みん）と並んで国博士（くにつはかせ）となった国際通の双璧だった。ところが去年の六月、遣唐使を送った直後に旻は没している。なぜ毎年、なぜ高齢の玄理を派遣しなければならないのか、皇子は解（げ）せなかった。

「北路を使って参りたいのです。南路は、去年の船も難破して大使高田根麻呂（たかたのねまろ）ほか百余名が薩摩の海に沈んでしまいました」

　遣唐船の航路には北路と南路がある。南路は薩摩の沖から東シナ海を渡るので、当時の航海技術では危険が多かった。北路は朝鮮半島の沿岸を航行できるので安全だったが、親百済政策を採る日本の遣唐船に、新羅が危害を加えないとも限らない。

「皇子様は彼の国の王子、金春秋なる御方と親しくお話をされたことがあるとか」

「え？　どうしてそれを」

「私が新羅に使いした折、彼の国で皇子様のご消息を聞いておりました。皇子様は今の日本にとり、新羅の王族と直接お話ができる数少ない御方ということを、向こうも承知しております」

　外交が情報戦だということは、現代では常識である。しかし七世紀の朝廷で、どれだけ理解されていたかは分からない。高向玄理は渡来系の氏族で、隋唐の制度文物の継受に力を尽くした学者だった。が、外交の舵を取るほどの役割を与えられてはいない。漢皇子には大きな損失だと分かってはいたが、どうすることも出来ない。この高徳の学者の無事を祈るのが精一杯だった。

「ぜひ北路をお使い下さい。彼の国の王子は、私が師と仰ぐ方に危害を加えることがないよう力を尽くしてくれるでしょう。その旨、認めますのでお持ちください」

「安堵いたしました。皇子様、新羅では春秋王子にお会いして、皇子様のご近況なりをお伝えしましょう」

「近況？」

「ご親切の御礼に、お教えいたします。かつて春秋王子が飛鳥に来られた際、渡来の人びとたちが歓迎の意を込めて石の亀の像を作りました。新羅には亀石の周りで歌い、踊る風習があったからです。甲羅から顔を出した亀の頭を撫でると、願い事が叶う。とくに待ちびと来たるというまじないがあるのです。そこから、遠くから来た人を歓迎したり、遠くへ行った人が無事に帰ることを祈るようになりました。春秋王子と由縁（ゆかり）のある皇子様、ぜひ亀石を御覧あれ。川原寺（かわはらでら）のすぐ南に御座います。きっと、いいことがあるでしょう」

　謎めいた言葉を残して、高向玄理は去った。その後しばらくして難波京に戻り、翌月は唐へ向けて出立（しゅったつ）した。萊州（らいしゅう）（山東省）に上陸して陸路長安に至り、高宗皇帝に拝謁した記録が残る。しかし玄理は日本へ帰ることはなく、長安で没した。

　玄理の謎かけが気になった漢皇子は、とある日、川原寺へ向かい、亀石を探した。すぐに見つかったのは、径一丈半（約四・五メートル）、高さも人の身（み）の丈（たけ）以上もある巨石だったからである。なるほど見るからに亀の顔らしく彫られた部分と、自然石の形状を巧みに利用した部分があるが、春秋王子の歓迎のためにこれほど大がかりな仕掛けをした渡来人たちの熱意を、皇子は再認識させられた。

　亀石の横から後ろへ回ろうとして、そこに人影があるのに気づいた。妙齢の女性である。皇子が近づくのを知っても、何も言わず、じっと見つめている。

　その面差し（おもざし）に、皇子は心当たりがあった。

「そちは、もしや？」

「……」

「尼子娘（あまこのいらつめ）、だな」

「はい。お恥ずかしゅう御座います」

「恥ずかしい？　何が恥ずかしいのだ」

「わたくし、もう二十七で御座いますもの」

「二十と七歳か。あれから十年も経ったからな」

「ずいぶん変わりましたでしょ？」

「待っていてくれたのか」

「ええ、お約束ですもの。必ず、待っていろとおっしゃいました。そのお気持ちが…」

「私が言った言葉、覚えているか」

「……」

「覚えているのだな」

「はい」

「帰ってきたら、媾合(まぐわい)しようと言った」

「はい」

「そして私は帰ってきた。…そちは、待っていたのだな」

尼子娘は何も言わず、その場に立ち尽くして目を閉じた。漢皇子は優しく包むように、その身を引き寄せて抱いた。


日下江(くさかえ)の　入江の蓮(はちす)　花蓮(はなばちす)　身の盛(さか)りびと　羨(とも)しきろかも

尼子娘が涼やかな声で歌った。突然のことに皇子は驚いたが、すぐに、それが赤猪子(あかいこ)の歌であることを知った。

引田部の赤猪子は第二十一代雄略天皇にまつわる説話として語り継がれている。三輪川の畔で美しい少女に出会った雄略天皇が求愛して、「いずれ宮中から迎えを寄越すから、それまで待っていてくれ」と言うのを信じて、ひたすらに待って八十年も経ってしまったという。

赤猪子は「お召しはもうないと思いますが、信じてお待ちしていた私の操の固さだけは分かって下さい」と名乗り出たのを、天皇は哀れとも思い、賞讃したことに対して歌った——河内の日下江（東大阪市日下町）の入江に咲く美しい蓮の花のように、若い盛りの季節に再会して、愛していただきたかった、と。

その赤猪子の心の内が私の気持ちなのです、と尼子娘が控え目ながら訴えていることが分かると、漢皇子は琴を手にもち、そして弾きはじめた。その琴の音に合わせて、尼子娘が美しく舞う。まるで天女が舞いおりてきたような優美な舞いであった。

呉床居の　神の御手もち　弾く琴に　舞ひする女　常世にもがも

漢皇子が歌ったのも、雄略天皇の歌である。吉野の宮滝は、川の流れが仙境のように美しい。そこで出会った乙女に琴に合わせて舞わせた。その美しい姿が永遠に続くであろうと讃えた歌である。十年待って、十歳の齢を重ねてしまったことを恥じる尼子娘に、皇子は「年月を経ても、美しい姿は変わらない」と答えたことになる。＊
漢皇子は再会を果たした尼子娘を妃に迎えた。十年の空漠を一気に埋める意志があったかのように、強く愛したのである。

この年（六五四）の冬、尼子娘は男児を産んだ。尼子娘は幸（さち）をつかんだかのように見えたが、長くは続かなかった。当時にしては高齢の初産（ういざん）ゆえに、産後の肥立ちが悪くて床離れができなくなった。

孝徳天皇が難波京の豊碕宮で崩御したのが十月十日である。翌年の一月三日、皇極上皇が第三十七代斉明天皇として重祚（ちょうそ）、飛鳥板蓋宮に朝廷を置いたが、漢皇子は病身の尼子娘の側にいて政治に関わることはなかった。

その年の四月、尼子娘は忘れ形見の皇子ひとりを残し、宗像の沖津宮が下した神託のとおりに世を去った。

---

## 四

太安万侶は天智称制一年（六六二）の生まれである。稗田阿礼は天武天皇即位の年（六七三）と推定される。＊＊

したがって二人が現世（うつしよ）を語るには、まだ少し時の経過が必要になる。

＊　天武天皇は吉野の離宮に遊び、琴を弾じて舞姫と時を過ごすのを好んだと伝えられる。宮中で現代まで続く五節（ごせち）の舞の由来はそこにありとする説もある。

＊＊　阿礼が六七三年生まれ、すなわちこの年に四十歳というのは創作である。『古事記』序文には、六八一年からの第一次修史の際に二十八歳と記してあるから、この年五十九歳という計算が出来る。しかし序文の叙述の真偽および阿礼の実在については定説がない。

しかし彼らの父母はもう生きているし、関わりをもった出来事が展開しつつある。安万侶も阿礼も、みずからと同時代の人びとや記憶に近寄らざるを得ない。

「財重日御門（皇極、斉明）が御位に復された後しばらくして、陛下のお気がかりは皇太子（中大兄皇子）をお助けする大臣が在まさなくなられたことだ。天万豊日御門（孝徳）の御代は巨勢臣（徳太）が左の、大伴連（長徳）が右の大臣を務められたが、大伴連は疾うに亡くなり、巨勢臣も病で出仕が難しくなられた。陛下は皇御孫御門が日嗣の御子をお助けになるのがよいと思し召されたのだが…」

皇御孫御門とは『書紀』における天武天皇の表記で、同時代の人びとは漢風諡号でも和風諡号でもなく、皇御孫御門、皇御孫尊と呼んだ。即位前は大海人皇子である。

「皇子さまはその頃、お妃様を亡くされた直後のご傷心で、お気もそぞろのご様子で御座いましたとか」

「阿礼どのには叱られるやも知れぬが、御門はご傷心をある女性で癒されようとしていた。それが、陛下の重ねてのお気がかりであった」

「私が女性だから申し上げるのでは御座いませぬ。お相手が相応しくないのです。陛下にお仕えになられておいでだったのですから」

大海人皇子の傷心を慰めたのは額田女王である。鏡王の女であるから皇親の宮廷歌人として、朝廷の儀式や宴会などの折々に歌を奉る役割を担っていた。＊

当時、歌は中世以降のように詩歌文芸の範疇でなく、祝詞のごとく神と人の心の仲立ちをする働きをもっていた。宮廷歌人は語部と同じく、天皇に直属する巫女だったのである。

大海人皇子と額田女王の交遊が噂されることは、絶対の禁制に触れる怖れがあった。

斉明二年（六五六）の春のある日、天皇は御前に召した額田女王の異変に気づいた。明らかに妊娠していたのである。父の名は問うまでもなかった。

「ある意味でよい解決が図られたのかも知れぬ。さすが財重日陛下と思うのは、乱麻を断つような鋭い御剣の切れ味で三つの決定を下された。のう、阿礼どの」

「皇子さまをお召しになり、一つ目、大田皇女様を妃にお迎えあそばしますよう命じられ、二つ目、弟君を御側でお助け申し上げるよう取り計らわれ、三つ目、額田女王を罰せられて女王の称号を奪われたのです」

大田皇女は、中大兄皇子が蘇我倉山田石川麻呂の女である遠智娘との間に生した第一皇女だった。

斉明天皇は婚姻で紐帯を強くした上で、大海人皇子が妃の父となった皇太子を輔弼する体制を望んだのである。大海人皇子のためにも、最上の解決策と思えた。

額田女王の皇族資格の剥奪も、やむを得ない措置だった。

「巫女が殿方と通じてはなりませぬ。語部が殿方に愛されては、御役目が勤まりませぬ。まして子を生したとあっては、ふつうなら死罪、よほど軽くて所払いです」

阿礼の同僚の語部にも、男と通じたために解部（刑務を司る役人）の激しい詮議を受け、市に裸で晒される屈辱を味わった者がいる。巫女も語部も神との交霊を扱う神聖な職務だ

＊女王に「おうきみ」と振り仮名してあるのは、女（をうな）の「きみ」だからである。大王は「おほきみ」で、現代では音が似ているが、この二つの意味が違うのは明らかだろう。

から、霊力の衰えにつながる行為は禁じられている。禁を犯せば解職の上、京師から追放というのが阿礼の時代の決まりだった。

額田王は女王の称号を剥奪はされたが、その才を斉明天皇に愛されていたがゆえに、額田王として宮廷にとどまることを許された。そして歌を作り続けて、神話や伝承歌の作り手でなく個性が歌に表われた最初の女流歌人になった。

額田王が生した十市娘は、大友皇子の妃となった後に父の大海人皇子が登極したので皇女の称号を得たが、この皇女を待ち受ける過酷な運命を、安万侶と阿礼は知っている。

「思うた通りにはならぬということだ。兄と弟が仲違いし、夫が父と戦う。娘が父を憎み、婿が妻の家を滅ぼす。一組、二組、三組。その例はとどまらずに繰り返す。そなたはそれを記憶にとどめ、私は書に記録する。御役目とはいいえ、詮ないことだ」

「御役目なので御座います。御役目とは、そういうものなので御座います」

「それにしても、財重日陛下の誤算といえば、大田皇女の妹である鸕野讃良皇女まで、皇御孫御門の妃になられたことだろうな」

「お二方のご気性の違いは、たやすくお分かりになりませぬ」

大田皇女は心根の優しい、おっとりとした性格だった。それに対し鸕野讃良皇女は、利発で積極的なところが、母の遠智娘と生き写しだったと評されている。

大化改新の端緒となった乙巳の変の前年（六四四）、中臣鎌足は蘇我の本宗家（蝦夷、入鹿）の専横を憂えて、ひそかに批判勢力を入説していた。そして蝦夷の従弟である倉山田石川麻呂と中大兄皇子を結ぶために、石川麻呂の一媛（長女）との結納を取り決めた。ところがその夜、一媛は石川麻呂の異母弟日向(ひむか)に犯(おか)され、連れ去られてしまったのである。事態に窮した父に、二女の遠智娘は「それなら私を皇子さまに進めて下さいませ」と言って、みずから召されたという気丈な逸話がある。

大田皇女はその母よりも、叔母の姪娘(めいのいらつめ)の性格を受け継いでいた。石川麻呂の三女である姪娘は、少し遅れて中大兄皇子の後宮に上がり、阿閇皇女(あえのひめみこ)（第四十三代元明天皇）と御名部(みなべ)皇女の母となった。

遠智娘を真似たわけでもないが、鸕野讃良皇女は、姉と同様に自分も大海人皇子の妃になると志願した。その時はまだ十三歳だったが、意志は固かった。早く父の宮廷を出て、頼りになりそうな伯父の家に入って、新規巻き直しの生活を始めたかったからである。

鸕野讃良は父の中大兄皇子を憎んでいた。祖父の石川麻呂と母の遠智娘を殺したからである。いな、正しくは父が殺したのではないが、殺したも同然に思えた。伯母を手籠めにし、連れ去って祖父を窮地に陥れた蘇我日向が、今度は謀叛の企てありと讒言(ざんげん)した。

それを信じたか、遠智娘が疑ったように中大兄が仕組んだものだったのか、祖父は弁明の機会すら与えられなかった。石川麻呂は飛鳥へ戻り、挙兵を勧める長子の興志(こごし)を制して、山田寺でみずから首をくくって果てた。遠智娘は、夫が父を憤死に追いやったことを悲しみ、心を傷つけ、ついには病を得て身罷(みまか)った。

鸕野讃良は五歳だった。彼女は美しき母の思い出を父への憎しみへと凝縮させた。そして王家の中にあり続けて父に復讐する道を探した。その結論が大海人皇子との結婚だった。皇子の力を借りて祖父の名誉を回復し、祖父と母の家に権力を取り戻すことだった。

「それから五十年の歳月が流れている。私もそなたも、皇女様の願いが叶ったことを知っているのだ。だから今の世があるのだし、今の世を生きている我らがいる。しかし、現世の出来事は最初から行きつく先が決まって道を歩むのではない。どこかで違う道を選べたのかも知れないし、選ぶ道を残しておくことが必要なのかも知れない」

「言われる意味が、私にはよく分かりませぬが」

「阿礼どの。人の世とは不思議なものじゃ。私が阿礼どのと今ここで語りおうているのは、いつから決まっていたのだろうか。壬申の年に、皇御孫御門と大友皇子が相戦われた。その戦は、果たして戦わずにはおれなかったのだろうか」

「鸕野讃良様が大海人皇子様の御側に御在しましたのです。あの戦があの形で戦われなくても、大友皇子が御位に即かれることは、おそらく無かったので御座いましょう」

「不思議は多い。大田皇女は大津皇子、鸕野讃良皇女は草壁皇子を生されたが、ご性格はそれぞれ御母君よりも伯母君、叔母君を受け継いでいらっしゃる」

「姪娘に似ていらした大田皇女様のお子様が、遠智娘や鸕野讃良様のご気性を受け継がれた大津皇子とは、まさしく不思議で御座います」

天智称制二年（六六二）生まれで才気煥発な大津皇子。一歳年長だが凡庸、よく言って温厚な草壁皇子との資質の違いは、何とも歴史の皮肉である。しかし慎重な阿礼は、草壁皇子については一言も口には出さなかった。

「皇御孫御門は和を保つべき時なのか、戦をやむなしと考えるべきなのかを、常にお考えあそばしていらした。私にはそう思えるのだ。〈和〉の大田皇女と〈戦〉の鸕野讃良皇女。一つの道のいずれを選ぶか、いずれを選ばれたかがその現われとして示される」

象徴性ということを、安万侶は言いたいのである。神話の時代、瓊瓊杵尊は木花開耶姫を娶ろうとして、その父の大山祇神から姉の石長姫も勧められた。木花開耶姫は美と華麗の象徴だが、石長姫は堅固と長寿を象徴していた。

石長姫と結婚せずに家に帰した尊の末裔である天皇家は、だから咲いては散り、散ってはまた咲く有限の生命を繰り返すようになったのである。

大海人皇子は、中大兄皇子の執政が国つ民のためになるならば協力する積もりだった。しかし、中大兄がしていること、しようとしていることは、何とも危うい。その一番が、三韓とりわけ百済と新羅の抗争に深入りしすぎたことである。

---

斉明六年（六六〇）、百済が滅ぶ。前年、百済は高句麗と結んで新羅を攻めたが、その新羅には唐が味方していた。金春秋――六五四年に即位した新羅の武烈王は高宗皇帝に救援を求め、唐は蘇定方将軍を大総官、武烈王の子である金仁問（後の文王）を副大総官として水陸十三万の大軍を送った。新羅と唐に挟撃された百済は連戦連敗し、七月十三日、義慈王と妃の恩古、太子隆らは捕縛されて長安に送られた。

百済は滅んだが、遺臣は各地で抵抗をやめない。その首領格が鬼室福信で、十月にその使いが飛鳥に来て、日本の来援と王子豊璋を新しい百済王として推戴したいと望んだ。豊璋は六四三年以来、人質として日本に滞在していた。

中大兄皇子は百済救援を決めた。斉明天皇みずからが大軍を率いて筑紫へ向かうという。大海人皇子は唐の高宗と新羅の武烈王（金春秋）の親しい関係を説いて反対した。

皇太子は、新羅と仲の悪い高句麗と組んで挟撃すればよいと往なそうとしたが、大海人皇子は食い下がった。自説をそこまで主張するのは、初めてだった。それほどに国を憂えていたからである。内政のことなら少々策を間違えても大事には至らない。しかし外交を過まつと国を失う恐ろしさがあるのを、隋の例、百済の例で学んでいた。

隋は高句麗征討の失敗が豪族の離反を招いて唐に取って替わられ、百済は新羅に無謀な戦いを挑んで自滅した。その知識を、我が身に置きかえて学べるか否かの違いがあった。

しかし、出師と決まった以上は協力するのが王家に属する者の務め。大海人皇子も身重の大田皇女と一緒に筑紫に下り、途中、大伯の海（岡山県瀬戸内市邑久町）で出産、その地に因み大伯皇女と命名された。

命名したのは斉明天皇である。天皇は七年一月、百済救援のため難波から筑紫へ向かったが、御座船は伊予の熟田津（愛媛県松山市）で長逗留する。理由は分からない。兵を募るためという説もあるが、石湯（道後温泉）で二ヵ月を過ごしているから、大田皇女の出産が関係しているかも知れない。この逗留中に額田王が詠んだのが、

熟田津に　船乗りせむと　月待てば　潮もかなひぬ　今はこぎいでな

である。月明の夜、潮が満ちてくるのを待って浜から船を出し、沖で水を祀る行事をしたのだという。＊

三月、斉明天皇は筑紫の那大津（博多）に着いた。

五月になって朝倉社の近くに朝倉宮を造営して移徙したが、この時に神域の木々を伐り払って用材としたことに祟りがあった。雷で宮殿が焼けたり、舎人や女官に死者が出た。そして七月には天皇自身が崩御してしまう。

それでも、中大兄皇子は百済救援方針をやめない。飛鳥へ還って殯を済ませると、白い麻衣を身に着けたまま那大津に戻った。即位はせずに政務をとり続けたので、以後の七年間を天智天皇称制の時代という。

天智称制一年（六六二）五月、新しい天皇は王子豊璋を軍船百七十艘で護衛させて故国に帰らせ、百済王位を継がせた。望んだ美女を妃とすることも認めて、同行させた。

既に百済救援軍のため阿曇比邏夫連、阿倍引田比邏夫臣らを派遣し、狭井連と秦田来津が豊璋の近衛軍五千の指揮官だった。豊璋は福信に迎えられて白江（錦江）下流域の州柔城（率城）に入り、全土の抵抗軍の中心となった。

白村江の戦いは称制二年（六六三）の八月二十七、二十八日の両日におこなわれた唐と日本の大海戦である。両軍の勢力は日本の水軍が数で勝っていたが、反対に唐の圧倒的優勢という説もある。真相は不明だが、結果は日本が完敗した。敗因は士気の違いが大きかった。

各地で抵抗を続けていた勢力の中心は猛将鬼室福信だった。百済貴族であり、王家の一員だと

＊古来、この歌は斉明天皇の御製だとの説もあった。もともと宮廷歌人が作る歌は行事のために無名で録されるものが多かった。額田王、柿本人麻呂、高市黒人らが歌人として個性を発揮するようになって、その境がなくなりつつあったということだろう。

する説もある。義慈王が太子隆らと長安に送られた後、王位継承順位は低いものの紛れもなく王子である豊璋を新王に担ぎ上げた。しかも日本の援軍が大挙して派遣されている。百済復興は成功するのが当然のように思われた。そこに豊璋の慢心があった。

抵抗戦争の前線で渾身の努力を続けてきた福信が何かにつけて指図するのを疎ましく思い、二人の仲が疎隔して、ついには王が忠臣を斬殺してしまった。それを批判的に見られていると思うと味方の将兵たちの目が気になり、州柔城の居心地が悪くなった。そして決戦を目前に、美しき日本人の妃を伴って城を出てしまったのである。名目は援軍の日本の将廬原君の出迎えだったが、この王の行動に士気を鼓舞される兵はいない。

日本の水軍も、彼我の数の差を見て油断があったのだろう。功を急ぎ、戦力を分散した攻撃をおこなって、練度の高い唐の水軍の餌食となった。豊璋は戦況の不利を知って、妃と供の数人だけで小舟に乗って逃亡した。近衛軍の指揮官で、那大津を出た時から側近にあって王を支えてきた秦田来津は天を仰ぎ、決死の奮戦をした上で戦死した。

百済は唐の属国になった。旧領の都督となったのは皮肉にも義慈王の太子隆だった。豊璋は高句麗に逃亡したが、五年後（六六八）、唐と新羅の同盟軍に攻められ、高句麗も滅亡した。

## 五

白村江の敗戦後、天智天皇はある英断を下した。身近にいて最も頼りになる人材として大海人皇子に政務を任せたのである。ここまで、『日本書紀』には大海人皇子に関する記事は二ヵ所しかない。孝徳天皇四年（六五三）に難波京から飛鳥へ帰った時と、翌五年十月、天皇の病気を見舞う記事である。いずれも中大兄皇子が伴ったというだけのもので、大海人皇子の存在感は希薄だった。しかし白村江翌年の称制三年（六六四）二月には、皇子が朝廷の重要な決定に深く関わったことを記している。それまで十九階だった冠位を七階も増やし、二十六階制としたのである。この増階は官僚制の下級の部分を整備する意味をもっていた。

氏上（うじのかみ）を定める規定、その氏に対して民部（かきべ）と家部（やかべ）を認める規定は、大化改新の急進的部分と逆行する保守的政策と言われることが多かった。が、現実には天皇と皇親中心の政治に旧来の氏族を組み込んだものと見ることが出来る。それゆえ官僚機構の一層の整備が必要だったのである。

天智天皇が内治優先を説く大海人皇子を太子として重用することで、政治は安定した。称制六年（六六七）に近江京に遷都したのも、翌年、即位の大典を挙行できたのも、その成果だった。しかし、次の年（六六九）に中臣鎌足（なかとみのかまたり）が没すると二人の不和が囁かれるようになった。

それまでは左右の大臣を置かず、大海人皇子が主導していた政治が変化の兆（きざし）を見せた。天皇は実力者大海人皇子がますます力を強めるのを疎ましく感じ、警戒したのである。そして即位四年（六七一）の正月、新たに太政大臣大友皇子、左大臣蘇我赤兄、右大臣中臣金（こがね）を任命した。近江令の制定に伴う太政官制の施行ともいえるが、大海人皇子の力を抑制して、伊賀の国造家（こくそうけ）出身の采女（うねめ）である宅子娘（やかこのいらつめ）が生した大友皇子への皇位継承の実現を期すための布陣にも見える。

嵐を胚胎（はいたい）したこの年の秋、天皇は病に臥した。その病床に大海人皇子を呼び、後事を託したいと言った。位を譲ろうと持ちかけて、野心を見せたら叛逆の濡れ衣（ぎぬ）を着せようとの企みがあったらしい。しかし大海人皇子は慎重に罠を見抜いて辞退し、出家して吉野へと去った。

異母兄の古人大兄皇子も孝徳天皇の皇子だった有間(ありま)皇子も、謀叛(むほん)の疑いをかけて滅ぼしてきた天智天皇の非情を知る者は多かった。冤罪(えんざい)で自死を余儀なくされた蘇我倉山田石川麻呂の孫娘である鸕野讃良(うののさらら)皇女はみずからの妃である。氷雨(ひさめ)まじりの吉野への道を共に歩きながら、乾坤一擲(けんこんいってき)の勝負の時が近づいているのを、大海人は感じていた。

十二月三日、天智天皇は崩御し、大友皇子の称制が始まった。

☆

それから八年という長い時が流れた。

六七九年の夏、第四十代天武天皇（大海人皇子）は鸕野讃良皇后を伴い吉野の離宮を訪れた。五月五日は暑い盛りだったが、宮滝の辺(あた)りは川を渡る風も涼しく、心地よい。同行した六人の皇子たちの中には避暑気分の者もいたが、天皇皇后には全く違う感慨がある。

即位七年目にして初めての吉野再訪だった。改革が進み、政権が安定したとの思いの中で、みずからが成し遂げ得たものをいかに引き継いでいくかに主眼を置きはじめた時期である。

過ぎ来(こ)し方を思い、その遙(はる)けさを感じて、次代を担う若者たちの覚悟を固めさせたいと思ったのである。そのことを察したかどうか、草壁皇子が懐旧の思いを述べた。

「あれから八年になるのですね。私はまだ十一でしたから、何も分からないまま父上、母上の後について歩くだけでしたが、よく覚えています」

八年前の冬十月、氷雨の中を吉野に向かった大海人と鸕野讃良は、翌年の夏、重大な決意の下に行動を起こした。吉野から、伊賀、伊勢を経て東国で兵を募(つの)る旅に出たのである。

六人の皇子のうち十九歳の高市(たけち)皇子は、十歳の大津(おおつ)皇子とともに近江京に残っており、忍壁(おさかべ)皇子は吉野にいたがまだ小さくて当時の記憶は定かでないらしい。

「近江京の私を大分君恵尺(おおきたのきみえさか)が呼びにきてくれましたので、大津皇子様をお護りして伊勢に向かいました。甲賀を越えて無事に伊賀に入り、皇子様は恵尺に任せて伊勢に先行いたしました」

「みなが無事という報せ、よう早くに伝えてくれました」

皇后は、高市皇子が危急の時にも行き届いた配慮ができる資質と性格をもつことを好ましく思っていた。母を早くに亡くした点では大津皇子と同じだが、母の出自が地方豪族の宗像(むなかた)氏だという「分(ぶん)」、すなわち皇親として臣下の第一になるのが自分の役目だということを、生まれた時からわきまえている皇子だった。

「東国へ行かれた理由を、近江方は測りかねたといいます。陛下が吉野を出られたのは…」

川嶋皇子は二十三歳で六皇子の中では最年長だった。忍壁皇子の妹泊瀬部(はつせべ)皇女の夫だから、天智天皇の皇子ながらこの場にいて違和感はない。上古から近年に至るまで、朝廷の内外に生起した出来事（今なら歴史という）に関心があり、それゆえこの質問をした。

質問に答える形で、天皇自身の回想が始まった。

「三十余年も昔のことになる。私がそなた（川嶋皇子）と同じ位の歳だった時、鞍作大臣(くらつくりのおおおみ)（蘇我入鹿）が斑鳩宮を襲った。生駒の山中に逃れて数日、三輪文屋君(ふんやのきみ)が山背大兄王に進言した。東国で兵を募り、戦(いくさ)を起こせば必ずわが方が勝つ、と。私は王がその軍略をお採りになればよいと思って聞いていたが」

「斑鳩宮にお帰りになり、上宮王家(じょうぐうおうけ)の皆様と自害されたのですね」

「そうだ。私は王家の一人として、そこで死んではならないと思った。そして高市の母の実家（さと）を頼って筑紫に逃れたのだ」

「それから長安へ」

「彼の国では種々の体験をし、様々な書物を学んだが、その知識に照らしても文屋君の進言は正しかった。近江京からここ吉野に逃れて半年、黙って出方を窺（うかが）っていたが、いざの時には伊賀から伊勢、そして美濃に往こうと考えていた。

先手必勝とは必ずしも先に動けということではない。時には相手が先に動くよう仕向けることもある。しこうして相手が動いた時は、打つ手の手配を終えていることを言う。東国に行くだけ行っても、それから始めるのでは遅い。私は、まだ近江京にいる時から備えていた」

「では、最初に兵を挙げた美濃国安八磨郡（あはちまごおり）の多品治（おおのほむじ）には」

高市皇子は天皇と合流した後、伊勢の鈴鹿で多品治が五千の兵を率（ひき）いて迎えに出たのを知って味わった安堵と感激を、今だに忘れない。

「品治は東宮（とうぐう）の監（げん）だった者だ。淡海（おうみ）御門が大友皇子を太政大臣に任じられた頃から、いや、その前からかも知れぬが、予期するところがあって東国の備えを始めたのだ。そこでまず品治を、安八磨の湯沐令（ゆのうながし）として赴任させた」

皇太子の政務や事務を司る役所を東宮坊という。大海人皇子に朝廷から支給される食封（じきふ）（指定された戸から上がる租税）の管理のために派遣された役人が湯沐令である。兵を募る準備を整え、指示が伝えられたら直ちに挙兵する特命を与えたのは言うまでもない。

「品治は、二つ違いで姉弟のごとく親しく育った叔母（父蒋敷（こもしき）の妹）のことで、淡海御門をお恨み申し上げていた。だから機密を打ち明けて話すと喜んで、ほれ、そなたと同い年だった息子を連れて美濃に下った」

　そなた、と言われたのは草壁皇子である。しかし、その話に反応したのは高市皇子だった。

「ああ、利発な子供がいましたね。たしか安万侶と言った」

　草壁皇子と同年の十歳でも、その安万侶には品治に連れられて美濃に行った記憶が鮮明に残っている。だから、それ以後の出来事が「同時代」になる。

　川嶋皇子にも、天皇の話の別の箇所に確認したい事実があった。

「多品治の父、蒋敷の妹というのは、百済王子の豊璋に妃として与えられた娘のことですね。姿きらきらし、美しきこと異界の神の如しといわれた」

「可哀想なことをしました。豊璋が恋い焦がれているというので、父の御門も結婚を許したというのですが、異国で、無惨な最期を迎えることになってしまいました」

　皇后の言葉である。義慈王の王子豊璋は抵抗運動の指導者だった鬼室福信によって後継の王に擁立されたが、王としての責任感にも将としての資質にも欠けていた。福信を斬り、決戦の前に州柔城を退去し、最後は高句麗に逃亡してしまった。

　蒋敷の妹はそれでもよく仕え、最後まで行を共にしたが、六六八年の高句麗滅亡の際に非業の死を遂げた。遺児の太子安が無事に日本に帰還できるよう従者に託して。

　その報を受けた品治は叔母の運命の哀れに慟哭した。豊璋からは一方的に想われただけの関係だったのに、百済と唐、新羅の戦いに巻き込まれて身まで儚くしたのである。品治は、太子安を自分の子として育てることにした。太安万侶である。なお多氏は、安万侶と長子の遠建治の二代だけが「太」と記され、その後は父祖からの「多」に戻る。

　ふつうなら渡来人の豊璋と神を祀る多氏との縁がつながることはなかっただろう。神武天皇と五十鈴媛の皇子で綏靖天皇の同母兄だった神八井耳命の子孫、すなわち皇別の名族なのである。しかし百済再興を願う遺臣の福信の申し出に、三韓情勢へ介入する好機と見た天智天皇の思惑が重なって、美女の運命が変わった。名族でも中級官僚に過ぎない蔣敷にとり勅命は絶対だった。当時二十三歳の妹は、ある官人の許嫁に決まっていたのに、その恋を諦めさせた。

　品治は、大海人皇子が三韓への干渉は危険だと進言していたことを知った。ならば、と叔母の運命を弄んだ朝廷の不条理を許せなくなり、皇子の忠臣となるのを選んだ。そして壬申の乱を戦い抜いて、有力な将軍の一人となったのである。

　天武天皇が皆に言う。

「朝廷の改革は一段落した。後は今の世を乱さずに続けていくことだ。守成は創業にも増して困難が伴う。ここにいるそれぞれが力を尽くしていかねばならない。力を尽くしてくれる者の誠には、誠で必ず応えよう。それが今日、皆に対して私が言いたいことだ」

「陛下。私たちは心を合わせて、陛下が築かせたもうた日本という国を守り続けて…」

　大津皇子が答えようとした。しかし、本来は草壁皇子が一番に言わなければならない。大津皇子の才気の危うさを知る高市皇子は、この場を取り繕うために言葉を引き取った。

「まずは皇后陛下に、お気持ちを伺わせていただくのがよろしいと存じます」

　天皇も皇后も、いつもながらの高市皇子の機転を喜んだ。

「ありがとう。私も、皆が心を合わせて、それぞれの役に徹して努めてくれると信じています。

そしてお上は、皆の忠誠に必ず応えて下さいます。

私自身のことをお話しておきましょう。私の母は石川麻呂大臣の御女、遠智娘です。大臣はいわれなき讒言を受けて謀叛の罪を着せられ、しかも父の御門に対し些かの大逆をも企てず、心静かに山田寺で御首をくくられたのです。〈世々の末まで、わが君を恨まじ〉とのお言葉を遺されて。私は祖父の君ほど心が広くありませぬから、母まで死に追いやった父を憎んでおりました。しかしお上は、私が皇后として百姓の上に立つのに、そのような心のままではならぬとお諭し下さり、祖父と母の追善の御仏を鋳る勅を賜わりました。

山田寺に丈六（高さ四・八メートル）の薬師三尊を造立して下さるのです。泉下の祖父も、さぞやお気持ちが晴れて在しますと思うと、お上の大御心のかたじけなさが心に沁みます」

丈六しかも銅で鋳造した仏像は、当時、最大級になるものだった。天武天皇は石川麻呂が皇后の祖父だからというだけでなく、大化改新の功労者でありながら冤罪の被害者にされ、にもかかわらず「天皇」への畏敬を捨てなかった忠節を称揚したかったのである。天智天皇に特段の感情を拭えないのは自分も同じである。しかし、「君、君たらずとも、臣、臣たれ」という論理を、一身を犠牲にしても貫いた右大臣の姿勢こそ新しい日本という国家に必要だったのである。

草壁皇子が厳かに盟いを述べた。

「皇祖皇宗ならびに天つ神、地つ祇の皆々様に申し上げます。吾が兄弟、長幼あわせて十余の王あり。…ともに天皇の勅のままに相扶け、諍い争うことありませぬ。もし今より後、この盟いを違えることあらば、身命ほろび子孫も絶えてしまいましょう」

五人の皇子たちも盟いを続けた。「吉野の会盟」といわれる誓約は、天武天皇八年（六七九）

の五月六日のことであった。

## 六

安万侶は驚きを抑えきれず、叫ぶように言わずにはいられなかった。

「阿礼どの。皇御孫御門は、皇御孫御門は長安へ行かれたことがあったのか」

「ええ」

すべてを知る阿礼は落ち着いて答えた。安万侶の興奮は続いている。

「皇御孫御門の、大海人皇子の前半生は謎だったが、そうか、長安へ行かれていたのか。すると、なるほど漢皇子。漢皇子が大海人皇子となって皇御孫御門に…」

「そうです。漢の国に行かれたから漢皇子と申し上げ、宗像の海人族の人びとに護られたので大海人皇子とお呼びするのです」

「そうか、それで分かった。漢皇子のその後の消息が不明だったのは大海人皇子となったから。大海人皇子の前半生が不明なのは、漢皇子だったからなのだな」

漢皇子の父である高向王と結婚し、その没後は別の皇族と再婚した実母は宝皇女である。宝皇女が皇極女帝となった経緯は『書紀』の〈斉明紀〉に記されている。

---

**宝皇女の再嫁**

天豊財重日足姫天皇（宝皇女）、初め橘豊日天皇（第三十一代用明）の孫高向王に適ひて漢皇子を生みたまひ、後に息長足日広額天皇（第三十四代舒明）に適ひて一男一女を生みたまふ。

宝皇女は推古二年（五九四）、茅渟王と吉備女王の間に生まれ、高向王に嫁したのは二十八年（六二〇）頃である。三十一年（六二三）に名も知れぬ王（後の漢皇子）を生み、翌々年（六二五）、田村王に再嫁した。葛城王が生まれたのが推古三十四年（六二六）、田村王が舒明天皇として即位するのはその三年後である。

舒明天皇の崩御後、即位した皇極天皇の父違いの二人の皇子、葛城王は中大兄皇子となり、名も知れぬ王は上宮王家に残された。

ちなみに「漢皇子」は『書紀』の他の記事には登場しない。「大海人皇子」は、漢皇子が唐に滞在している間は活動の記録がなく、帰朝した大化改新後の白雉四年（六五三）になって初めて姿を見せる。同一人物であることに矛盾はないのである。＊

「皇御孫御門は、だから三韓の情勢にお詳しく、大叔母（多蒋敷の妹）のことも心にかけていただいたのか」

阿礼には、どうしても安万侶に言わねばならないことがあった。

＊天武天皇が天智天皇の弟でないとの説は、『書紀』に天武の年齢や生年がない不自然に着目して唱えられている。そのうち、大和岩雄氏は異父兄の漢皇子説、小林恵子氏は高句麗の宰相泉蓋蘇文（せんがいそぶん）説、佐々克明氏は新羅王族の金多遂（きんたすい）説、井沢元彦氏は五世王ぐらいの王族としている。皇極天皇が高向王との間に伝不明の漢皇子を生したことは、『書紀』の〈斉明紀〉の冒頭に明記されている。

「大叔母君では御座いませぬ。あなたさまの、お母上で御座います」

「阿礼どの。それは本当に真実なのか」

「私ごときが差出がましく申すべきでは御座いませぬが、陛下が、皇子様がたにお話にならされていたので御座います。あとはご自身で…」

「そうか。それで合点することがある」

　安万侶は出生の秘密を、この歳になって知った。むろん薄々は、そう推測せざるを得ない事実を身近に感じていた。だから「やはり」という思いに、種々の感慨がともなって深く長く、ため息をついた。安万侶にしては珍しいことだった。

　阿礼は安万侶の反応を知り、その話題に立ち入るのを避けるために、みずからの生い立ちを話し始めた。

「私の父は近江にお味方し、戦いに敗れて亡くなりました。身ごもっていた母も、私が五つにならぬうちに身罷りました」

　壬申の乱が戦われた年（六七二）の翌年に、阿礼は生まれた。現在の大和郡山市稗田町を本貫とした稗田氏は、天の岩屋戸の前で舞い踊った天鈿女命を祖とし、宮中祭祀の秘儀に従事した猿女君の一族と考えられている。

　しかし壬申の乱で、父は身ごもっていた母を残して戦死する。負け方には褒賞はおろか戦死の補償もない。一兵卒だから戦後の追及は厳しくなかったが、誰も助けてはくれない。

　貧窮の中で阿礼を産んだ母は、産後の肥立ちが悪かったのも一因、夫を失った衝撃から立ち直れなかったのも一因で、病弱の身となった。そして、死す。

図 11　天武天皇関係系図

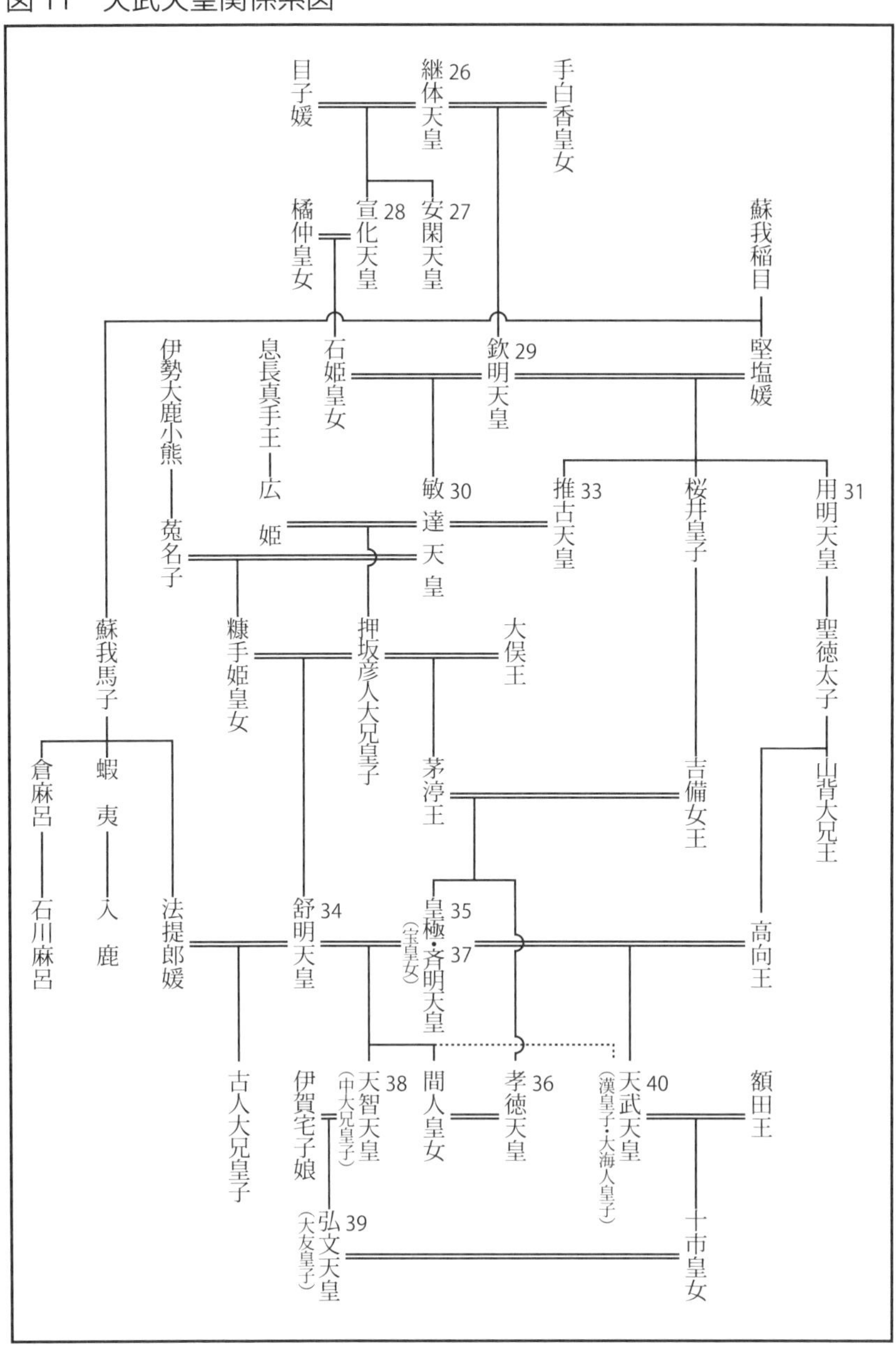

「孤児になっても、生きていかねばなりませぬ。父の妹にあたる方に慈しみ育てていただきましたが、七歳の秋に、やはり他界しました。頼れる係累はもうありませぬ。語部という御役目があることを知り、私は伝手を頼って志願したのです」

　語部は八歳に達した幼女のうちから選抜し、採用されれば一生の生活が保障される。ふつう、貌がよい少女を持つ親は女孺に差し出すことを考える。あるいは身分により雑仕の立場となる。女孺には少初位の官位が与えられ、雑仕は無位という違いがあるが、いずれも朝廷に仕える下級の官女である。しかし、それには十三歳まで待たねばならず、孤児の阿礼には貯えなく五年も自活を続ける術がなかった。それに、いざ出仕の際の衣裳や小物など様々の仕度が出来るはずもなかった。

「語部なら半歳も待たずにお仕えできるのです。そして、物を覚える仕事には自信が御座いました。幼き頃から、耳にした言葉をそのまま繰り返せましたし」

　阿礼は大人たちを驚かせた。意味も分からない難解な章句が読まれても、耳が聴いた通りに発音するだけで、正確な文章として再現できたのである。

　阿礼の天賦の素質は、誰の眼にも明らかだった。折から新しい事業が始まったが、この企てに阿礼は欠かせない存在になった。

「国の成り立ちについて、王家や諸氏に伝わる記録や物語を集め、誤りを正そうという勅命だったが」

　安万侶は、阿礼も加わり天武九年（六八一）に始まった修史について語ろうとしている。

「皇御孫御門のお考えになられた〈国のありかた〉が強く打ち出されたと伺っている」

「私は末座におりまして、ただ皇子様方の言われます通りの仕事をしただけに御座います。何がどういうことについて、お話を申し上げる立場には御座いませぬ」

「分かっておる。そなたは語部として御役目を果たされた。その事実を言うただけだ。諸氏に伝わる記録を誦み上げる語部の物語を聴き取り、皇子様、時には御門が直々に正される。そして定められた新たな物語を、そなたは立ちどころに誦み上げることが出来た」

「さように御座います」

「皇御孫御門は吉野で六人の皇子様に盟いを立てさせられた頃より、守成の時期に入られたと思し召されたのだ。創業は終わり、守成を旨として諸々の制を作られ、見直されている。国を守り、続けていくのは創業にも増して難きことだというのは、ご自身で大唐の創業の大成をご覧になられたゆえに、いっそう強くお感じになられるのだろう。

　御門は政のみならず神々をお祀りになることも御熱心であらせられた。磐余彦御門（神武）、御間城入彦御門（崇神）の如くに」

「伊勢の御社に斎王をお遣わしになられ、式年の遷宮をお定めになられましたが、広瀬の大忌神、竜田の風神には、例年ご親祭になられたのです」

「然り」

「しかも神々だけではあらせられませぬ。御仏を崇めたもうたのは、上宮の聖太子様の如くにで御座います」

「上宮の…、なるほど」

　安万侶は阿礼の「上宮の聖太子」という言葉、すなわち聖徳太子のことを指摘されて、大きな思い違いに気づかされたのである。

「広瀬と竜田だけを、なぜ繁くご親祭あそばしたか、不思議といえば不思議だった。神々を崇めたもうお気持ちとはいえ、例年二度、必ずのお祭りというのは説明がつかない」

天武天皇は即位四年（六七五）四月、使者を遣わして竜田の風神、広瀬の大忌神をそれぞれ祭らせた。翌年四月には初めて親祭する。以後、六年（六七七）は七月に、七年は十市皇女薨去のためすべての神事がなかったが、吉野の会盟のあった八年（六七九）以降は、四月と七月の二回、崩御の年（六八六）まで両社への親祭が続く（六八四年と六八六年の四月については記録が欠けている）。諒闇中はもちろん行幸はないが、持統天皇は即位（六九〇年一月）直後の四月から譲位（六九七）直前の七月まで、年二度の祭りを続けた。勅使を遣わしての代拝である。第四十二代文武天皇以後は『続日本紀』に記載がなく確認できない。つまり、竜田、広瀬の両社親祭は、すぐれて天武天皇の個人的崇敬の色彩が強い。

「その不思議が、阿礼どののお陰で解けた思いがする。鍵は〈神々〉でなく〈上宮の聖太子〉なので御座るな」

広瀬神社は初瀬川に飛鳥川、曽我川が合流する河合町川合（北葛城郡）にあり、竜田神社はその下流、三郷町立野（生駒郡）にある。郡は異なるとはいえ、聖徳太子の斑鳩宮から広瀬神社は一里に満たず（約三キロ）、竜田神社は一里半（約六キロ）の距離である。

漢皇子が斑鳩宮に暮らしていた頃、父が亡くなり母が去った寂しさを癒すため、折々に野山を駆けめぐっていた。天武天皇が漢皇子ならば、竜田も広瀬も曽遊の地である。天武にとって広瀬は産土の神、竜田は鎮守の社なのであった。

「上宮の聖太子の御仏尊崇のお気持ちを嗣がれて、ご即位の年には川原寺で一切経の写経納経。九年（六八〇）には川原寺、高市大寺と飛鳥寺を三大官治の寺と定めたもうなど、御仏の教えの興隆にも意を尽くされた。御門は祖霊の追善が、守成に誤りなきを期すためには何より必要と考えておいでだったに相違ない」

皇后の祖父石川麻呂追善に発願した山田寺の丈六仏像の鋳造は、天武十三年（六八五）に開眼法要が営まれた。高市大寺は実母の斉明天皇の供養を目的としている。

しかし、天武八年（六八〇）十一月に企図した二つの寺の建立は、もっと明白に天皇の守成の論理を物語っている。初めは、皇后の病気平癒のために発願された薬師寺の建立である。二番目は、天皇自身の病気平癒のための法隆寺再建であった。

天皇も皇后も、病そのものは軽く、数日も経たず完治している。それぞれ百人の良民を得度、出家させるという大がかりな発願の霊験があらたかだったといえるが、霊験あらたかを印象づけるための発病であり、建立の発願、大量得度という演出だった可能性も高い。

「薬師寺は優しい、心細やかな御寺に御座います」

阿礼は官舎の廂ごしに見える、薬師寺の三重塔を評するように言う。飛鳥川を挟んだ南側に、十余年前の文武二年（六九八）に造立が終わったばかりである。背景に見える畝傍山の幾何学的な山容を切りさく形で尖り出た三重塔の、各層に裳層を配した優美な美しさは、藤原京の数多の建造物の中でも最も誇り高いものだった。

「皇后様のご快癒を祈念され、百姓すべての病の厄を取り除かれようとの御発願。そのお心の有りようが堂宇の美しさにも滲み出ているのです」

「鸕野讃良皇后の病とは、眼疾であらせられたとの伝えもあるが」

「御発願が十一月十二日。御寺建立の御誓願の上で百人の得度、ご快癒があって、罪人たちの赦免が十五日。三日ですべてが終わるのですから…」

「得度させる僧は、あらかじめ決められていたはずだ。同じ月に、皇御孫御門も病にかかられ、さらにまた百人の良民を出家させているのだし」

西ノ京にある現在の薬師寺は、平城遷都後の養老二年（七一八）に藤原京からの移転が決められた。本尊はむろんのこと、金堂、三重塔はじめ主だった堂宇は移築されたという説もあるが、新造だったとの説も有力である。

西ノ京の三重塔――凍れる音楽と形容されて名高い東塔は天平二年（七三〇）の落成と伝えられる。新造でも移築でも、どちらの可能性も否定できないが、藤原京に残された本薬師寺跡には巨大な礎石が露出するのみで、堂宇が使われ続けたと想像するのは難しい。そして西ノ京の薬師寺には、金堂の薬師三尊、東院堂の聖観世音菩薩など白鳳期（大化改新から藤原京時代まで）にさかのぼると推定される仏像が多い。

聖観世音は等身大の立像で、間人皇后の発願と伝わる。

「間人皇后様が御夫君追善のために御祈願になられたと承って御座います」

阿礼がこういう言い方をする時は、「その意味を深く考えよ」という謎かけであることを、安万侶は経験で知っていた。

「なるほど、淡海御門の安寧を祈る意味のことか。皇御孫御門の薬師寺建立の御発願の、隠された趣きは、それか」

「……」

阿礼の反応は、安万侶が秘密を解いた時に決まって見せる微笑だけだった。

「間人様の御夫君追善というと、天万豊日御門（第三十六代孝徳）のことだと思うが、しかし、間人様のお心の内は、淡海御門と深く結ばれて在ましたのだから」

間人皇后は中大兄皇子（天智）の妹で、孝徳天皇の皇后に立った。しかし、いつの頃からか同父同母の兄である中大兄皇子と愛し合っていたとの噂を、廟堂の内で知らぬ者がなかった。孝徳天皇を一人だけ残して皇極上皇、中大兄らが間人も連れて難波京を退去した時、天皇は初めて間人皇后の不倫を知って慟哭し、憂悶の中で崩御に至ったのである。

「日本の新国家の守成を図る時、亡き方々の御無念の思いを残したままでは朝廷に災いが及ぶ。そこでお身近の方々の追善を心がけられたのが、御仏の教えの興隆というわけだな」

薬師寺は天武の皇后だった第四十一代持統天皇の病気平癒の本願を名目とするが、その実、持統天皇の父である天智天皇追善が隠されている。それゆえに造立の事業にあたっては、天武天皇崩御後も、持統天皇、文武天皇、そして元明天皇と、天智王家に連なる歴代の天皇によって手厚く継続されたのである。

「薬師寺建立に淡海御門の追善が隠されていたとすると、皇御孫御門ご自身の病気平癒の御発願だった法隆寺再建には…」

「法隆寺は淡海御門の八年（六六九）の暮に、斑鳩宮に火事あり、翌九年四月には法隆寺全焼という伝えが御座います」

「そうでしたな。皇御孫御門は御祖父の上宮聖太子の御発願で建立された法隆寺の焼亡を、何にもましてお気に懸けられたに違いない。そうか。再建が決まると天を覆(おお)う蒚子鳥(あとり)の大群が斑鳩へ向かって飛んでいったというのは、その報せを聖太子が嘉納(かのう)された徴(しるし)なのだ」

　アトリはイカルと同科の小さな鳥である。冬のこの時期、飛鳥から西北へ飛んだのは渡り鳥の習性に逆らっている。安万侶が解いたように『記紀』に言い伝える数々の怪奇な現象の意味を詳しく読み解けば、新たに分かる史実もあるだろう。

「法隆寺は美しく、端正に建てられた御寺に御座います。御門の、聖太子様を敬いあそばしますお気持ちが、まさしく建物に具現したかのような大伽藍と申しましょうか」

「皇御孫御門は上宮聖太子を畏敬され、偉大な御祖父の皇孫であることを誇りにされて在(まし)ました。それが、ことさら皇御孫御門とご称号させていただくようになった理由だろう」

「後の世の方々には、聖太子様の御孫(みまご)でいらして、なぜに皇御孫(すめみま)と申し上げさせていただくのかも、お分かりにならぬで御座いましょう」

「いや、阿礼どの。私も分からなかったのだ。皇御孫御門がどなたの御孫か、いずれの御門の皇御孫なのかも、後の世には伝わらないではないか」

　阿礼は、聖徳太子は天皇でないのに、その孫を「皇御孫」と称する理由が分からないだろうと言ったのである。それに対し安万侶は、聖徳太子が天武天皇の祖父であることも分からなくなると指摘した。現に『書紀』の解説書は、皇御孫尊を天武天皇とはするが、その理由は示していない。

「そうでした。しかし、」

　阿礼はこの一点を深く考え、安万侶との作業に臨んでいる。自分たちの役割は、上古から伝えられてきた真実を、そのまま後の世に伝えていくことなのか。それとも、天武天皇が真実として伝えようと決めた事柄を、勅命のままに伝えることなのか。

阿礼はこの一点を、三十年にわたって考え続けてきた。天武九年（六八一）、川嶋皇子、忍壁皇子、広瀬王、竹田王、桑田王、三野（みの）王らの皇親と、中臣連大嶋（おおしま）、平群（へぐり）臣子首（こびと）らに命じて修史の事業が始まった。『日本書紀』には、

『帝紀及び上古の諸事を記せしめ、大嶋、子首は親しく筆を執り、以て録す』

と記してある。しかし、実際の作業は語部が中心になって進められた。日本語の表記法が確立していないこの時代に、紙に記録された記事は書きようがない。固有名詞など、書き方が決められていたものもあったが、「物語」は語部の朗唱に頼らざるを得なかったのである。それなのに、『書紀』には語部の職掌が一切、出てこない。いたはずの者が消されている事実が、『書紀』には書かれない裏の事情があることの傍証となる。

王家、そして諸氏に伝わる系譜や諸事を、老練な語部が朗唱する。その中に割愛（かつあい）すべき箇所があれば省き、事実が錯綜（さくそう）している箇所については採るべきものを決める。その指示をたちどころに消化し、編集した後の形に直して、覚えるのが阿礼の仕事だった。それを朗唱して確認を受けると、最後に天皇の勅訂がある。

一章、場合によっては一節ごとに、この繰り返しが続いた。勅訂で確定した新しい『帝紀本辞』を、今度は阿礼が中堅の語部の前で朗唱する。老練の語部は新しい章句を覚え直せない。古い中身が記憶の中で混ざりあって、正確な朗唱を妨げるからである。結局、老

練の語部は古い中身を覚えたまま、儀式にも宴会にも使われることなく老いていく。彼女らが朽ち果てた時、古い物語は忘れ去られる。

川嶋皇子、忍壁皇子らの修史は、今や修史の事業があったことのみが伝えられ、新しい『帝紀本辞』が残った。中堅の語部たちも二十年が経ち、三十年を経れば老練になって、引退の歳を迎える。元明天皇は藤原京から平城京への遷都にあたり、語部司を廃することとした。行政は文書の時代になっている。語部が朗唱してきた『帝紀本辞』を、そのまま書き留めようと決意した。語部司は旧都に残し、新都には修史寮を設けて、別当には舎人親王を任命したのである。そして安万侶を召して、稗田阿礼の口誦する『帝紀本辞』を聴き取り、文章化することを命じた。文章化してしまえば、誰でも編集の作業ができるからである。

阿礼は、川嶋皇子や忍壁皇子らの修史によって編集改変された『帝紀本辞』を伝えるだけでなく、それ以前の姿を記憶にとどめる唯一の語部になっていた。諸氏伝承は膨大であり、そのすべてを一人で担当していたのではない。しかし、王家の『帝皇日継』や『旧辞』のあらかたは聴き取り作業の中心になったから朗唱できたたし、その編集改変が施された部分を諸氏伝承と比較した場合の原型は今でも記憶に残っている。

朝廷に仕える語部として、三十年間、阿礼はみずからの役割について考え続けてきた。修史の事業の末座に列して与えられた指示を必死にこなしている時は、雑念を挟む余裕はなかった。しかし、その章の勅訂が終わって一段落すると、原型を改めた箇所について、新旧の比較が頭の中で始まるのである。利発な阿礼には、誰に何と教えられたのでなくとも、その意味が分かってしまう場合が多かった。

阿礼は己れを捨てた。官女として指示を違えてはならない。その職掌に徹すべきとの信念は揺るぎない。しかし、改変の事実は事実として必ず痕跡が残る。

矛盾、飛躍、不自然、錯綜。

本当はその痕跡を消すのが編集の質の高さだが、阿礼は敢えて不作為の道を選んだ。後世、誰かが痕跡に気づけば、真実が発見されることもあるだろうと思って。

安万侶が阿礼の前に現われたのは、その決意の時から三十年近くの後である。口誦を聴き取り、文字に変え、文章に残すのだという。阿礼は三十九歳になっていた。語部としての御役御免の日も近かった。語部の勤めの中で続けてきた真実の痕跡を残す努力が、紙の上で、文章の力で、永遠の生命を与えられる希望が出てきた。

作業が始まったのは和銅四年（七一一）の九月だった。それから五ヵ月、阿礼は心が浮き立つ思いで日々を過ごした。安万侶は予想を超えて素晴らしい知識人だったのである。淡々とした学究的な物腰の中で、鋭い直観と深い分析で阿礼を驚かせ、そして喜ばせた。三十年前、密かに仕掛けた謎を解く痕跡を、安万侶は次々に発見したからである。

## 七

飛鳥浄御原宮の大極殿は、朝廷に集う百官でも威圧を受ける壮麗を現出していた。浄御原宮は岡本宮の南にある。壬申の乱（六七二）に勝利した天武天皇は伊勢から大和へ凱旋した九月に、まず嶋宮に入り、次いで岡本宮に移った。しかし朝廷を置くには手狭だったから、新たな宮居を

造営することにした。その地は川原寺（現在の弘福寺）の東、飛鳥川を挟んで対岸にある小高い台地の上である。＊

長安の威容を知る天武天皇は、壮大な都を建設しようと何度も候補地を検討した。有力だったのは新城（大和郡山市新木町）で、そこは斑鳩から一里と離れていなかった。しかし結果として機は熟さずと判断し、崩御の年まで飛鳥に留まった。

その朱鳥元年（六八六）、仮宮を正式に飛鳥浄御原宮と名付けたが、既に通称として用いられていたものだった。天武九年（六八一）の律令制定の詔を飛鳥浄御原令というのも、この飛鳥浄御原宮に因んだものである。

律令制定の詔が発せられた翌月、九歳の阿礼は大極殿に召された。語部司に採用され、官舎から朝堂院に通うようになって一年。当初ほど圧倒されることはなかったが、それでも今日の緊張は格別だった。大極殿の威容に対してではなく、天武天皇の謁を賜わる大仕事が控えていたからである。

「お上が出御あらせられる」

司会進行を務める広瀬王が厳かに宣した。阿礼は皇族に対しても諸王に対してもすると同じように、膝をつき、腰をかがめて両手を地につけて拝礼した。この礼式は翌年（六八二）には廃されて、天皇皇后に対しても官位を持つ朝臣は立礼でよいことになる。しかし語部の演舞で鍛えられた阿礼の所作は、この日の拝礼もことさら美しく、臆せずに振舞うことができた。

「そちが阿礼か」

拝跪する姿の美しさを天皇も認めたのであろう。高御座から直々に声をかけた。

「お上がお言葉を賜わる」

広瀬王が遅ればせの進行を告げた。阿礼は拝跪したまま、身じろぎもしない。

「面を上げよ。どのみち跪いたままでは朗唱は出来ぬぞ」

阿礼は面を少し上げ、広瀬王の視線を探した。そして黙示の許可を得てから、上体だけを起こして正面を向いた。

「まだ幼いのに健気だな。そちの技が優れていることは聞いている。大切な仕事だ。心して、気を引き締めて、事に当たって欲しい」

阿礼は再び腰をかがめ、両手をついて拝跪した上で、また、広瀬王と視線を合わせた。

「直答を許す。お上にお答え申し上げよ」

「御役目、力の限り謹んで務めさせていただきます」

天皇は温顔でうなずき、そのまま高御座を下りて御殿を出て行った。

修史司は朝堂院の西北隅にある小安殿の一画にあった。修史の実務作業は、この小さな御殿でおこなわれて三年目になる。すなわち天武十一年（六八三）だった。二年前の大極殿における拝謁は、天皇が一介の語部と共同作業をするために必要な手続きだった。その手続きを済ませた後は、天皇も小安殿に出御し、狭い一室で阿礼とも直接に言葉を交わしながらの実務が進められている。

「手研耳命の治世三年を、果たしてどう位置づけましょうや。即位して第二代と認めるのか、そ

＊　甘樫丘の東にある浄御原宮伝承地でなく、岡集落の旧板蓋宮伝承地が遺構というのが最近の説。

れとも」

広瀬王の進行である。川嶋皇子が即座に答える。

「それはならぬ。日嗣の皇子は五十鈴媛の嫡子神渟名川耳尊であって、手研耳は大和の伝統を承いでおりませぬ。母は高千穂の土豪の娘の吾平津媛です」

「しかし、即位の大嘗の儀式は済ませています」

竹田王が言った。論点を整理するために、敢えてその場の多数説とは異なる説を唱えるよう、天皇に命じられている。漢皇子の時代に唐の太宗の統治から学んだ方法である。

太宗は諫議大夫という官を置いて、権力者の前に埋もれがちな正論や異論を汲み上げようと努力した。王珪、魏徴（後には褚遂良）を任じたが、二人は太宗が帝位を争って討った兄の太子建成の近臣だった者である。

天子は甘言、佞言のみを聞かされやすい。耳に痛い直言をする者の立場を保障してこそ、政治を過たずにおこなうことが出来ると信じて実践した太宗は、それゆえ名君と讃えられた。

新たに編集される『帝紀本辞』は、天武天皇の勅訂による権威を付与される。だからこそ、批判をあらかじめ検討し、対策を用意する必要がある。竹田王に反論させ、反論を打破する論理が提示できなければ、勅訂に傷がつく。慎重にも慎重を期すのが天武天皇のやり方だった。

「大嘗は、諒闇の穢れが明けた後、清浄なる悠紀田、主基田を定めて収穫された新米を捧げなくてはなりません。ですから、手研耳の大嘗は大嘗に似て大嘗にあらず。即位を認める必要はありませぬ」

三野王は諸王の中でも、該博な知識を認められている俊秀だった。第三十代敏達天皇の曽孫に当たり、奈良朝で左大臣を務めた橘諸兄の父である。

「では、手研耳命の即位は認めぬこととしようかのう」

広瀬王は断定しない。天皇が臨席している以上、聖断を待つべきだからである。

「畏れながら申し上げます」

天皇の黙示の承認があったと解して、三野王が広瀬王に発言の許可を求めた。

「手研耳命は五十鈴媛様を娶しておいでに御座います。だからこそ五十鈴媛様は、お二方の皇子様に〈木の葉さやぎぬ〉の御歌をお遣わしになられたのです。第二代の天皇として認める、認めないだけでなく、この条りを決めておかぬとなりませぬ」

実は、誰もが知る難しさがここにあった。初代皇后の五十鈴媛は、神武天皇の崩御後、生さぬ仲で同年の庶長子、手研耳命の後宮に入ったからである。北方民族では通例といっても、漢民族の儒教道徳では禁忌とされていた。

さらには、母が再嫁した寂しさを味わった神渟名川耳尊（第二代綏靖）と同じ感情を経験した皇子が、目の前にいる天武天皇その人である。

「分かった。私が答えよう」

天武天皇は長安で大唐の制度と思想を知り、その盛儀をいつの日か日本においても再現しようと必死に学んでいた若き日を思い出していた。

帰朝して、異父弟の中大兄皇子を助けて政に携わった時代の熱情が我が身に甦えってきた。吉野へ去った日の氷雨、戦いに勝利を収めた後の国造りの日々。それら諸々の創業の苦難が、今、後世の者たちへ守成の教えを伝えられるまでに稔った幸福を感じていた。

「この日本は皇祖皇宗から承ぎ、百代万世の後まで伝えていくべきものだ。この国のかたちは、皇祖父上宮法王が構想し、皇御孫たる私が完成したものだ。皆に努めて貰っている修史の仕事は、国の成り立ちを明らかにし、この国の統治の基礎を幾代にも示すことだ。その観点を忘れずに思えば、個々の出来事の何を採り、何を捨てて語り伝えるべきかは、おのずと分かるだろう。

今、三野王の言う五十鈴媛様にまつわる言い伝えのうち、何を採り何を捨てるか。建国の初めに、兄弟相争い、乱れた一時期があったことを隠すべきだろうか」

天皇は何も言えずに黙っている諸王たちを見た。皇位の継承をめぐって兄弟が相争い、その結果、伯父が甥を討った出来事もわずか十年前のことだったからである。

末座の阿礼は、天皇の言葉自体を語り伝える必要を思い、瞑想して記憶中枢を動かした。

「敵味方に分かれて多くの者が戦い、傷つき、身を儚くした出来事を、全く無かったことにするのは無理だ。その出来事をありのままに伝えることが、戦いで命を落とした者の魂の鎮めに必要なのだ。しかるに、手研耳が皇位を踏んだとは認めるわけにいかぬ。皇位は神聖にして侵すべからず。皇祖から正しく皇統を承ぐ者の中から、その資格がある者だけが登極する。それが皇位を踏むということなのだから」

諸王たちは、天皇の皇統に対する思いの深さに、改めて感動していた。天皇にしてみれば、修史の目的を語ることで、次の世代を託す若者たちの自覚が高まることを期待したのである。

「治にいて乱を忘れずという戒めもある。皇統は努めて守らなければ守れないことを知る必要もある。資格なき者が無理やり皇位を踏むならば、国が滅ぶ元だ。国が滅ぶのを座して待つよりは、相争うても、正しい道筋に戻さなくてはならぬ。建国の初めに兄弟が争う例は、決して我が国だけではない」

天皇は発言を促すように、諸王たちを見回した。川嶋皇子が答えた。

「大唐は初め太子建成が二代皇帝を嗣ぐよう決められていましたが、弟君の秦王（李世民）がこれを排して、太宗陛下となられました。弟が兄を討つことは神渟名川耳尊も唐の秦王も同じで御座います」

天皇は答えに満足してうなずいた。泊瀬部皇女の婿ではあるが天智天皇系の川嶋皇子には、とりわけ皇位継承の論理を理解させる必要もあった。

「創業の初めは、力なき者に皇位を嗣がせることは乱の元になる。しかし、守成の時代になったら、皇位の継承が乱の元にならぬよう太子を定める必要がある」

「創業と守成で、継承の典が変わる。変えねばならぬというので御座いますね」

「然り。何より大事なのは皇統を正しく承いでいることだが、乱には力の強さ、治には血の清らかさを重んじなくてはならぬ」

「お上の仰せを、継承の典として必ず伝えて参ります」

「大乱においては、血の清らかさは皇女において守るのだ。そして力ある者を広く求めて、たとえ王家は変わっても、堅固に国を治めていかねばならない」

川嶋皇子はじめ諸王は、天皇の意のあるところを改めて知り、恐懼して拝礼した。進行役でもある最年長の広瀬王が、作業を進めるべくこの場をまとめて言う。

「御真津媛様、手白香皇女様は、五十鈴媛様のお気持ちと尊いお志を、それぞれの時代にご自覚あそばした方々に御座います。私たちの修史の事業によって、さらに広くさらに先の世まで伝えて参らねばならないと、責(せめ)の大きさを感じる次第で御座います。

ところで陛下、出来事の検討を先に進めさせていただいて宜しゅう御座いましょうか」

「そうだな。そうしよう。私が二代の后(きさき)について言わねばならなかった」

と言いつつ、三野王を向いていた。

「そなたは近ごろ若い妃を迎えたというが、もしそなたが早くに死んだら、その美しい妃をどうする積もりなのだ」

「いえ、そう仰せになられましても…」

この仮定は現実となる。三野王の妃、県犬養三千代(あがたいぬかいのみちよ)は、葛城王、佐為(さい)王、牟漏(むろ)女王を生した後に三野王と死別。間もなく藤原不比等の妻となって安宿媛(あすかべ)を生む。後の光明(こうみょう)皇后である。

「私が長安にいた時分、天竺(てんじく)から玄奘三蔵(げんじょうさんぞう)という偉い法師が帰国された。仏典や仏像をたくさん携えて戻られたから、長安、いな大唐は国中が大騒ぎになった」

玄奘の長安帰着は六四五年、入寂は六六四年である。漢皇子の長安滞在は六四四年から六五四年だから、『西遊記』のモデルとなったこの高僧の帰国時の熱狂はよく知るところであった。

「天竺では、夫に先立たれた妻を焼き殺してしまう習(しゅう)があったという。若くても、いな若いからこそ、その後の身持ちを考えて夫に殉じさせる幸福を与えるのだという。仏の御教えはこの悲惨な習を変えようと、夫に先立たれた妻を出家させることで命を救うのだ。私が言いたいのは、夫に死なれた妻がどうすべきかは、国により地域により、さらには時代によっても習が違うのだから、ありのままを伝えればいいのではないか、ということだ」

漢民族では弟や子供が先代の妻を娶るのは禁忌だが、北方民族では美徳であり、時には義務の場合もある。それが蛮族の証明だと指摘され、批判されるのを怖れたのが後進日本の知識人たちだった。しかし、世界都市の長安に長く暮らして異なった風習や風俗を見聞きしてきた天皇は、唐の文化とは多様性を認めるものだと知っていたのである。唐から見て先進文化だった天竺の風習であっても、「寡婦焚殺」を継受しようとは誰も思わなかった。もっとも、唐文化の国際性には、唐の帝室自体が北方系という事情も関わっているとの説もある。

「私は、日本は日本の習を基準にして正邪を語り継いでいけばいいと考える。しかし二代の后については、別の配慮が必要だということを言っておきたい」

　天皇は竹田王を見た。

「今、大唐の帝室の現状を知る者はいるか」

　天皇の推量は正しく、竹田王はその答えを用意していた。

「第三代高宗皇帝（李治）のご治世に御座いますが、その実は皇后武氏の勢力がはなはだ強く、太宗の遺臣褚遂良は左遷、長孫無忌は流謫の地で亡くなったと聞きます」

「よく学んでおるな。で、皇后の武氏とは何者であるか」

　竹田王の頬は紅潮していた。唐室の事情について、よく学んでいると天皇に褒められたこともあるが、その知識を他ならぬ天皇が知っていた事実に、逆に驚いたからである。

「元は太宗陛下の後宮にあって武才人と申しました。先帝崩御後、出家して感業寺の尼になりましたが、追善法要の折に高宗皇帝に見初められ、還俗して武昭儀となりました」

　才人とは後宮の正四品という位の女官であり、昭儀は正二品で、格が上がったことを示している。ちなみに三品は美人、一品は貴妃という。

「武昭儀は皇帝の寵（ちょう）を独占し、やがて高宗は王皇后を廃し、武を皇后に立てようとしたのです。反対したのが諫議大夫の褚遂良と、太宗陛下の皇后長孫氏の兄だった無忌。二人の左遷、流謫の理由はそこにあります」

長孫無忌が謫地の黔州（けんしゅう）で自裁したといわれるのが六五九年。武后は名君太宗を支えた良臣たちを排斥して実権を握り、この問答があったまさにその年（六八三）に高宗が崩御すると、即位した実子の中宗を一年で廃して弟の睿宗（えいそう）に替え、これも六年で廃して、みずから帝位に即いた。六九〇年から七〇五年が則天武后の「周」の時代である。

修史司でのやり取りは、そこまで予見した話ではない。

「二代の后は、我が建国の逸事に限らない。大唐では現に起きている災厄なのだ。事実を淡々と述べようと申したが、事が外（と）つ国に及ぶことを配慮しなくてはならぬ。二代の后について、良く語ろうが悪しく語ろうが、彼の国に対して当てつけていると思われぬだろうか」

天皇の問いかけを受けて、忍壁皇子が珍しく自分の意見を述べる。

「お上のご心配、なるほどと存じます。大唐の諸大夫（しょだいぶ）にも国を憂うる士は多いはずです。それらの者は、わが皇祖に二代の御后様の前例があることを知り、それゆえに皇位の簒奪を免れ得た話と受け取っても、二代の后が凶事（まがごと）を招いたのだと受け取っても、彼の国に対する批判もしくは皮肉と考えてしまうでありましょう。そんな危ない橋を、わざわざ渡るには及びませぬ。避けるが一番でしょう」

「そういうことだ。我が国の成り立ちを述べるのは、皇祖皇宗を敬う我らの心の問題だ。しかし、そうは受けとめぬ外つ国がある以上、心の問題と言い放つだけでは何の益もない。まして相手は、過ぐる年に直接に戦戈を交えた当事者だ。よほど慎重にせねばなるまい」

「お上の仰せ、よく分かりました。今の今、そのご配慮は当然と思いますが、彼の国の事情もいずれは変わります。その時を待つというのは如何で御座いましょうか」

竹田王がなお、異論提起の役割を果たそうとしていた。

「変わる？　変わるだろう。良くなるかも知れぬし、もっと悪くなるかも知れぬ。そなたの言う通り、急ぐことはない。外つ国の事情で我が心まで失うてはならぬからな。…結論は急ぐまい。それまで、外しておけばよいのだ」

「では、お上のご指示により、語部に命じる」

修史を司る責任者として川嶋皇子が阿礼に対する指示を与えた。

「そちは二代の御后様について、儀式においては割愛して朗唱せよ。されど記憶には留めて、他日、修史の儀が再びおこなわれる際に、必ずご指示を仰ぐべし」

「かしこまって承ります」

中国王朝の史官は、現王朝の史実については史稿にのみ記し、正史には編まない不文律があった。現代史の叙述を統治機構の中にいる官僚がおこなうには種々の制約がある。評価に公正が期しがたく、史官が公正であっても史書に適切に表現できるか否かの問題も生じる。司馬遷の例のように、権力者の忌諱に触れれば身に危険が及ぶ。だから王朝が交替した後に、前代の正史が編纂されるのである。

その「他日」が、和銅四年（七一一）の修史寮の設置だった。飛鳥時代は終わり、奈良時代が始まっていた。その間、中国は則天武后の周が去って中宗が復位するも、今度は韋皇后が権力に容喙した。睿宗の子である李隆基（後の玄宗）が蹶起して韋氏と一族を排し、睿宗復位を実現したのが七一〇年だった。史官呉競が太宗の貞観の治を理想化して著わした『貞観政要』は、復位後の中宗に献上されたものである。

「作業を進めさせていただきます」

広瀬王は煮え切らぬように見えて、進行については着実に役割を果たしている。

「大日日天皇（第九代開化）の後、大きく国が乱れました。様々な出来事が御座いましたが、何を採り何を捨てるかを決めねばなりませぬ」

開化天皇に嫡系の皇子なく、宰相の立場にあった天皇の同母兄大彦命が、庶子ながら有力な後ろ盾のある彦坐王を選んだことは既に阿礼の朗唱で聴いた通りである。八歳だった彦坐王に対し開化の庶弟武埴安彦が叛乱を起こし、大規模な内乱となった。結局、大彦命は嫡系の皇女御真津媛に皇親の婿を迎える形の先例を開き、解決を図ったのである。

「治にある時、后の生した皇子を第一とするのは、日嗣の典として改むまじき原則だ。しかるに国の礎が揺らぐ時、揺らいだ時はこの限りにあらず。唐室の例でも…」

天皇は竹田王に続きを言わせようとする。

「太子建成を除き、太宗陛下を立てたもうた例。廃后韋氏が中宗を弑し温王重茂を立てんとした時に、睿宗が復位した例が御座います」

「第二。后に皇子なき時、位の高き妃の生した王あれば皇子となし、皇子の内より太子を選ぶも可とす。しかるに位の低き官女の場合はこの限りにあらず」

彦坐王の正統性を認めたことになる。いな、正確には彦坐王を立てた大彦命の選択が皇位継承の常典に反しないと認めたのである。この後これが先例となり、三輪王家以降、妃の生した皇子が登極する例が増えていくのだから、追認というべきだろう。もちろん「しかるに」以降は采女（うねめ）を母とする大友皇子の正統性を否定するものだが、敢えてそのことに言及する者はいなかった。

「第三。天皇と同母の弟は皇位に即くを可とす。第四。なお皇嗣なき時は世々遡（せいせいさかのぼ）りて有能の王、皇親を求め、皇女を娶りて皇位に即く。第五。王、皇親はそれぞれ王家を立て、諸族と協同して皇統の継承に誤りなきを期せ」

　天皇は阿礼に命じ、第一から第五の条を復唱させた。

「第一。后の生せる皇子、皇位に即くを常とす。しかるに国の礎が揺らがんとする時はこの限りにあらず。第二。后に皇子なき時…」

　阿礼は口語で始まった第一については語調を整え、皇位の継承法典に相応しい形で朗唱し、後を続けた。

「よろしい。諸皇子、諸王、よく聞くがいい。この五箇条をもって『不改常典（あらたむまじきつねののり）』とするのだ。爾（じ）今（こん）、いな淡海御門よりこのかた、私が述べた常典によって天つ日嗣が承がれているということを拳々服膺（けんけんふくよう）せよ」

「かしこみ、謹み、承りて御座います」

　川嶋王子の承命の言葉に唱和して、諸王たち、そして司の史官たちは平伏した。

「畏れながら…、誠に畏れながら申し上げます」

　竹田王は職責に忠実だった。

「お上は淡海御門よりこのかた、と仰せになられました。それより以前の、常典と合わない日嗣につきましては、いかに考えればよいので御座いましょうか」

天皇の目が鋭く光った。そして何も言わずにその座を沈黙に支配させた。竹田王の知識の広さ、深さは既に知るところだが、天皇の意図をどこまで見抜いているのかを考え、すぐに答えを出さずにいたのである。

「これ竹田王よ、お上の仰せにそのような申し条は失礼であるぞ。それに、お上のお示しになられた典と合わない日嗣があるなら、申してみなくては」

広瀬王が、何かを言わなければと思ってした陳腐な発言だったが、天皇にしてみると竹田王の見方を知る上で願ったりの問になった。

困惑したのが、逆に竹田王だった。天皇が心の内で深く考え込んだ様子を見て、機微に触れる質問だったことが分かったからである。そうと知ってみると、竹田王は天皇の忌諱に触れることの恐ろしさに震える思いだった。褚遂良、長孫無忌の運命が脳裏に浮かんでいた。

伝承の出来事をよく知る三野王が、さほど深く考えずに切り出した。竹田王の博覧強記に押されて薄くなっていた存在感を回復する好機と思ったのである。

「息長足姫尊（神功皇后）の御執政、炊屋姫天皇（第三十三代推古）の御即位は、常典の各条いずれとも合わない日嗣で御座いましょう」

神功皇后は第十四代仲哀天皇が崩御した後、懐妊中の応神天皇が誕生して成長するまでの間、称制をおこなった。『書紀』には摂政と記してあるが、その期間は実に六十九年の長きにわたることになる。神功皇后は息長宿禰王の女で、彦坐王の四世の孫である。その執政を摂政といって即位も称制も認めていないが、皇后自身が皇統を承いでいることは紛れもない。

推古天皇は異母弟の第三十二代崇峻（すしゅん）天皇の後を嗣いで登極したが、第二十九代欽明天皇の皇女であり、第三十代敏達天皇の皇后でもあった。推古天皇が即位し、厩戸（うまやど）皇子を皇太子（聖徳太子）として摂政させたのには王家の継承原理に関わる深い事情があるのだが、天皇は神功皇后についても推古天皇についても、ここは深入りを避けた。

「息長足姫尊も炊屋姫天皇も、さらには御母財重日（たからいかしひ）天皇（皇極、斉明）も、皇親にして皇后に立たれた方だ。むしろ常典に一条を加えるがよいかも知れぬ。第六。皇后は太子に幼冲（ようちゅう）ほかの事故あるとき、みずから皇統を承ぐに限り登極を可とす。称制、摂政も然るべし」

この常典の追加があったので、鸕野讃良皇后の持統天皇としての即位が可能になった。後日譚だが、敏達天皇系の皇親として明らかに傍流だった三野王が、持統朝以降の天武王家で重用され、嫡男の橘諸兄（たちばなのもろえ）は左大臣まで昇りつめた素地がこの時に作られたのである。

天皇は決心した。いつか表に出そうと思っていた計画を、修史のこの場で一気呵成（かせい）に進めるのが好機と判断したのである。

「竹田王よ、言いたき例を申せ。あるだろう」

「私で、御座いますか」

言い出したのは竹田王だが、忌諱に触れる恐ろしさで寡黙になっていた。しかし、天皇の表情を見ると、何かが変わったのが感じられた。

「ははあっ、恐れながら、謹みながら、申し上げます。弘計（をけ）天皇（第二十三代顕宗（けんぞう））から億計（おけ）天皇（第二十四代仁賢）への日嗣につきまして、お考えを伺いとう存じます」

思い切って言うと、天皇の温顔に迎えられた。雷は落ちなかった。

「答えよう。弟から兄へ、この継承は禍根を残す。大彦命が大日日天皇の後を嗣がなかったのは見識だが、弘計天皇から億計天皇というのは、兄の王子の所在が分からなかったというやむを得ぬ事情とはいえ、やはり王家に祟りがあった。億計天皇の後、稚鷦鷯天皇（第二十五代武烈）で葛城王家が絶えてしまったのも、その故と思える。常典に反した日嗣だった報いなのだ」

　列座の皇子、諸王、史官たちは当惑した。阿礼は何ごとも見ず、聞きもしなかったように瞑目して端座している。語部の「分」をわきまえているからである。

「どうした、諸王たちよ。何か不都合ができたのか」

　広瀬王が畏まって奉答した。

「恐れながら申し上げます。弘計天皇から億計天皇へ、弟君から兄君への日嗣に禍事ありとは、些か、何と申しますか…」

「ははは。はっきりと言わぬのう。では、阿礼に聞こう。阿礼よ、私の御世の、出だしの章句を唱えてみよ」

　阿礼は無言のまま、居ずまいのみ正した。

『天渟中原瀛真人天皇（天武）、天命開別天皇（天智）の庶兄なり。幼く在まし時、漢皇子、次に大海人皇子と曰しき』

「皆の言いたいのはこれだろう。が、心配ない。今日をもって私は淡海御門の弟になる。阿礼、分かったらもう一度、唱えてみよ」

　諸王たちは驚きを隠せず、互いに目を見合わせて物を言おうとしたが、阿礼の朗唱の妨げとならないよう黙った。

『天渟中原瀛真人天皇、天命開別天皇の同母弟（いろと）なり。幼く在ましし時、大海人皇子と曰（まを）しき』

　竹田王の反応がさすがに早かった。

「お上、それでよいのですか」

「よいのかとは、どういう意味だ」

「阿礼、財重日天皇の出だしを唱えてみてくれ」

　竹田王は膨大な伝承を、天皇の言うように訂正できるだろうかという質問を発したのである。

『天豊財重日足姫（あめとよたからいかしひたらしひめ）天皇（第三十七代斉明）、初め橘豊日（たちばなのとよひ）天皇（第三十一代用明）の孫、高向（たかむく）王に適（あ）ひて漢皇子を生みたまひ、後に息長足日広額（ひろぬか）天皇（第三十四代舒明）に適ひて二男一女を生みたまひき』

　これまでは舒明天皇との間に一男一女、すなわち天智天皇と間人皇女を生したと伝えていたが、今からは天武天皇を加えて二男一女となるのである。阿礼は、宝皇女が高向王との間に漢皇子を生したことも削るのか、残すのかを迷った。しかし、天皇はみずからの真の姿を抹殺するのは望まず、阿礼の訂正がそのまま認められた。

　機転のきく竹田王の、さらに上をいく阿礼の頭の回転の速さに、天皇はこの上もない満足を感じていた。この語部がいるなら、どんな変更でも出来るのではないか。そう思えたからである。

「最後に、幾つか方針だけを話しておく。それに順い、皆で各編各章を研究して、次の回には新しい朗唱にまとめて聞かせて欲しい」

「かしこまりまして御座います。お上の、ご方針を承らせていただきます」

広瀬王が応じて、指示を聴く態勢を整えた。

「では初めは彦坐王。天皇が位から退き、臣下の列に降るのは好ましからず。よって登極はしなかったこととする。＊

次に、大田田根子命を御間城入彦尊と名付けて、大日日天皇の皇子としよう。したがって御真津媛は、そうだな、大彦命の王女とすればよい。大田田根子命は漢皇子と同じだ。削らず、さりとて御間城入彦天皇の事績とは重ならぬよう物語を切り貼りするのだ。

飯豊青皇女と媾合した夫の名を伏せよ。臣下の分をわきまえず、やんごとなき皇女に己が子を生させて、皇統を穢そうとする不逞な野望を抱く者が今後に現われては困る。千載、二千年の後でも困る。天つ日嗣は必ず、皇統を承ぐ皇子、諸王、皇親によらなければならないのだ」

三野王が問を続ける。

「手白香皇女様は近江の男大迹王様と河内で結ばれて、年を経てから大和にご帰還になられました。男大迹天皇（第二十六代継体）は五十狭茅天皇（第十一代垂仁）の六世の御孫に御座います。あるいは大田田根子命と同じような訂正をいたした方が宜しゅう御座いましょうか」

「手白香皇女を弘計天皇の皇女にでもするか？　いや、男大迹王は息長王家の出ということに意義があるのだ。それは広額天皇（舒明）とも関わりがあるのだから…、やめておこう。男大迹王は息長王家の正嫡だったのだから、そのままでよい。そこまで作為をすると、現世の政まで、分かりにくくなる」＊＊

舒明天皇は息長真手王の女である広姫が敏達天皇の皇后となって生した押坂彦人大兄皇子の子である。天武天皇はみずからを、その舒明の皇子だと仮構した。

七世紀の日本が、上宮王家と息長王家の対立と抗争によって糾われてきた歴史だという前提を理解すると、その意義が見えてくる。壬申の乱が終わり、天武天皇の治世でその争いが終息したことに、我が身の生涯を通じた努力の意味があったのである。

蘇我入鹿が山背大兄王の斑鳩宮を襲撃し、一族を滅亡させたことが際立って見えるから、蘇我氏と上宮王家は敵対していたとの誤解もあるが、事実でない。入鹿は蘇我の本宗家の跳ね上がりで、その傍若無人には温厚な父の蝦夷も手を焼いていた。だから、息長王家の中大兄皇子が蝦夷、入鹿父子を誅殺した乙巳の変（大化改新）の後も、蘇我氏の本宗家は滅んだが分系は有力氏族に残って廟堂に影響力を持った。

上宮王家には蘇我の血が濃い。上宮王家は蘇我王家といってもよい。そして漢皇子、すなわち天武天皇が上宮王家の生き残りだと知ると、天武を始祖とする王家の意味が分かる。

第二十九代欽明天皇系の内、敏達天皇だけが承がない蘇我の血で、息長王家を塗り替えた記念碑なのである。

---

＊　譲位した天皇は太上天皇（上皇）で、臣下の列には降らない。淳仁天皇（淡路廃帝）、後鳥羽上皇など配流や、仲恭天皇（九条廃帝）が在位七十余日の短期で廃された例はあるが、彦坐王のように新政権で任を負うことはなかった。イギリスのエドワード八世はシンプソン夫人との結婚を選んで退位した後、バハマ総督になった。

＊＊　継体天皇を応神天皇五世の孫でなく、崇神天皇と同様に仁賢天皇の嫡出の皇子と仮構するためには、手白香皇后が同母の姉妹では困るから顕宗天皇の皇女へと移す必要がある。

持統天皇、元明天皇が天智天皇の皇女であることに眩惑(げんわく)されると、天武天皇との結婚を天智、天武両王家の融合と思いがちである。しかし二人の皇女が倉山田石川麻呂の孫であることを知れば、蘇我の血の再生であり純化であることは明らかである。

天武天皇が理想としたのは、祖父聖徳太子の政治だった。隋唐世界帝国の支配秩序の中に日本を位置づけ、呑み込まれずに生き残るために統治体制を強化する。その理念を現実化することが治世の基本であった。そう考えると、天皇が最後に発した言葉には深い意味があった。

「上宮(かみつみやの)聖(ひじりの)太子(みこ)(聖徳)様を、御登極(ごとうきょく)あそばしたことにしなくてよいのですか」

竹田王の鋭い質問に対し、天皇は悲しげに首を振り、

「やむを得ない。禁忌は禁忌だ」

と、つぶやくように言うのみだったのである。

八

雪が降っていた。和銅四年(七一一)も間もなく暮れようとする冬の朝である。藤原京の阿礼の官舎から、いつもならはっきり見える薬師寺の三重塔が白く煙っている。

朗唱の区切りがついて奥へ入った阿礼が、よく熾(おこ)った炭火を桶に入れて戻ってきた。

「皇御孫御門(すめみまのみかど)は、上宮聖太子が御登極あそばしたように勅訂された方がよかったのではないだろうか。それで様々な不都合が消えるのだから」

「語部の私があれこれ申し上げる筋では御座いませぬが…」

図 12　蘇我系と非蘇我系の皇統

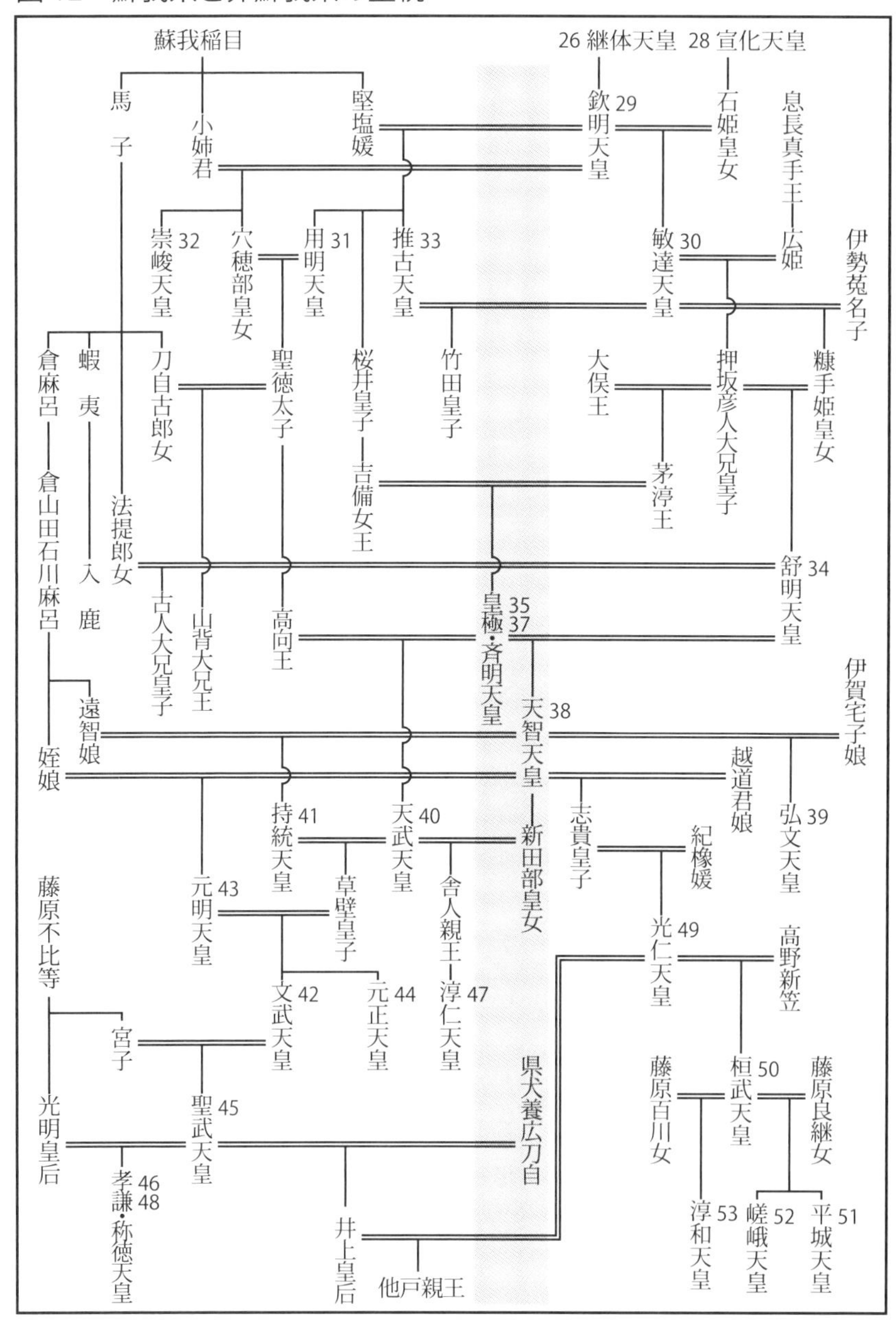

「いや、御役目として伺うのではない。上宮聖太子このかたの百年が、まさに現世（うつしよ）につながる。現世の有りようをお考えになった聖太子は、ある意味ではこの国をお肇（はじ）めになられたにも等しい御方なのだから」

「禁忌が御座います。王家の方々の人倫（ひとのみち）にかかわる御掟（おんおきて）に御座います」

「それは承知しているが」

　どの民族、どの文化にも婚姻の禁忌（タブー）がある。洋の東西を問わず、古代王朝には近親婚が多いといわれる。エジプトのプトレマイオス朝やインカ帝国は代表的な事例だが、日本の場合には皇統が連続し、詳細な記録が残されているので、広汎な検証が可能である。その結果、きわめて特徴的な規律が厳格に守られてきたことが分かる。

　大和王権を貫く婚姻の禁忌は、①同母兄妹の婚姻は認めない。②異母の兄妹は結婚できるが、母たちも姉妹の場合、生まれた皇子は位に即けない。③同母兄弟の叔父と姪が結婚してもいいが、その婚姻から生まれた皇子は登極しない――以上に集約される。王家や豪族の結束を強めるための近親婚や姉妹婚が多い中で、優生学上の諸問題を回避する経験則から確立されたのだろう。当然、これを犯した皇子と皇女には制裁が待ち受けている。

「木梨軽（きなしがる）皇子は稚子宿禰（わくごのすくね）御門（第十九代允恭（いんぎょう））の太子でしたが、同母（いろも）妹の軽大娘（かるのおおいらつめ）と密かに通じられたのが露（あら）われて、伊予にお流し申し上げました」

「軽大娘は太子の後を追い、お二方は彼の地で死を選ばれた。ある人はいう。木梨軽皇子が御位を望まなければ、あるいは哀れな結末はなかったものをと」

「そうかも知れませぬ。太子でなく、軽大娘を伊予にお流し申し上げたとの伝えも御座いま

す。太子が御位を望まず、軽大娘と彼の地でお暮らしになることをお選びになれば」＊

「いろも奸けには人心が靡かない。なのに古えより、禁を犯す方々が絶えないのはどうしたことか。淡海御門も、この禁忌に触れなければ御即位の妨げにならなかっただろうに」

天智天皇は十代の時に同母妹の間人皇女と禁を犯し、それゆえ蘇我入鹿を討った後も登極しなかった。その後、間人皇女は孝徳天皇の皇后となり、近親相姦の噂も鎮静した。しかし中大兄皇子は、今度は皇后を犯し奉る大逆の主となってしまった。孝徳天皇の崩御後、皇位は皇極上皇の重祚という異例を開くしかなかったのである。中大兄が即位するのは、間人皇后の崩御後さらに数年を待たねばならなかった。

晩年の間人皇后は、聖観世音菩薩像を作って孝徳天皇の菩提を弔い、その霊を鎮めて中大兄皇子に障りがないよう祈る日々だったという。天武天皇はその仏像を薬師寺の東院堂に納めて、天智天皇の鎮魂を発願している。

「上宮聖太子様の御父橘豊日御門（第三十一代用明）は、広庭御門（第二十九代欽明）と蘇我の堅塩媛の皇子に在ます。御母穴穂部間人皇后は堅塩媛の同母妹、小姉君の皇女に在ます。禁忌には触れませぬが、上宮聖太子はご登極がおできにならぬ定めがあったのです」

「禁忌は、例外を許さぬ厳しいものだったというが」

「そうです。御初代から今まで、ただ御一代の例外もなく守られてきているのです。上宮聖

＊　木梨軽皇子が伊予に流され、軽大娘と心中したのは『記』の説話。『紀』は、皇太子を流刑できず軽大娘を伊予に流し、後、皇位継承をめぐって木梨軽皇子が討たれた伝承を採る。

太子様ご自身が、そのことを一番、お気に懸けられていたはずです」

「はて、広額御門（舒明）の御父は太珠敷御門（敏達）の皇子に在ます押坂彦人大兄皇子。御母は糠手姫皇女で、妹に当たられるはずだが」

「禁忌は、母君同士がご姉妹に限ります。押坂彦人大兄様の御母は広姫皇后で在ます。糠手姫皇女の生母は伊勢よりの菟名子と申す采女に御座いますから、姉妹どころかご身分も大きく異なります。禁忌では御座いませぬ」

「同母兄の皇女を叔父御が娶されても、その生された皇子が御位を踏まれる例はない」

「広庭御門（欽明）は姪の石姫皇女様を娶して、その皇子様が太珠敷御門（敏達）になられましたが、楯御門（宣化）と広庭御門は異母のご兄弟に在ます。財重日御門（皇極）は広額御門（舒明）の姪御に在ますが、御父茅渟王と広額御門は異母のご兄弟で御座います」

「鉏友御門（第四代懿徳）は姪御の天豊津媛を娶して、その皇子香殖稲御門（孝昭）はご登極あそばしているのでは」

「その伝えは誤りで御座います。香殖稲御門の御母は飯日媛に在ます。天豊津媛の御父に在ます息石耳命は、玉手看御門（安寧）の皇子様では御座いませぬ」＊

「そなたの朗唱には、かくも厳しき禁忌が隠されているのか。しかし、禁忌とは…」

「守るべきは守るとお考えになるのが上宮聖太子様であり、その御祖父君を敬いあそばします皇御孫御門でございましょう」

「御位に即かれて当然の御方で、その責も果たされた御方が、それでも御登極をお控えあそばした。そのお気持ちを皇御孫御門が尊重されて、上宮聖太子は炊屋姫御門（推古）の御代に摂政されたとの勅訂というわけか」

「炊屋姫御門は太珠敷御門に立后されました。異母のご兄妹に御座います。したがいまして、炊屋姫のご所生の竹田皇子は、」

「ご登極あたわず、…ご薨去あそばした」

　敏達天皇の最初の皇后は息長真手王の女広姫で、押坂彦人大兄皇子の生母である。押坂彦人は息長王家の正嫡を嗣ぐ立場にあったが、だからこそ蘇我氏の勢力が拡大する中、皇位継承が認められるわけがなかった。

　炊屋姫は広姫皇后の崩御後、後の皇后の地位を得ていたから、その所生になる竹田皇子の即位を望んだ。

　蘇我馬子の意向も同じであった。しかし、禁忌が異母兄妹の生した皇子の即位を認めない怖れがあった。いな、聖徳太子の場合と違って、推古の母だった堅塩媛（きたしひめ）は石姫皇女と姉妹ではないから、認められるかどうかは微妙だった。しかし結果は、竹田皇子の意外な早世という形でもたらされた。

「禁忌の力は恐ろしいのです。守れば災いは及びませぬが、守らねば必ず禍事（まがごと）が起きます」

　呪力が信じられた時代だからこそ、禁忌に反する行為を避ける習いが生まれたのである。

＊息石耳命が安寧の皇子で、天豊津媛が叔父の懿徳に立后して孝昭の生母となった系譜を記すのは『書紀』である。他にも『書紀』には孝安が兄の天足彦国押人命の女であろうとする押媛を娶して孝霊の生母となったとの記載があるが、『古事記』は孝安の皇后は姪の忍鹿媛命とするのみである。忍鹿媛が天皇の同母兄の女という確証はない。同母兄の女が次の天皇の生母となった例は『書紀』には天豊津媛と押媛を含めて二例、『古事記』には皆無である。

「竹田皇子のご早世は、おそらく禁忌と関係がある。異母であれご兄妹からお生まれになった皇子が、御位に即かれることの災いから逃れようとされるのは王家の方々の当然のお心がけといえるのだな」

「そうなのです。加えて申しますと、言霊の力も大きいのです」

「言霊の？」

「ええ。皇御孫御門が淡海御門の弟君になられたことにいたしまして、以後の朗唱をいたしておりますす。そうしますと、そこから新しい禁忌が生まれてしまうのです」

「新しい禁忌？」

「禁忌のもつ力が新しい状況に及びはじめたと申すべきでしょうか」

　阿礼はそのことに気づいて、底知れぬ恐ろしさを感じていた。

「皇御孫御門は高向王の御子でした。それが淡海御門の同母弟となられたことにより、広野姫御門（持統）は同母兄の姪御になってしまわれます」

「阿礼どの。もしや草壁皇子様は、それで」

「そうなのです。何度も何度も朗唱いたしますと、それが真実になるのが言霊なのです」

「広野姫御門は禁忌を怖れて草壁皇子のご登極をためらわれた。ご即位を急いで、ただでさえご病弱な太子に障りがあってはならぬと。ところが、言霊の力は御門のためらいを嘲笑うかのように、皇子が薨去あそばしてしまう」

「そして『不改常典』にしたがって、広野姫御門が御登極あそばしましたが…」

「阿礼どの。皇御孫御門は、そのことはお考えにならなかったのだろうか。淡海御門の弟君となることの意味するものが分からずに、思いつきで御指示になられたとは思えぬが」

　阿礼はすぐには答えなかった。

「あれほどの御方だぞ。禁忌のことも、その恐ろしさも知り抜いておられる御方が、草壁皇子が皇位を踏めぬ怖れが出てくることを」

「…大津皇子様も、で御座います」

　ボソッと言った阿礼の言葉を用いて、安万侶はその謎にようやく合点（がてん）した。

「そうか。やはり皇御孫御門の守成の筋書きであったか」

「そうなのですね」

　大津皇子は大田皇女所生の皇子である。草壁皇子より一歳年少だが、才気に溢れ、天つ日嗣を受けるに相応しい力量があると思われた。しかし、才気だけで国を安んじることは出来ない。天武天皇によって創業された日本は、守成の時期にさしかかっているのである。

「大田皇女が亡くなり、大津皇子は後ろ盾に欠ける。鸕野讃良（うののさらら）皇后の後ろ盾がある草壁皇子とは両雄並び立たずになってしまうが」

「新しい禁忌を、作られたのです」

「そうだ。皇御孫御門は、淡海御門の弟君となることで、大田皇女を母とする大津皇子も鸕野讃良皇后を母とする草壁皇子も、ともにご登極あたわずの禁忌に触れることを知らしめようとされたのだろう。上宮聖太子が炊屋姫御門のもとで、摂政として政を総覧されたように、草壁皇子も大津皇子も、争わずに力を合わせて欲しいと願われたに違いない」

　天武天皇が修史司（ふひとのつかさ）で勅訂の『帝紀本辞』の編纂を指揮した際、高向王の御子すなわち用明天皇の三世王から天智天皇の同母弟すなわち舒明天皇の皇子へと立場を変えたのは即位十一年（六八三）だった。その年、大津皇子は太政大臣として執政を開始している。草壁皇子には二年前から摂政を委ねていたが、阿閇皇女のもとに軽皇子が誕生した年でもあった。

「皇御孫御門は、いずれの皇子にも御位は嗣がせず、両翼で広野姫御門を支える姿を絵に描かれたのであろう。広野姫の後の御位は、ご登極あたわざる二人を飛ばし、軽皇子に承がれればよいと。上宮聖太子、竹田皇子のいずれでもなく、次の世代の広額御門（舒明）がお嗣ぎになったように」

　阿礼は念を押すように言った。

「言霊は恐ろしいのです。言霊を疎かにしてはなりませぬ」

　阿礼の言葉が常ならぬ響きをもつことに安万侶は気づいた。いや、会話と思えば常ならぬ響きだったが、朗唱と思えば聞き慣れた声調があった。

　安万侶は今さらながら得心した。阿礼が語部、すなわち言霊に仕える巫女だったことを。

「禁忌に触れたお二方の皇子様は、滅ぶのが運命だったのです。大津皇子様は乱を起こし、草壁皇子は病によって」

　天武天皇崩御の年（六八六）、鸕野讃良皇后が称制する。翌月、大津皇子は謀叛の罪に問われて自裁し、二年後、草壁皇子は六歳の軽皇子を残して薨去した。皇后は即位して持統天皇となり、宗像尼子娘の忘れ形見、高市皇子を太政大臣として政治を総覧させた。

　阿礼はもはや、次の章の朗唱の準備を始めていた。火桶を婢女に取り去らせると、スーッと冷気がたちこめ、朗唱演舞の空間があらわれた。

# 第十一章　和銅五年一月の事

白鳳の凍れる音楽

一月も終わろうとする二十八日。太安万侶は不安と期待の入り交じる奇妙な気持ちを抱いて、藤原の故京への道のりを急いだ。

大和盆地の北端の平城京に対し、藤原京は南端にある。二十年前の持統四年（六九〇）に整備が始まり、八年に遷都したばかりだったが、第四十三代元明天皇が「南への広がりに欠け、天子は南面する原則にも反している」とする風水の指摘を気に懸けた。

人口爆発に伴ってゴミが大量に発生し、飛鳥川の流量不足に淀んで堆積してしまう現実的な困難もあった。その結果、北に山を背負い、南下がりに開けているだけでなく、豊富な水量でゴミ問題も解決できる地を選んだ。佐保川、秋篠川流域の春日から菅原に至る一帯で、ここに平城京を造営し、移転したのが一昨年、和銅三年（七一〇）三月であった。

安万侶は、都域を出るとまず佐保川に、次いで寺川に沿って南下する下ッ道を通って藤原京へ入った。稗田阿礼の住まいは元の大極殿から南に二丁、廂ごしに美しい塔が見える薬師寺の東隣にある。語部は朝廷でも重要な司だったから、その住まいも優遇された場所にあった。しかし、平城京への移住にあたっては、官衙も宅地も班給がなかった。

阿礼の住まいの前に立って、安万侶は念じていた。

（――逃げてくれているといいが）

今日、阿礼の姿がないことを知れば大きな安心となる。しかし、自分の言葉が曖昧に終始したために、言いたいことが伝わらなかったのではと、次第に不安が高じてきた。

前回、この官舎を訪れた時、安万侶は阿礼に逃亡を勧めた積もりだった。修史のための最後の聴き取りが終わると、阿礼は解部によって殺害される手筈になっていたからである。

天武九年（六八二）に始まった第一次修史は、勅訂による「正史」をまとめるとともに、諸族の伝承を整理する目的があった。整理が抹殺の意味と知るのは、事業にたずさわった皇親とわずかな有司のみである。今では『帝紀本辞』に統合された伝承を、諸族も代々、自家に伝わったものと信じている。しかし語部たちの中には、修史以前の伝承を断片的に覚えている者がいた。

元明天皇の第二次修史は、その語部たちが概ね絶えるのを待って発令された。残された最後の有力な語部である阿礼からは安万侶に聴き取り筆録させ、以後は文章化された草稿を密室で編集する計画である。語部司（かたりべのつかさ）は廃止され、阿礼の命は断たれる。異伝は焚書（ふんしょ）し、それを伝える怖れのある語部は坑儒（こうじゅ）する。そこまで進んで「修史」は完成する。＊

安万侶がこの非情な仕組みを教えられたのは、年が明けて新年拝賀に舎人親王邸を訪れた時だった。聴き取り作業がほぼ終わりつつあることを報告した際に、最終日の予定を届け出るよう命じられたのである。理由を問う前に、親王は語部抹殺の計画を語った。朝廷に仕える官人として、その必要性に疑義を差し挟むことなどあり得ないと信頼されていたのか、信頼を裏切ることはできないぞという念押しだったのか、定かではなかった。

その後に二度、安万侶は藤原京を訪れた。一回目は為す術（すべ）を知らず、ただ時のみが経（た）った。

（――阿礼、そなたの命が断たれるのだぞ）

簡単な一言が、安万侶には言えなかった。およそ朝廷に仕える者は、承詔必謹（しょうしょうひっきん）――上長の命令を大君の詔と思って必ず従うものという規範から離れられない。機密を暴露することが官人としての立場にどう影響するか、考えるまでもないことだった。

（――しかし、）

安万侶は官僚である前に、人としての自分の存在意義に目覚めつつあった。安万侶は今、阿礼と一緒にたずさわる仕事が、後世、歴史家と呼ばれることを意識していた。

作業を始めた時は、阿礼という語部は官人である太安万侶の業績を支えるために奉仕する下僕（げぼく）と位置づけて疑問を持たなかった。しかし阿礼の朗唱を聴くごとに、それが文字なき時代に記録の役目を果たす機械の代わりなどでなく、心を揺さぶる何ものかであると思うようになった。

芸術、と現代ならば名付ける新たな分野を、安万侶は知った。阿礼の語る叙事詩の見事さは、この民族が初めて生み出した文学であった。その伝承者としての阿礼を、安万侶は統治の機構を下支えするために組み込まれた歯車や、その齣（こま）の一つとは思えなくなった。

五日前に阿礼の官舎を訪れた時、次の来訪が最後になることを伝えた。作業は終わっている、とも言った。修史寮へは読み合わせの必要があると届けるが、その作業は不要なのだと、繰り返し説明した。

今、官舎の前で、安万侶は後悔していた。

（――逃げるのだ）

という言葉を、言うに言えなかった自分が情けなかった。阿礼の逃亡にもっと積極的に手を貸せばよかった、という慚愧（ざんき）の念が湧いた。が、いずれにしても今はもう遅い。

＊　秦の始皇帝は国家統治に有用な「法家」を重んじ、他の学説を禁じて思想を統一するため、書物を焼却し、学者を穴埋めにした。その故事から、強権的な思想弾圧を「焚書坑儒」という。

安万侶が案内を請うと、婢女は家中が混乱しているふうを見せることもなく、中へと導いた。悪い予感が心のうちに広がったが…。

阿礼がいつものように、床几の向こうで微笑して立っていた。

「阿礼どの…」

「よくお越し下さいました」

「お分かりにならなかったか」

安万侶は落胆した。そして、この美しい語部が数刻の後には命を落とすことを予想して、たとえようもない喪失感に襲われていた。

「まだ間に合う。阿礼どの、一緒に逃げようではないか」

このまま手を取ってでも、阿礼を安全なところに移そうと安万侶は考えた。手引きをしたのが自分だと、すぐに知れる。しかし、そんなことはどうでもよくなった。阿礼が失われることを知った瞬間に、今、最も失いたくないものが何なのかを悟ったからである。

阿礼は微笑みを変えぬまま、静かにかぶりを振った。

「私は逃げませぬ。ここにおります」

この時に至って初めて、安万侶は阿礼に、まだ逃げる理由を告げていないことに気づいた。が、もちろん阿礼は既にそれを承知していた。

「今、逃げなければ、そなたは命を失うのですぞ」

「存じております。私は、安万侶さまのご厚意も十分に受けとめさせていただいております。なれど、私はここにいようと思います」

「なぜなのだ、阿礼どの」

「私がここから消えましたら、安万侶さまがお咎めを受けてしまいます。ですから、ご一緒することも、一人で去る訳にも参りませぬ」

「私にはその覚悟も出来ているが」

安万侶はふだんは冷静な学者肌の教養人だったが、いったん火がついた心は、逆に抑える術を知らずに燃え上がった。

「安万侶さまのお言葉とも思えませぬ。何より大切なのは『古ことぶみ』をまとめ上げ、後の世に伝えることでは御座りませぬか。そのために私も努めて参りましたので御座います。今、私を逃れさせ、安万侶さまがお咎めを受けてしまいましたら、折角の『古ことぶみ』に傷がつきます。ましてや、ご一緒になどというのでは、『古ことぶみ』を世に出すことすら叶いませせぬでしょう」

阿礼は、筆録を終えたばかりの口誦の物語を、安万侶が『古事記（ふることぶみ）』と表題をつけようとしていることに共感して、この場でもそう語った。

「阿礼どの、それではそなたは」

阿礼は黙ってうなずいた。阿礼にとって一身はわずかのこと。神代から代々の語部が口誦で伝え来て、今、文学という新しい表現形式を得て『古ことぶみ』としてまとめられる。その意義は永遠のものなのである。

二度の修史に参画することで自分の使命をはっきり自覚した阿礼にとって、日本最初の歴史がどう著（あら）わされるかは、わが身の安寧に引き替えても守りたいものだった。安万侶にとっては、その思いはさらに大きいはずである。

「私も少しは関わらせていただきました『古ことぶみ』が幾世にも伝わりますためには、あなたさまのお力添えが必要なので御座います」

「そなたは御身に代えても、この『古ことぶみ』を後の世に伝えようとなさるのか」

安万侶は感動で心が満たされる思いを感じた。阿礼が言うように『古事記』の撰録は自分にとって大きな意義をもった仕事である。宮仕えの身の単なる世過ぎの積もりはなかった。わが国に初めてとなる歴史書を編む意気込みで従事していたのである。

権力者の意図をあからさまに記すに過ぎないものは「歴史」でない。王家の成功譚は権力の装飾物というべきだろう。知識人が権力者の意図を知りながらも、改変の事実には批判を加えつつ真実を探る。そして後世に伝えようとする努力こそ、歴史の始まりである。

阿礼の口誦は上古の伝承をそのまま伝えて飾るところが少なかった。むろん神代から伝え来たものだから、「史実」と「史実から抽象化されたもの」あるいは「史実らしく仮象されたもの」との境界が定かでなくなっている。しかし、それは大和の国つ民が千年にもわたって、そのように思い、考えた思想を表現しているのであって、今の王家の作為によって歪められた部分は少ない。だからこそ権力者は、阿礼の口誦から利用すべきところは使い、都合の悪いところは抹殺しようとしているのである。

安万侶は阿礼を、巨大な官僚組織が容易に使い捨てにして恥じない「駒」とみなすことが出来ない。同時に、本来は使い捨てる側にいるはずの自分も、結局は一個の歯車に過ぎないと気がついた。

（――自分も、使い捨てにされる）

今、完成に近づいている『古事記』は作業の一素材であって、朝廷が編纂を意図しているものとは全く別物なのだ。『古事記』が打ち捨てられてしまえば、その成立に心血を注いでいる安万侶の存在も否定され、歴史からも抹殺されてしまうのと同然だからである。

（――それではならない）

安万侶は歴史家としての自覚を、この日、阿礼によって補強されたといってよいだろう。

「安万侶さまには『古ことぶみ』をまとめ上げ、後の世々に伝えていただく大いなる責が御座います。私の一身のために、その責が果たせなくなることを、私は望みませぬ。私の御役目は既に終わりました。あとは、あなたさまが御役目を完うされねばなりませぬ」

阿礼の表情には、確信に満ちた強さが湛えられていた。それは目前の死を意識していると思えば悲愴に見えるが、安万侶にはむしろ、自覚した使命を果たしつつある者のみが味わいうる愉悦なのだと感じられた。そしてこの時ほど、阿礼が神々しいまでの美しさに輝いていたことはないと思えるのであった。

「阿礼どの、よく分かった。『古ことぶみ』を世に伝えよう。私やそなたの命には限りがあっても、『古ことぶみ』は千載に遺すことが出来る。しかし、それを叶えるためには、今、私とそなたが力を合わせねばならぬのは、そなたに教えられた通りじゃ」

「安万侶さま、有難う存じまする」

「私はそなたの身を按じていたが、そなたは私よりも遥かなるものを見ている。『古ことぶみ』を完成させ、決して埋もれさせてしまわぬよう、私は全力を傾けることを誓おう」

「お分かりいただけましたか。そのために私はこのまま、ここにおります方がよいのです」

「うむ。それを認めるのは、私としても辛い。が、そなたの深い思慮の前には、偽りを言うても気休めにもならぬな」

「その通りで御座います」

凛とした視線で、阿礼は安万侶を見つめた。

「……」

さすがに感きわまり、安万侶は言葉が継げなかった。が、阿礼にはどうしても言わねばならないことがあった。

「その上で申し上げます。私の身勝手な我儘に御座いますが、安万侶さまに是非とも、お聞き届けいただきたいことがあるのです」

「なんなりと、申してみられよ」

阿礼は冷静に、沈着に、その実現させたい望みを安万侶に告げた。

「わが余命は、あと幾何もないので御座いましょう。私がこの世にありました証しを、はなむけとして安万侶さまのお力で、授けていただきたいので御座います」

「はなむけ？　私が、私に出来ること、で御座るか」

安万侶の心に、熱く燃え上がるものがあった。この世の名残に、阿礼は自分に何を求めているのであろうか。

「あなたさまなら出来ることです。そして今、あなたさまにしか出来ないのです」

阿礼も女性である。幼時から語部として、固い御禁制の掟を守って一生を過ごしてきたのだったが…。今、この美貌の語部は、その役目を終えるにあたって、やはり女として逝きたいと考えているのか。

　が、阿礼の言葉は、安万侶の邪心を裏切った。

「安万侶さま、『古ことぶみ』には是非、私の名も、たとえ一ヵ所でも構いませぬから留めていただけませぬか」

　あっと、安万侶は衝撃を受けた。冷水を浴びた思いであった。歴史に覚醒し、歴史家としての自己規定を成し遂げた聡明な女性の、死を前にしての最後の望みを誤解した自分が恥ずかしかったのである。

　しかし、阿礼の表情には、美しい微笑みが消えていない。そして当惑気味の安万侶を見て、微笑みはむしろ、いたずら気なものに変わった。

「何かほかのことだと思われまして？」

「いや、そういう訳でもないが」

　てらう間もなく、安万侶は阿礼の諧謔を受け止めた。阿礼は、安万侶が抱いていたほのかな恋ごころを、知っていて気づかぬふりをしたくなかった。阿礼とても、『古ことぶみ』を後世に伝える歴史家の同志としてのみならず、安万侶に敬意以上のものを感じていたのである。

　しかし、語部の職掌に誇りをもつ阿礼は、最後まで語部の資格を失わずに、従容として死出の途につきたいと思っている。だから、最後の機会に笑いを交えて、その気持ちを互いに、より高いものへと昇華させたかったのである。

二人のほのかな想いは、ほのかなまま、歴史という永遠なるものにその帰結を委ねたといえるだろう。

心の動揺から立ち直った安万侶は、

「阿礼どの、『古ことぶみ』には、そなたの名は、こう書き留められる」

と言って、半折の懐紙に大きく、黒々と四文字を記した。

稗田阿禮

阿礼が、それを確かめるように覗き込んだ。

「これで、ヒエ、ダノ、ア、レ、と読むのだ」

安万侶は一字一字に、訓みをあてはめながら阿礼に示した。阿礼は文字が読めない。読むかわりに阿礼は、自分の名を表わす四文字を、みずからの分身であるかのように思い、慈しむ気持ちで触れてみた。乾き切らない墨痕が、かすかに、阿礼の手を汚した。

# 終章

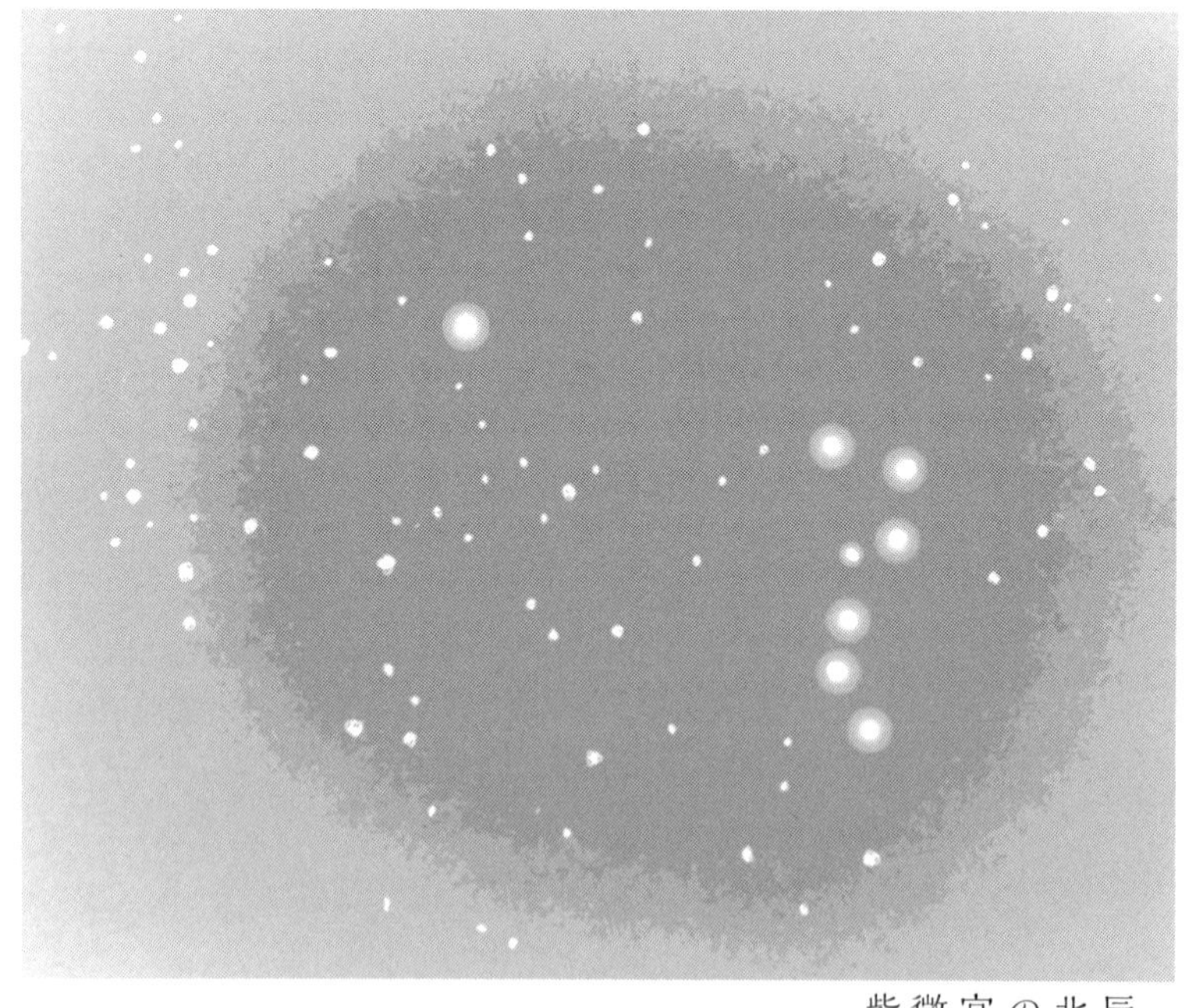

紫微宮の北辰

官撰の史書として神代から第四十一代持統天皇までを扱った『日本書紀』に続くのは、第四十二代文武天皇（天之真宗豊祖父）と奈良時代の八代を対象とする『続日本紀』である。この『続紀』によれば、太朝臣安麻呂は養老七年（七二三）七月七日に没している。享年六十二。時に従四位下、民部卿であった。＊

安万侶は第二代綏靖天皇の同母兄、神八井耳命を祖とする多氏に生まれた。出生に秘密があることは知る者ぞ知る事実だったが、中流以下の貴族の出自に関心が払われることもなく、解明されないままに終わった。なぜ「万侶」が「麻呂」なのか、なぜ「多」氏が「太」と記されるかも鍵なのだろうが、いずれにしてもこの物語の後、霊亀二年（七一六）には氏上に任じられた。

父の多品治は壬申の乱で大海人皇子方の勝利に貢献した武将だったから、天武天皇の系統が主流になった藤原京時代は、いわば勝ち方に属していた。しかし品治は、朝廷で高い地位にあったとはいえない。安万侶が二十二歳だった天武十一年（六八三）に、伊勢王の下で諸国の境界画定事業にたずさわったことが分かっているから、中流といえるかどうか境界の貴族である。同十四年（六八六）に八色姓の一つである「朝臣」に列せられ、持統十年（六九六）八月には、直広壱の位（「大宝律令」以後の位階制度では正四位下に相当）を授けられたほかは、特筆されることもない。したがって宮仕えを始めた安万侶は、ひたすらに学識を磨くことによって、みずからの力で高級官僚としての地歩を固めていったのである。

＊『続紀』には七月七日だが、昭和五十四年に発見された墓誌では六日。火葬に付された安万侶の遺灰を納めた木櫃（もくひつ）の中にあった墓誌は物差し大の銅板で「左京四條四坊従四位下勲五等太朝臣安萬侶以癸亥年七月六日卒之　養老七年十二月十五日乙巳」と刻銘されている。

稗田阿礼との共同作業によって完成した『古ことぶみ』は、漢風に『古事記』と題されて和銅五年（七一二）一月二十八日に献上されたという。しかし、この期間を扱った『続紀』にはその事実が記されていない。また、『書紀』の〈天武紀〉には川嶋皇子、忍壁皇子らの修史事業は記述されているが、「稗田阿礼」についての言及は一切ないのである。

安万侶の『古事記』は、養老四年（七二〇）に全三十巻系図一巻が撰上された『書紀』の編纂事業に吸収され、その存在すら世に伝わらなかった。他の資料と同様に『書紀』の完成後、廃棄されてしまったからである。安万侶が『古事記』成立の四年後に氏上に任じられたのは、その代償の褒賞と考えられる。そして『書紀』完成三年後の死は、ある意味で、『古事記』が葬られたことへの憤死だったのではないか。

わが国の焚書坑儒は、こうして官撰の史書以外のものを後世に遺さなくしたはずだったが、安万侶の家には長く秘蔵された『古事記』の写本が残されていた。

平安時代の弘仁年間（九世紀初頭）になって、朝廷の大学寮で『書紀』を講じていた学者で安万侶の子孫といわれる多人長が、これを表に出して世に伝えた。第五十二代嵯峨天皇の御代のその頃は、皇統は天智天皇の皇子である施基親王（志貴皇子）の系統へと移っていた。

奈良朝の末、第四十八代称徳天皇の後継に志貴皇子を父とする白壁王が推され、第四十九代光仁天皇となった。その時、聖武天皇の皇女井上内親王を皇后としたのは『不改常典』の第五条に順った即位であることを示すが、その間に生まれた皇太子他戸親王を廃した時に天武王家は絶えた。上宮王家は皇極二年（六四三）に斑鳩宮で滅びたのでなく、宝亀三年（七七二）の井上皇后大逆の冤罪事件と、その結果の他戸親王廃太子で滅亡したのである。

天武王家の皇親や有司たちが必死に修飾した歴史の、その裏にあった真実の記憶は薄れた。それが逆に改変の必要性も忘れさせ、禁書である『古事記』の存在を許す情勢になっていた。安万侶は元明天皇から『古事記』撰録の「勅命」を受けたのではなく、和銅五年（七一二）一月に復命献上した事実もなかった。実際は舎人親王からの事務的な下命であり、『書紀』編纂のための一資料として使われたに過ぎなかった。が、人長は写本に、安万侶が書き遺してあった覚書を上表文の形に直した「序文」を付して発表した。この高等戦術によって、後世には勅命による『古事記』の撰録献上が事実のように伝わった。

結果として『書紀』のみを正史として残す天武王家の目論見は外れ、『古事記』が異伝の形で伝わった。賀茂真淵が本居宣長に送った書簡以来、『古事記』が偽書だという説は根強くあるが、『書紀』と比較して精読してみれば、少なくとも本文については、『古事記』に記述された伝承が『書紀』の編纂にも参考にされていると考えるのが自然である。

官撰の『書紀』にも異伝を伝える一連の「一書」や「或本」がある。このことは、通常、その編纂方針の公正さを物語る事実として説明される。それは多くの部分で妥当だが、同時に『古事記』にあって『書紀』から全く消されている事実には、大和王権にとって具合の悪い、あるいは天武王家にとって不都合な、いろいろな秘密が隠されていると考えるべきだろう。

消されたもの、すなわち隠されなければならなかった真相は何なのか。『書紀』の成立後、千三百年に近くなる現代では原型を復元するのは難しい。が、一つの方法論として『古事記』と『書紀』の違いを丹念に拾って見ていけば、やがてその一端は明らかになる。

太安万侶は歴史家として周到な配慮を加えて、天武王家が日本の歴史上から抹殺しようとした事実の痕跡を留める努力をした。それは宮仕えの高級官僚だった制約を残してはいるが、歴史家としての学問的良心が強かったことを立証するものでもある。

ゆえに、安万侶は日本最初の歴史家であり、『古事記』において、日本の歴史は始まるといえる。われわれは、組織的焚書の企てにもかかわらず『古事記』が今日まで遺されたことを多とする。そしてその契機を作った、もう一人の知られざる歴史家、稗田阿礼の果たした役割も顕彰しなくてはならない。

安万侶は阿礼との約束を守った。『古事記』の中に二ヵ所、稗田阿礼の名を書き留めたのである。それはまず、「序」のもとになった安万侶覚書の第二段〈古事記撰録の発端〉の、

> 時に語部有りき。姓は稗田、名は阿礼。……人と為り聡明にして、目に度れば口に誦み、耳に払るれば心に勒す。即ち阿礼に勅語して「帝皇の日継」及び「先代の旧辞」を誦み習はしめたまひき。

である。ここは有名な「偽を削り実を定めて、後葉に流へむと欲す」という天武天皇の詔勅に続く部分であって、安万侶にとって阿礼との約束の重みを感じさせるに十分である。

いま一つの阿礼に言及している部分は、〈古事記の成立〉といわれる第三段の、

> ここに旧辞の誤忤を惜しみ、先紀の謬錯を正さむとして、和銅四年九月十八日を以て、臣安

万侶に詔して、稗田阿礼の誦むところの勅語の旧辞を撰録して献上せしむ。

という一節である。阿礼との日々を回想してその作業の始期を刻しており、しかも、阿礼の祥月命日である一月二十八日を記念すべき『古事記』完成の日として記している。が、多人長は安万侶と禁断の語部との魂の交流を世に出すことを憚った。そこで第二段で阿礼のことを、語部でなく男の職掌である「舎人」と、あえて誤記したのである。この結果、その後の千年以上にわたって、阿礼の実像は歪められたままであった。

阿礼は女性である。しかし、江戸後期に平田篤胤がその可能性を指摘し、昭和二年に柳田國男博士が「早稲田文学」誌上で「稗田阿礼」を論じるまで、その存在の持つ意義と安万侶のほのかな恋ごころは、ともに隠され続けたのであった。

# あとがき

　この小説は、古代史に詳しい読者には周知の挿話を素材に『古事記』の成立にかかわる謎の解明を組み合わせることで、現代人が等閑視している「喫緊の重要課題」を喚起する作品に仕上げた積もりである。

　歴史小説を書き始めた頃から、私は、いつか古代史を舞台に壮大な物語を構想できたらと思っていた。しかしその時代の出来事や人物を描きつつ、現代に通じる主題を提示することは可能だろうかと考えて、時だけが経過してしまった。

　私は古代史について、かなりの知識を持っていると自負はしていた。昭和後期の学問の進展も追いかけながら理解に努めていたし、平成に入ってからの百家争鳴の議論も興味深く感じていたが、千年以上に及ぶ古代史全体を見通す構図となると、なかなか手に余るものがあった。

　特定の時代の個別の出来事について、甲乙いずれの説が有力かを考えるのを楽しんでいるうちはよいが、滔々たる歴史の流れの中で一貫していなければ意味がない。単に説を説として論じるだけでなく、そこから醸成される史観に整合性が必要だからである。

　そんな私が本作品をまとめることができたのは、『古事記』の中に意外な発見が連続したことが契機になった。その第一が「二人の御真津媛」である。

　崇神天皇は「崇神記」（『古事記』の崇神天皇の章）では御真津比売命、「崇神紀」（『日本書紀』の崇神天皇の章）では御間城姫を立后するが、「崇神記」に大毘古命の女、「垂仁紀」に大彦命の女とされているので、同一人物であることは間違いない。ところが「開化記」を見ると、御真津比売命は崇神の同母妹と記されている。

こういうとき、解説書はただ沈黙してしまうが、私は心が躍る。同母妹を立后するのは絶対の禁忌だから、背景には重大な秘密が隠されていると考えられるからである。

たとえば、倉野憲司氏校注の『古事記　祝詞』によると、御真津媛について「開化記」の頭注は「書紀にはこの御子見えず」とのみ記し、「崇神記」頭注は何も触れない。ところが御真津媛が二ヵ所に出てくる事実を矛盾として着目すれば、その謎を解くことで新しい展開が生まれると期待される。

私の発想はこうなる。崇神は開化天皇の皇子でなく、皇女の御真津媛を娶して皇位を継承した。が、誰かの意志があって崇神を開化の皇子と主張し、その嫡系相続を仮構するために、同母妹となっては結婚できない御真津媛を大彦命の女に移したのだ、と。

その際に「開化記」の記述は消し忘れたのだろうが、そこにも何らかの意図があったと見れば、小説的世界は一気に広がる。

では崇神とは何者だったのか。『書紀』の伝承の中の大物主神を祀る段に時期と年の重複があることに気づくと、次々と仮説が導かれた。時代はまさしく疫病と叛逆で国内が乱れたときだったが、その混乱に終止符を打った崇神が「御肇国天皇」の尊号をもつこととも関係するのだろう。

嫡系の皇女が傍系の王族を婿に迎えて、神聖なる皇統に高貴さと新興勢力の力強さを共に確保する皇位継承を、古代史は何度も繰り返した。何度も繰り返したことを叙述するのが後世へ伝える規範となるが、越の国から北河内の樟葉に来ていた男大迹王（継体天皇）に立后した手白香皇女の場合、男大迹王が皇統に列なるとはいえ、「応神天皇五世の孫」

という遠さが王朝交替説を導いてしまってかまびすしい。

『記紀』には空白となっている継体の父祖の系譜を記す「上宮記一云」という史料の真偽も問題になる。しかし、系譜を創作するなら直接に繋がるような細工だって可能なのだから（たとえば崇神を開化の皇子としたとか、応神を仲哀天皇の皇子とするように）、むしろ遠い系譜が伝えられているところに信憑性を見ることもできるだろう。

それにしても、継体系譜の初代とされている凡牟都和希王をホムダワケの応神とするのは、いかにも無理がある。だから『記紀』は系譜を省いたのだろうが、ホムツワケは極く自然に誉津別命だと考えれば、全く異なった状況が見えてくる。誉津別命とは垂仁天皇と狭穂媛皇后の皇子であり、狭穂媛は御真津媛の庶弟、彦坐王の王女だからである。

彦坐王は皇統譜の中で大きな存在感をもっている。孫の日葉酢媛を通じて景行天皇と繋がり、四世の孫にあたる神功皇后を通じて応神とも繋がっているから、さらに誉津別命を通じて継体と繋がることになれば、この彦坐王の存在が、現代まで続く皇統の核をなしていることが分かる。

それが崇神の即位前の叛乱と疫病のもたらした混乱の収束ともかかわるという推測を生む。詳しくは本編に述べたが、こうしてすべての挿話が相互に連関して動き出すのが私の小説である。

建国の初期に五十鈴媛皇后が果たした役割は、知識として昔から知っていた。しかし、その挿話のほとんどが『書紀』には採られていないことは余り意識になかった。そこで、重要な存在なのに意義が伝わらない理由を問い、『古事記』にあって『書紀』にない事項が何を意味するのかを追究していくことで、古代史の謎の数々が解け始めた。
すなわち「二代の后」は、日本が北東アジアにあって「烝」（二七頁の補註参照）の習慣を共有していること、『記紀』の編纂時期は唐の「武韋の禍」（則天武后と韋皇后、二三五頁の補註参照）と同時代であることなど、為政者にとっては単なる歴史の知識でなく、現実の課題として捉えられていただろうと想像がついた。となると俄かに、唐と三韓と飛鳥が地図上に並列している姿が浮かび上がってきた。

日本史において、唐は遠い国ではない。われわれの知識は鑑真和上の航海の困難さを知るあまり、多くの知識人が頻りに往来していた事実を看過しがちである。六五四年に新羅国王となった金春秋は、六四七年に飛鳥を訪れ、翌年には長安に姿を見せている。

ならばと、日本の皇子にも大唐の都に赴かせ、さらには主人公の一人は百済で生まれ、高句麗から帰朝したという設定が第十章の伏線となった。物語の流れの中で読んでいただけば、少しも荒唐無稽でなく、ありうる話と思われるだろう。

第十章の章題は「ここに歴史はじまる」とした。日本史の知識によれば、倭国の大王が天皇を称し、国号を日本に定めて隋唐にも認められた時代であった。そして律令国家として出発しようとするときに、歴史書が編まれ、歴史家が現れた。彼らを、私は「古代史の天才たち」と呼ぼう。

本編で指摘したように、この天才たちは何としても後世に伝えたいと思った事実（歴史的事実もあれば、民族が神代にそう考えたという事実のこともある）を、秘かに『古事記』の中に残した。その秘密を解く鍵が『書紀』との記述を比べることで発見されるのだから、千年の思いを見つける努力を彼らと共有して楽しんでいただいたら幸いである。

それにしても、二千年の後までも伝わる章典がそんな形で残されたことに驚きを禁じ得ない。そのうち最も重要なものは、「皇統を万世に伝えること」である。なぜそれが重要かはまだしも理解されるだろうが、なぜ喫緊かについては、ほとんど知られていない。

今日、初代の神武天皇と五十鈴媛皇后に始まる天皇家の系統が将来世代へと確実に承がれていく保障が揺らいでいる。しかも、ここ数年でそのために必要な対策を講じなければ、永遠に失われるかも知れないという事情が、まったく認識されていないのである。

皇室には内親王が三方、女王は四方おられるが、この方々に皇統を伝える役割を担っていただく手立てを整える必要がある。

もちろん、秋篠宮家に悠仁親王が降誕されたことにより、何代かの皇位は継承される。それでも百年は超えないし、たった一本の細い糸が不意の出来事で切れないとも限らない。したがって今、糸を増やして、撚って、強くする責任を果たさなければ千載の悔を残す。というより、悔いても何も解決しないのだから、為政者、有識者の無自覚な不作為を見過ごすわけにはいかない。

この危機感が、私が本作品を上梓する最大の理由である。

平成二十八年五月　著者識

# 天皇、主要皇族名の表記対照表

（漢字は新字体、漢風諡号以外の読みは旧かな）

| | 漢風諡号 | 『日本書紀』　『古事記』　（その他の別名、諱など） |
|---|---|---|
| 1 | 神武 | 神日本磐余彦天皇、神倭伊波礼毘古命（狭野尊、若御毛沼命ともいう） |
| | 皇后 | 姫蹈鞴五十鈴媛、比売多多良伊須気余理比売（富登多多良伊須須岐比売命） |
| | 称制？ | 手研耳命、当芸志美美命 |
| 2 | 綏靖 | 神渟名川耳天皇、神沼河耳命 |
| 3 | 安寧 | 磯城津彦玉手看天皇、師木津日子玉手見命 |
| 4 | 懿徳 | 大日本彦耜友天皇、大倭日子鉏友命 |
| 5 | 孝昭 | 観松彦香殖稲天皇、御真津日子訶恵志泥命 |
| 6 | 孝安 | 日本足彦国押人天皇、大倭帯日子国押人命 |
| 7 | 孝霊 | 大日本根子彦太瓊天皇、大倭根子日子賦斗邇命 |
| 8 | 孝元 | 大日本根子彦国牽天皇、大倭根子日子国玖琉命 |
| 9 | 開化 | 稚日本根子彦大日日天皇、若倭根子日子大毘々命 |
| | 称制？ | 彦坐王、日子坐王 |
| 10 | 崇神 | 御間城入彦五十瓊殖天皇、御真木入日子印恵命（風土記に美麻貴天皇） |
| | 皇后 | 御間城入姫、御真津比売命 |
| | 四道将軍 | 大彦命、大毘古命（稲荷山古墳出土の鉄剣銘には意富比垝） |

11 垂仁 活目入彦五十狭茅天皇、伊久米伊理毘古伊佐知命

皇后 狭穂媛、沙本毘売命

12 景行 大足彦忍代別天皇、大帯日子淤斯呂和気命

征東将軍 日本武尊、倭建命（小碓尊、日本童男、倭男具那命、風土記に倭武天皇、倭健天皇命あり）

右の妃 宮簀媛、美夜受比売

右の妃 弟橘媛、弟橘比売命

13 成務 稚足彦天皇、若帯日子命

14 仲哀 足仲彦天皇、帯中津日子命

神功皇后 気長足姫尊、息長帯比売命（風土記に息長帯比売天皇）

15 応神 誉田天皇、品陀和気命（誉田別、品太命ともいう）

16 仁徳 大鷦鷯天皇、大雀命

17 履中 去来穂別天皇、大江之伊耶本和気命

18 反正 瑞歯別天皇、蝮之水歯別命

19 允恭 雄朝津間稚子宿禰天皇、男浅津間若子宿禰命

20 安康 穴穂天皇、穴穂命

21 雄略 大泊瀬幼武天皇、大長谷若建命（鉄剣銘に獲加多支鹵大王）

22 清寧 白髪武広国押稚日本根子天皇、白髪大倭根子命

称制？ 飯豊青皇女 忍海郎女（飯豊皇女、青海郎女ともいう）

23 顕宗 弘計天皇、袁祁之石巣別命

24 仁賢 億計天皇、意祁命

25 武烈 小泊瀬稚鷦鷯天皇、小長谷若雀命

26 継体 男大迹天皇、袁本杼命（乎富等大公王）

皇后 手白香媛、手白髪命

27 安閑 広国押武金日天皇、広国押武金日命（勾大兄王）

28 宣化 武小広国押盾天皇、建小広国押楯命（桧隈高田王）

29 欽明 天国排開広庭天皇、天国押波流岐広庭命

30 敏達 渟中倉太珠敷天皇、沼名倉太玉敷命

31 用明 橘豊日天皇、橘之豊日命

32 崇峻 泊瀬部天皇、長谷部若雀命

33 推古 豊御食炊屋姫天皇、豊御気炊屋比売命（額田部皇女ともいう）

聖徳太子 厩戸豊聡耳皇子、上宮之厩戸豊聡耳命（上宮法王、上宮聖太子ともいう）

34 舒明 息長足日広額天皇（田村皇子）

35 皇極 天豊財重日足姫天皇（宝皇女、皇祖母尊ともいう）

36 孝徳 天万豊日天皇（軽皇子）

37 斉明 天豊財重日足姫天皇（皇極重祚）

38 天智 天命開別天皇（葛城皇子、中大兄皇子、淡海御門ともいう）

39 弘文 称制（明治三年に追諡、大友皇子）

40 天武 天渟中原瀛真人天皇（漢皇子、大海人皇子、皇御孫御門ともいう）

采女、妃（宗像尼子娘）

41 持統 高天原広野姫天皇（鸕野讃良皇女）

『続日本紀』（諱、別名など）

42 文武 天之真宗豊祖父天皇（軽皇子）

43 元明 日本根子天津御代豊国成姫天皇（阿閇皇女、阿閉、阿陪とも記す）

44 元正 日本根子高瑞浄足姫天皇（氷高内親王）

45 聖武 天璽国押開豊桜彦天皇（首親王）

46 孝謙 上台宝字称徳孝謙皇帝（阿倍内親王、高野姫尊）

47 淳仁 淡路廃帝（明治三年に追諡、大炊王）

48 称徳 （孝謙重祚）

49 光仁 天宗高紹天皇（白壁王）

50 桓武 （山部王）

# 古代史年表

| 天皇 | 西暦 | 干支 | 『日本書紀』による事項（洋数字は天皇暦の年） | その他の事項（洋数字は西暦） |
|---|---|---|---|---|
| 建国前 | 六六七 | 甲寅 | 東征進発、筑紫を経て安芸埃宮。六六六　吉備高島宮。 | |
| | 六六三 | 戊午 | 浪速の孔舎衛坂で長髄彦に敗れ、熊野から大和入り。 | 前771周の東遷、春秋はじまる |
| | | | 十二月、饒速日命帰順。 | |
| | 六六二 | 己未 | 橿原宮。六六一　五十鈴媛を娶す。 | |
| 神武 | 六六〇 | 辛酉 | 1即位、立后。2二国二県を置く。31国見。76崩。 | |
| （手研耳） | 五八四 | 丁丑 | 1葬、五十鈴媛を娶す。 | *手研耳命登極？ |
| 綏靖 | 五八一 | 庚辰 | 1即位、高丘宮。2立后。33崩、即位。 | |
| 安寧 | 五四八 | 癸丑 | 1葬。2浮孔宮。3立后。38崩。 | 前565頃釈尊生誕 |
| 懿徳 | 五一〇 | 辛卯 | 1即位、葬。2曲峡宮、立后。34崩。(35)空位、葬。 | |
| 孝昭 | 四七五 | 丙寅 | 1即位、池心宮。29立后。83崩。 | 前479孔子没 |
| 孝安 | 三九二 | 己丑 | 1即位。2秋津嶋宮。38先帝葬。102崩、葬、廬戸宮。 | 前403晋が三分、戦国はじまる |
| 孝霊 | 二九〇 | 辛未 | 1即位。2立后。76崩。 | |
| 孝元 | 二一四 | 丁亥 | 1即位。4境原宮。6先帝葬。7立后。57崩、即位。 | 前221秦始皇帝の統一 |
| 開化 | 一五七 | 甲申 | 1率川宮。5葬。6立后。60崩、葬。 | 前202漢高祖皇帝となる |
| （彦坐王） | 前九七 | 甲申 | 1崇神即位、立后。3瑞籬宮。5疫病流行。6叛逆はじまる。 | *彦坐王登極？ |
| 崇神 | 前九一 | 庚寅 | 7大田田根子を祭主。8大田田根子が大神を祭る。 | *大田田根子命登極？ |
| | | | 10四道将軍派遣、武埴安彦の叛逆鎮圧。11四道将軍復命。 | |
| | 前八六 | 乙未 | 12御肇国天皇の称号。60出雲の神宝を召す。68崩。 | |

| 天皇 | 元年 | 事項 | 海外 |
|---|---|---|---|
| 垂仁 | 前二九壬辰 | 1即位、葬。2狭穂媛立后、珠城宮。4狭穂彦叛逆。15日葉酢媛立后。25倭姫命により伊勢遷紀。99崩、葬。 | 08王莽が前漢を滅す |
| 景行 | 後七一辛未 | 1即位。2立后。4日代宮。12～19筑紫熊襲征討。27～28日本武尊熊襲征討。40～43日本武尊東国征討。52八坂入媛立后。53～54東国巡幸。58近江志賀に行幸、高穴穂宮。60崩。 | 57後漢、奴国王に金印 |
| 成務 | 一三一辛未 | 1即位。2葬、宮不明。5国造、郡長、稲置を置く。60崩。61葬。 | 107帥升が後漢に朝貢 |
| 仲哀 | 一九二壬申 | 1即位。2立后、敦賀に笥飯宮、長門に豊浦宮。8筑紫に橿日宮。9崩（二月、新羅出兵十月、応神誕生十二月） | |
| (神功) | 二〇一壬巳 | 1摂政、麛坂王忍熊王を討つ。2先帝葬。3磐余若桜宮。39倭女王、帯方郡遣使。47百済と新羅より朝貢。49、62新羅再征。66倭女王、晋に遣使。69崩、葬。 | 239卑弥呼魏の帯方郡に遣使<br>266壱与が晋に朝貢 |
| 応神 | 二七〇庚寅 | 1即位。2立后、宮不明。3百済に問責使。8百済の五郡を奪う。15阿直岐来日。16王仁、弓月君来日。28高麗より朝貢。41崩。42～43空位。 | 316晋滅び、翌年東晋 |
| 仁徳 | 三一三癸酉 | 1即位、難波高津宮。2立后。4～9免税。38八田皇女立后。87崩、葬。 | 382葛城襲津彦、新羅を討つ<br>391高句麗、広開土王即位 |
| 履中 | 四〇〇庚子 | 1即位、稚桜宮。6立后、崩、葬。 | 400高句麗、新羅救援 |
| 反正 | 四〇六丙午 | 1即位、柴籬宮。5崩。6空位。 | 420東晋滅び宋興る |
| 允恭 | 四一二壬子 | 1即位。2立后、宮不明。4盟神探湯で氏姓を糺す。5先帝葬。24木梨軽太子の妹を伊予に流す。42崩、葬、即位、石上穴穂宮。 | 421讃、宋に遣使<br>438珍、安東将軍倭国王 |
| 安康 | 四五四甲午 | 2立后。3崩（眉輪王の大逆）、即位、朝倉宮。 | 443済、安東将軍倭国王 |
| 雄略 | 四五七丁酉 | 1立后。3先帝葬。8新羅を救援し高麗と戦う。9新羅討伐。20高麗が百済を滅す。21百済を救援し再興。23崩。 | 462興、安東将軍倭国王<br>478武、宋に上表文 |

| 天皇 | 年 | 事項 | |
|---|---|---|---|
| 清寧 | 四八〇庚申 | 1即位、磐余甕栗宮、大連大伴室屋、大臣平群真鳥、先帝葬。<br>2億計王、弘計王発見。5崩、葬。 | |
| （飯豊青） | 四八四甲子 | 1称制、角刺宮、崩。 | *飯豊青女帝登極？ |
| 顕宗 | 四八五乙丑 | 1即位、八釣宮、立后。2陵の破却を企てる。3崩。 | |
| 仁賢 | 四八八戊辰 | 1即位、広高宮、立后、先帝葬。11崩、葬、金村が真鳥を討つ、即位、列城宮。 | |
| 武烈 | 四九九己卯 | 1立后。8崩。 | |
| 継体 | 五〇七丁亥 | 1即位、樟葉宮、立后。2先帝葬。5筒城宮。6任那四県割譲。<br>12弟国宮。20磐余玉穂宮。21～22磐井反乱。古事記は21崩。<br>25崩、即位、葬。或本は28崩。 | |
| 安閑 | 五三四甲寅 | 1勾金橋宮、立后。2崩、葬、即位。 | |
| 宣化 | 五三六丙辰 | 1廬入野宮、大連金村、大連麁鹿火、大臣蘇我稲目、立后。<br>2大伴狭手彦、百済救援。4崩、葬、即位。 | 538仏教公伝（通説） |
| 欽明 | 五四〇庚申 | 1立后、磯城金刺宮。13仏教公伝。23新羅が任那を滅す。<br>32崩、葬。 | |
| 敏達 | 五七二壬辰 | 1即位、百済大井宮、大連物部守屋、大臣蘇我馬子。4立后。<br>5炊屋姫立后。13馬子崇仏。14守屋排仏、崩、即位、池辺双槻宮。 | |
| 用明 | 五八六丙午 | 1立后。2崩、葬、丁未の戦いで守屋亡、即位、倉梯宮。 | |
| 崇峻 | 五八八戊申 | 1法興寺創建。4先帝葬。5天皇弑逆、葬、即位、豊浦宮。 | 589隋が中国を統一 |
| 推古 | 五九三癸丑 | 1聖徳太子摂政、先帝葬。10来目皇子が新羅征討のため筑紫へ。<br>11小墾田宮、冠位十二階。12十七条憲法。15遣隋使。22遣隋使。<br>28天皇記他を録す。29聖徳太子薨。34馬子没。36崩、葬。 | 618隋滅び唐が興る |
| 舒明 | 六二九己丑 | 1即位。2立后、岡本宮。8岡本宮焼亡、田中宮。12百済宮。13崩。 | 637唐太宗の貞観律令 |
| 皇極 | 六四二壬寅 | 1即位、先帝葬、小墾田宮。2斑鳩宮襲撃。4乙巳の変、譲位。 | *漢皇子長安へ |
| 孝徳 | 六四五乙巳 | 六月即位（大化1）、左大臣阿倍内麻呂、右大臣蘇我倉山田石川 | |

| 天皇 | 年 | 事項 | 関連事項 |
|---|---|---|---|
| | | 麻呂、立后、古人大兄皇子誅殺、難波長柄豊碕宮。 | 648金春秋が長安へ |
| | | 2改新之詔。3小郡宮。冠位十三階制、金春秋来日。 | |
| | | 5右大臣冤罪。左大臣巨勢徳太、右大臣大伴長徳。 | |
| | 六五〇庚戌 | 大化6を以て白雉1とす。3豊碕宮造営了。 | |
| | | 4上皇、皇后、皇太子飛鳥へ帰る。5崩、葬。 | *漢皇子帰朝 |
| 斉明 | 六五五乙卯 | 1即位、飛鳥板蓋宮。2岡本宮。4有間皇子の変。 | |
| | | 6百済滅亡、豊璋を帰し王とする。7征西出航、朝倉宮で崩。 | 659唐と新羅が同盟 |
| 天智 | 六六一辛酉 | 0称制、多蔣敷妹を豊璋の妻とす、飛鳥で先帝葬。 | 661天智称制 |
| | 六六二壬戌 | 1豊璋を百済王とす、白村江で唐新羅に敗戦。 | |
| | | 3冠位二十六階制とす。4唐使来日。6近江京。 | 667近江京遷都 |
| | 六六八戊辰 | 7即位。8中臣鎌足没。9法隆寺出火。10太政大臣大友皇子、崩。 | 668高句麗滅亡 |
| (弘文) | 六七二壬申 | 1称制。 | |
| 天武 | 六七二壬申 | 0東国進発、壬申の乱。岡本宮（飛鳥浄御原宮）。 | 672壬申の乱 |
| | 六七三癸酉 | 1即位、立后。7吉野会盟。9浄御原令。13位階四十八階。 | |
| | | 14（朱鳥1）崩、持統称制。 | |
| 持統 | 六八七丁亥 | 2先帝葬。4即位、太政大臣高市皇子。8藤原京遷都。 | 690則天武后の帝位簒奪 |
| | | 11譲位、文武即位。 | 694藤原京遷都 |
| 文武 | 六九七丁酉 | 1即位。5遣唐使、大宝建元。持統崩。8慶雲改元。 | 701大宝律令 |
| | | 11崩、元明即位。 | |
| 元明 | 七〇七丁未 | 1先帝崩、即位。2和銅改元、和同開珎。4平城京遷都。 | 710平城京遷都 |
| | | 9譲位、元正即位。 | 712『古事記』撰録 |
| 元正 | 七一五乙卯 | 1即位、霊亀改元。3養老改元。7元明崩。 | |
| | 七二四甲子 | 10譲位、聖武即位、養老八年を神亀元年とす。 | 720『日本書紀』完成 |

# 参考文献


宇治谷孟『日本書紀　全現代語訳』上・下（講談社学術文庫、一九八八）
宇治谷孟『続日本紀（上）全現代語訳』（講談社学術文庫、一九九二）
倉野憲司・武田祐吉校注『古事記　祝詞』日本古典文学大系1（岩波書店、一九五八）
武田祐吉校註『日本書紀』一～六（朝日新聞社、一九四八～五七）
次田真幸『古事記　全訳注』上・中・下（講談社学術文庫、一九七七、八〇、八四）

青木和夫『奈良の都』日本の歴史3（中央公論社、一九六五）
足立倫行『倭人伝、古事記の正体』（朝日新書、二〇一二）
網干善教他編『三輪山の考古学』（学生社、二〇〇三）
井沢元彦『聖徳太子称号の謎』逆説の日本史2（小学館、一九九四）
出雲大社『出雲大社由緒略記』改訂41版（出雲大社社務所、二〇〇三）
井上光貞『神話から歴史へ』日本の歴史1（中央公論社、一九六五）
上田正昭『日本武尊』（吉川弘文館、新装版一九八六）
上田正昭『大和朝廷』（講談社学術文庫、一九九五）
上田正昭編『伊勢の大神』（筑摩書房、一九八八）
大和岩雄『日本書紀成立考―天武・天智異父兄弟考―』（大和書房、二〇一〇）
大和岩雄『古事記偽書説は成り立たないか』（大和書房、一九八八）
大和岩雄『改訂増補　古事記成立考』（大和書房、一九九七）
岡田英弘『日本史の誕生』（弓立社、一九九四）

岡田米夫　『神社』日本史小百科1（近藤出版社、一九七七）
荻原浅男　『古事記への旅』（日本放送出版協会、一九七九）
小椋一葉　『天翔る白鳥ヤマトタケル』（河出書房新社、一九八九）
加藤巳ノ平　『旧国・県名の誕生』（令文社、一九八七）
門脇禎二　『新版　飛鳥』（日本放送出版協会、一九七七）
門脇禎二　『神武天皇』（三一新書、一九五七）
川副武胤　『改訂版　日本神話』（読売新聞社、一九八二）
岸　俊男編　『王権をめぐる戦い』日本の古代6（中央公論社、一九八六）
岸　俊男編　『まつりごとの展開』日本の古代7（中央公論社、一九八六）
岸　俊男編　『ことばと文字』日本の古代14（中央公論社、一九八八）
岸　俊男編　『古代国家と日本』日本の古代15（中央公論社、一九八八）
北山茂夫　『大化の改新』（岩波新書、一九六一）
金　両基　『物語韓国史』（中公新書、一九八九）
小林恵子　『白虎と青龍』（文藝春秋、一九九三）
小林恵子　『壬申の乱―隠された高市皇子の出自』（現代思潮新社、二〇一一）
神社本庁監修　『日本の神々と社』（読売新聞社、一九九〇）
志水正司　『日本古代史の検証』（東京堂出版、一九九四）
竹田恒泰　『古事記完全講義』（学研パブリッシング、二〇一三）
武光　誠　『古代史大逆転』（ＰＨＰ研究所、一九九七）
遠山美都男　『白村江』（講談社現代新書、一九九七）
直木孝次郎　『古代国家の成立』日本の歴史2（中央公論社、一九六五）
中村孝也　『古代物語』新日本歴史文庫2（ポプラ社、一九六一）

前之園亮一・武光誠編『古代天皇のすべて』（新人物往来社、一九八八）
黛　弘道『古代を考える　蘇我氏と古代国家』（吉川弘文館、二〇一二）
三浦佑之『口語訳古事記　完全版』（文藝春秋、二〇〇二）
水谷千秋『謎の大王　継体天皇』（文春新書、二〇〇一）
三浦佑之『古事記のひみつ　歴史書の成立』（吉川弘文館、二〇〇七）
宮崎市定『古代大和朝廷』（筑摩書房、一九八八）
森　浩一『記紀の考古学』（朝日新聞社、二〇〇〇）
森　浩一編『前方後円墳の世紀』日本の古代5（中央公論社、一九八六）
森　博達『日本書紀の謎を解く』（中公新書、一九九九）
安本美典『神武東遷』（中公新書、一九六八）
柳田國男「稗田阿礼」初出「早稲田文学」一九二七年十二月号、『柳田國男全集11』（ちくま文庫、一九九〇）所収
吉野裕子『大嘗祭―天皇即位式の構造』（弘文堂、一九八二）
和田　萃『古墳の時代』大系日本の歴史2（小学館、一九九二）
和田　萃『飛鳥』（岩波新書、二〇〇三）

**湯川裕光（ゆかわ・ひろみつ）**
1950年生まれ。
東京大学法学部卒業、
ハーバード大学大学院修了。
『瑤泉院―忠臣蔵の首謀者・浅野阿久利』（新潮文庫）、
『安土幻想―信長謀殺』（廣済堂出版）
『明朝滅亡』（廣済堂出版）を刊行。
劇団四季のミュージカル『異国の丘』『南十字星』を
浅利慶太氏と共同執筆し、
『マンマ・ミーア！』
『サウンド・オブ・ミュージック』の
日本語台本にもたずさわった。

**小説 古事記成立**

2016年6月17日　第1刷発行

著　者　湯川裕光
発行者　南丘喜八郎
発行所　K＆Kプレス
〒102-0093
東京都千代田区平河町2-13-1 相原ビル5階
TEL 03-5211-0096　FAX 03-5211-0097
印刷・製本　中央精版印刷
乱丁・落丁はお取り換えします。


ISBN978-4-906674-66-4